G. A. Schindler
Schifferstrasse 65 - 67
60594 Frankfurt

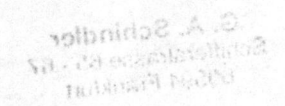

Bibliografische Information der Deutschen Nationalbibliothek:
Die Deutsche Nationalbibliothek verzeichnet diese Publikation in der
Deutschen Nationalbibliografie; detaillierte bibliografische Daten sind im
Internet über http://dnb.d-nb.de abrufbar.

Satz: Melanie Wittmann
Titelbild: © Katharina Bouillon

Das Werk einschließlich aller seiner Teile ist urheberrechtlich geschützt.
Jede Verwertung außerhalb der engen Grenzen des Urheberrechtsgesetzes ist ohne Zustimmung des Verlages strafbar. Das gilt insbesondere für Vervielfältigungen, Übersetzungen, Mikroverfilmungen und die Einspeicherung und Verarbeitung in elektronischen Systemen.

1. Auflage 2014
ISBN: 978-3-86196-323-3

Das Werk einschließlich aller seiner Teile ist urheberrechtlich geschützt.

Copyright (©) 2014 by Papierfresserchens MTM-Verlag
Sonnenbichlstraße 39, 88149 Nonnenhorn, Deutschland

www.papierfresserchen.de
info@papierfresserchen.de

Nico Salfeld

Die vier Diamanten und das Erbe der Grauen

Die vier Königreiche

Leffert war ein riesengroßes unbesiedeltes Land mit Bergen, die an ein großes Meer grenzten, Seen und einem Vulkan. Jeden Morgen ging die Sonne hinter dem Gebirge auf und abends tauchte der Sonnenuntergang die bewaldeten Täler in ein friedliches rotes Licht.

Eines Tages kam eine große Anzahl an Schiffen über das Meer. Die Segler hatten eine Flagge gehisst, auf der ein prachtvoller Adler auf hellblauem Hintergrund zu sehen war. Die Schiffe hielten auf das Land zu. Viele Menschen unterschiedlichster Altersklassen befanden sich an Bord. Einige hatten schlanke Säbel umgeschnallt, andere trugen hölzerne Bogen oder Armbrüste. Sie hielten ihre Pfeile bereits in der Hand, an deren Enden weiße Federn prangten. Alle schienen angespannt, hielten ihre Waffen schussbereit.

Eine Frau trug eine Krone, in der ein hellblauer Saphir eingelassen war. Es war das gleiche Blau, wie man es auf der Flagge sehen konnte. Sie stand auf dem vordersten Schiff und hielt ihre rechte Hand griffbereit an einem blauen Schwert, welches an ihrem Gürtel hing. Der Name dieser Frau war Helena. Sie war die Königin dieser Menschen. Bald konnte sie nähere Einzelheiten der Insel ausmachen.

„Sagt dem Kapitän Bescheid, dass er auf die Berge zuhalten soll", befahl sie einem Mann in einem blauen Umhang, der neben ihr stand. Sie sprach in einem gebieterischen, aber dennoch freundlichen Tonfall.

„Jawohl, Herrin, wie Ihr es befehlt", antwortete dieser.

Was Helena zu diesem Zeitpunkt nicht wusste, war, dass sie den Weg einer anderen Schiffsflotte kreuzen würden. Diese Boote kamen aus östlicher Richtung, waren flammend rot und auf ihren

Flaggen war ein Feuerball zu sehen. Das erste Schiff beförderte Soldaten, die mit Breitschwertern bewaffnet waren.

Ein hochgewachsener Mann namens Carlos stand hinter dem Steuerrad. Er hatte spärliches Haar, das feuerrot unter seinem Hut hervorlugte, auf dem der gleiche Feuerball aufgestickt war wie auf der Flagge. Der Mann steuerte das Land an und rief einem Matrosen zu, der hoch oben in einem Ausguck stand: „Matt! Wie sieht es aus?"

Matts Stimme war heiser, offenbar schrie er öfter, als man es sollte. „Viele Berge, Herr! Aber ich sehe auch einen großen Vulkan."

„Danke, Matt. In welcher Richtung liegt der Vulkan?"

„In nordöstlicher!"

Carlos übergab einem Mann, der neben ihm stand, das Steuer. „Nordöstliche Richtung!", befahl er ihm.

Der Mann riss das Ruder herum. Sie hatten gerade die Richtung geändert, als Matt herunterrief: „Herr, Herr! Es nähern sich fremde Schiffe!"

Carlos wurde hellhörig. „Aus welcher Richtung kommen sie?"

„Aus Westen", berichtete Matt.

Carlos nickte und schrie über das Deck: „An die Kanonen, es nähern sich fremde Schiffe!"

Sofort brach auf dem Deck ein geordneter Tumult aus. Alle Soldaten wollten den Befehl ihres Königs so schnell wie möglich ausführen. Die Kanonen wurden besetzt und kurze Zeit später kamen die Schiffe von Königin Helena in Reichweite. Auch der Ausguck der Königin hatte die fremden Segler rechtzeitig bemerkt und eine Warnung gegeben.

„Fertig machen zum Feuern!", befahl Carlos.

Zur gleichen Zeit rief Königin Helena ihren Männern und Frauen zu: „Bogenschützen aufstellen, Kanonen laden und die Kinder und Alten in Sicherheit bringen."

Während die Schiffsgruppen sich einander näherten, stellte sich eine Reihe von Bogenschützen, die unter der saphirblauen Flagge segelten, hinter der Reling auf. In derselben Zeit wurden auch die Kanonen geladen. Die roten Schiffe hielten weiterhin auf den Vulkan zu. Die Boote Helenas dagegen wandten sich leicht nach rechts, um ihnen eine volle Breitseite verpassen zu können.

Die Segel wurden eingeholt und Königin Helena und König Carlos schrien gleichzeitig: „Feuer frei!"

Die Soldaten schossen auf die gegenüberliegenden Schiffe, jedoch nicht mit gewöhnlichen Kanonenkugeln. Die Geschosse von Carlos' Männern zerplatzten mitten in der Luft. Ein Feuerregen flog auf Helenas Schiffe zu. Deren Kugeln richteten ebenfalls einen beträchtlichen Schaden bei den Feinden an und ihre Bogenschützen ließen einen Pfeilhagel niederprasseln, der für jeden tödlich endete, der sich nicht früh genug in Sicherheit brachte. Genau dieses Schicksal traf knapp einhundert Soldaten von Carlos. Sie hatten die Pfeile zu spät bemerkt. Zwei von Helenas Schiffen wurden durch die Feuerbälle in Brand gesteckt und sanken sofort. Einige Krieger retteten sich, indem sie ins Meer sprangen, sich an hölzernen Trümmern festklammerten und zu den anderen Schiffen oder Richtung Land schwammen.

&

Während sich Königin Helena und König Carlos eine Seeschlacht lieferten, traf auf der anderen Seite von Leffert eine große Anzahl von Flößen ein. Bewaffnete Männer und Frauen traten ans Ufer. Viele trugen einen Dreizack, andere waren mit Lanzen ausgerüstet. Einige hatten normale Schwerter umgeschnallt. So auch ein jüngerer Mann, der an der Spitze schritt. Alle begegneten ihm mit Respekt, er war offensichtlich ihr Anführer.

Des Weiteren standen zwölf schwer bewaffnete Krieger um ihn herum, die aussahen, als würden sie sofort eingreifen, wenn irgendjemand ihrem König auch nur zu nahe kommen würde. Hinter dem Herrscher und seinen Leibwächtern gingen mehrere Fahnenträger. Sie hielten große Feldzeichen mit blauem Hintergrund und einem großen schwarzen *W* in der Mitte hoch in den Himmel. Hinter diesen Fahnenträgern befanden sich mehrere wohlhabend aussehende Männer und Frauen. Sie trugen große blaue Ringe an ihren Fingern und schwere Ketten, ihre Kleidung war geschmückt mit blauen Perlen. Dahinter folgten die restlichen Krieger. In dieser Formation marschierten sie durch einen großen Wald, vorbei an einem riesigen Felsen.

Plötzlich stoppte der König und schaute sich um. Sie waren an einen weiten See gekommen. Er drehte sich um und befahl einem seiner Leibwächter: „Holt die Magier!" Der Mann verbeugte sich und ging rasch fort. Während die Magier gerufen wurden, kniete sich der König nieder und schaute auf den Grund des Sees. Dann schüttelte er den Kopf und flüsterte: „Keine Fische, kein anderes Wasserlebewesen. Das ist gut."

Dann richtete er sich wieder auf und drehte sich um. In diesem Augenblick kam der Mann, den der König beauftragt hatte, zurück. An seiner Seite waren zwei Frauen und drei Männer – die Magier.

„Ihr habt nach uns gerufen, König Walter?", sagte eine der beiden Frauen. Walter begegnete ihrem Blick. Sie war jung, ihr Gesicht hatte die Form einer Birne und ihr Haar war braun gelockt.

„Ja, Maria, das habe ich", bestätigte er.

„Nun gut, Majestät, was ist Euer Anliegen?"

„Ich habe mich gefragt, ob ihr genug Kräfte habt, um in diesem See ein Schloss zu errichten", antwortete der Herrscher. Jeder wusste, dass die Magier sehr mächtig waren, doch niemand kannte das genaue Ausmaß.

„Mein Herr! Ihr stellt doch wohl nicht etwa unsere Kräfte infrage?", schrie ein älterer, hagerer Mann mit spärlichem grauem Haar.

„Nein, ganz und gar nicht, Taddäus", erwiderte der junge Herrscher erschrocken.

„Lieber Taddäus, ich denke, dass der König es nicht so gemeint hat", warf Maria rasch ein, bevor dieser erneut etwas sagen konnte.

„Wenn ich Euch erzürnt habe, Magier, dann tut es mir leid."

Der ältere Mann nickte.

„Nun, da dies geklärt ist, lasst uns anfangen!", meinte Maria.

Die fünf Magier stellten sich im Kreis auf und nahmen sich an den Händen. Neben Maria stand ein anderer Mann. Er hatte seine Kapuze tief in das Gesicht gezogen, sodass man es nicht sehen konnte.

Der Mann fing an, mit tiefer, dröhnender Stimme zu singen: „Wasser tief, tief vom Grund, komme herauf und beuge dich uns!" Als er den Satz beendet hatte, verließ er den Kreis, während die anderen Magier weitersangen, und formte mit seinen Händen etwas in der Luft.

Plötzlich und ohne jede Vorwarnung stieg das Wasser aus dem See auf und folgte als zusammenhängende Masse den Handbewegungen des Mannes.

Walter stutzte. So etwas hatte er noch nie erblickt. Natürlich hatte er die Magier schon oft die wunderlichsten Taten vollbringen sehen, doch dass sie zu etwas so Kunstvollem und Imposantem in der Lage waren, hätte er nicht gedacht. Er betrachtete den Umriss des Wasserbildes. Es sah aus wie ein Gebäude. Ja, es war tatsächlich ein Schloss, das sich aus dem See erhob. Es waren vier große Türme zu erkennen. Auch eine Zugbrücke ließ sich erahnen. Am faszinierendsten war jedoch, dass sich ein Teil des Wassers am Boden sammelte, sich dann wieder teilte und einen ebenerdigen Weg freigab, der zum Schloss führte.

Sobald das Gebäude fertig geformt war, hoben alle fünf Magier ihre Hände und schrien: „Fall!"

Wie von Geisterhand sank das Wasser in den See zurück und hinterließ ein schimmerndes Schloss, welches aus dem gleichen Blau bestand wie die Flüssigkeit, aus der es geformt worden war.

„Das ... das ist ja unglaublich!", presste ein Ritter hinter Walter hervor.

Alle blickten ungläubig auf das Geschehene. Der König schaute zu den Magiern. Sie japsten, keuchten und wischten sich den Schweiß aus dem Gesicht.

„Bringt Wasserschläuche für die Magier", befahl er. Die fünf sagten nichts, nahmen jedoch dankend die ihnen gereichte Gabe an und tranken.

☙

„Scharf steuerbord!", schallte Helenas Stimme über das Wasser und der Befehl wurde rasch von Schiff zu Schiff weitergetragen.

Beide Flotten waren Seite an Seite aneinander vorbeigesegelt und sie wollte es auf keine zweite Runde ankommen lassen. Zwar hatten ihre Krieger etliche Gegner getötet, doch auch sie hatten große Verluste hinnehmen müssen. Acht von ihren insgesamt vierzig Schiffen waren untergegangen und hatten dabei mehr als vierhundert Männer, Frauen und Kinder mit in den Tod gerissen. Dutzende waren verletzt und mehr als die Hälfte von ihnen so stark, dass sie noch in dieser Nacht sterben würden.

„Na endlich!", sagte Carlos, als die gegnerischen Schiffe abdrehten, und gab seinen Gefolgsleuten das Zeichen, den Kampf zu beenden.

„Feuer einstellen!", riefen einige Kapitäne auf den Schiffen links und rechts neben dem von Carlos und der Befehl wurde nach hinten weitergegeben.

„Bring uns an Land!", befahl der König seinem Steuermann, der das Rad fest in der Hand hatte und weiterhin auf das Fleckchen Land zuhielt, welches dem Vulkan am nächsten war.

Helena schritt über das Deck, während sie auf die Berge zusegelten. Sie überlegte ganz kurz, ob sie sich doch neu sammeln und einen Überraschungsangriff starten sollten, verwarf den Gedanken aber sofort wieder, da sie sowieso schon viel zu viele Verluste erlitten hatten. Ihre Schiffe ankerten bald in einer Bucht nahe den Bergen, sie gingen an Land und erkundeten die Gegend. Als sie das Gebirge erklommen, stieß einer ihrer Krieger auf eine Höhle, welche Helena mithilfe der Magier zu einem bewohnbaren Unterschlupf ausweiten ließ.

Auch Carlos befahl seinen Magiern, ein Höhlensystem hinter den dicken Mauern des Vulkans anzulegen. Nachdem sie sich eingerichtet hatten, ließ er Wachen aufstellen und der Rest des Volkes schlief sofort ein.

୰

Keiner der drei Könige bemerkte, dass mitten in der Nacht weitere Schiffe auf Leffert ankamen. Auf diesen befanden sich Hunderte Männer, Frauen und Kinder. Eine junge Frau, die offenbar die Anführerin war, erteilte drei Bogenschützen den Befehl, das Land zu erkunden. Die übrigen Menschen schlichen durch den Wald und warteten.

Als die drei Kundschafter zurückkehrten und Bericht erstatteten, ließ die Frau ihre Magier kommen und brachte sie dazu, unterirdische Gänge anzufertigen.

„Königin Lycia, wir sind fertig. Das unterirdische Tunnelsystem ist bewohnbar und groß genug für alle", meldete eine Magierin, die das Aussehen eines knorrigen Astes hatte. Ihre krumme Nase war mit Warzen überzogen und sie schien uralt zu sein.

„Danke, Mathilde, Ihr und Eure Magier werdet umgehend etwas zu essen bekommen", antwortete Lycia.

„Vielen Dank!"

Bis zum nächsten Morgen waren alle Sachen unter der Erde verstaut und jeder hatte einen Platz zum Schlafen gefunden. So geschah es, dass Leffert von vier Völkern gleichzeitig besiedelt wurde. Das Volk von Königin Helena wohnte in den Bergen, das von König Carlos im Vulkan. König Walter und seine Untertanen lebten im Schloss, welches im See lag, und schließlich war da noch Königin Lycia, die mit ihren Leuten unter der Erde des dunklen Waldes hauste.

Die streitenden Hähne

Nach einem kurzen Schlaf voller Albträume stieg Lycia aus ihrem Bett, in der Hoffnung, dass wenigstens der Tag etwas Schönes bereithielt. Sie blickte sich in ihrem Gemach um, die Wurzeln der Bäume dienten ihr als Wände und Decke. Dann wusch sie sich und spürte, dass sich das Wasser hierzulande viel angenehmer auf der Haut anfühlte als in der alten Heimat. Ein einzelner Tropfen lief ihren Körper hinab und sie schmunzelte verbittert. Sie fühlte sich genauso wie der Tropfen, der mittlerweile ihren Bauch erreicht hatte. Einsam. Allein gelassen in der Welt. Ihre Mutter und ihr Vater hatten sie im Stich gelassen.

„Nein! So darfst du gar nicht erst anfangen zu denken!", schalt sich Lycia innerlich. Ihre Gedanken schweiften dennoch hin zu dem Tag, als ihre Mutter und ihr Vater in den Krieg gegen die Truppen Rockos gezogen waren. Sie erinnerte sich auch an das Gefühl innerer Schwerelosigkeit und Verzweiflung, als sie im jungen Alter von gerade einmal zwölf Jahren erfahren hatte, dass ihre Eltern tot waren. Gefallen in einem Krieg, der schon viele andere Opfer gefordert hatte. Ihr damals noch junger und hitziger Onkel, den sie so sehr verehrt hatte, hatte Rache geschworen, doch auch er war nicht nach Hause zurückgekehrt.

Sie dachte auch an Herzog Gren, der ihr damals das Fechten beigebracht hatte. Auch er war niedergestreckt worden, drei Jahre nachdem ihre Eltern gestorben waren. Er hatte ihnen versprochen, immer auf ihre Tochter aufzupassen, hatte aber letztendlich versagt. Sie dachte daran, wie die Feinde den Palast gestürmt hatten, und daran, wie Herzog Gren ihrer Magd Felicia befohlen hatte, sie in Sicherheit zu bringen. Daran, wie sie sich umgedreht und gesehen hatte, wie man ihn zu Boden gerungen und ihm noch im Fall den

Kopf von den Schultern geschlagen hatte. Daran, wie sie geweint und ihre Magd sie mit auf ein Boot genommen hatte. Daran, wie sie Felicia gefragt hatte, wann sie zurückkehren würden, und daran, wie ihre Magd sich zu ihr geneigt und geflüstert hatte: „Bald, meine Königin, bald!"

Während Lycia sich an all dies erinnerte, stiegen ihr wieder Tränen in die Augen. Sie bemerkte nicht, dass die Tür aufging und Felicia hereinkam. Erst als diese einen Krug abstellte, blickte sich die Königin um.

„Herrin, Ihr weint ja", sagte die Magd.

„Ich habe gerade daran gedacht, wie Mutter und Vater ..." Sie brach ab. Ihre Stimme zitterte.

Ihre älteste Freundin sah sie mitleidig an. „Ihr müsst Euch für Eure Tränen nicht schämen." Dann tat Felicia etwas, was sie zehn Jahre lang, seit ihrer Flucht, nicht mehr getan hatte. Sie nahm Lycia in den Arm.

Während die junge Frau ihren Kopf eng an die Brust ihrer Magd schmiegte, fühlte sie sich wieder, als wäre sie ein Kind, welches ungeduldig auf die Rückkehr seiner Eltern wartete, die den Krieg endgültig gewonnen hatten.

Später am Tag nahm Lycia drei unbeschriebene Pergamentrollen zur Hand, zögerte jedoch. Von ihren Spähern hatte sie erfahren, dass es noch drei weitere Völker auf diesem Land gab. Diese waren vermutlich auch erst vor Kurzem eingetroffen. Sie musste mit den anderen Herrschern sprechen, damit es keine Probleme gab. Schließlich tauchte sie ihre Feder in blaue Tinte, überlegte noch einen Moment und begann zu schreiben.

Liebe Bewohner dieses Landes!

Mein Name ist Lycia und ich bin die Königin der Waldwächter. Da wir alle zusammen dieses Land besiedeln, lade ich euch zu einem Treffen am großen Felsen in der Mitte der Insel ein. Dort können wir alles besprechen, um unter anderem zu verhindern, dass es Streit gibt. Ich möchte euch bitten, in zwei Tagen am großen Felsen zu erscheinen.

Als Zeichen gegenseitigen Vertrauens und Respekts sollte ich hoffentlich nicht betonen müssen, dass keine Wachen mitzubringen sind.

In der Hoffnung auf ein baldiges Treffen,
Königin Lycia, Herrin der Waldwächter

Nachdem sie diese Nachricht auf die drei Pergamente geschrieben hatte, versiegelte sie die Rollen und drückte ihren Siegelring, welcher das Symbol eines Baumes trug, in das noch flüssige Wachs. Danach stand sie auf und ging hinaus in den Gang. Dort wurde sie schon von Ron erwartet, um die Pergamentrollen entgegenzunehmen.

„Nehmt Eure schnellsten Vögel, Ron! Diese Briefe müssen noch heute ihre Adressaten erreichen!", befahl Lycia.

„Natürlich, Herrin!", antwortete dieser mit seiner noch kindlich wirkenden Stimme.

Die Königin bedankte sich und ging zurück in ihr Gemach. Wieder schweiften ihre Gedanken kurz zu ihren Eltern ab, denn auch sie hatten damals stets Rons Vater mit dem Verschicken von Nachrichten beauftragt.

☙

König Carlos wollte soeben zu Bett gehen, als es an seiner Tür klopfte. „Wer da?", fragte er mit einem Hauch von Wut in der Stimme.

„I...i...ich b...bin es, m...m...mein He... mein Herr, A...a...august", stotterte ein Mann.

„Tretet ein, August, aber beeilt Euch, ich wollte gerade schlafen gehen", erwiderte Carlos.

„Ja...jawohl, mei...mein Herr. A...a...a...aber ich h...habe ei...ei... eine w...wichtige N...n...nach...nachricht für Eu...euch", entgegnete der Diener und trat ein.

„Dann lasst mal hören!", befahl Carlos.

August brach das rote Siegel auf einer Pergamentrolle und begann vorzulesen. Während er sprach, runzelte der König die Stirn.

Als der Mann geendet hatte, fragte Carlos: „In zwei Tagen, sagtet Ihr?"

„Ja, m...mein H...Herr, in z... in z... in zwei Ta...tagen", antwortete August.

„Nun gut, antwortet ihr, dass ich kommen werde, und nun stört mich nicht länger, ich muss schlafen."

„Ja...jawohl, mei...mein He... mein Herr! G...g...gute Nacht!" Der Diener verschwand zur Tür hinaus.

„Ein komischer Kerl", dachte sich Carlos. „Wie konnte ich nur einem Stotternden diesen Posten zuteilen? Nun gut, ich werde es zu gegebener Zeit ändern." Mit diesem Gedanken ließ er sich auf seinem Bett nieder und schlief ein.

☙

Zur selben Zeit las auch Königin Helena das Schreiben. Da es schon spät in der Nacht war, musste sie den Brief dreimal durchlesen, bevor ihr die gesamte Bedeutung der Nachricht klar wurde.

Als sie geendet hatte, schüttelte sie nur kurz den Kopf und rief: „Luc!" Sie wartete.

Kurze Zeit später öffnete sich die Tür und ein junger Mann mit einem für sein Alter ungewöhnlich grauen Bart kam herein. „Ihr habt mich gerufen?", fragte Luc. Seine piepsige Stimme passte ebenso wenig zu seinem jungenhaften Aussehen wie der graue Bart.

„Ja, in der Tat."

„Was kann ich für Euch tun, meine Herrin?"

„Schreibt dieser Lycia eine Antwort und sagt ihr, dass ich kommen werde!", befahl Helena.

Eigentlich hatte die Königin dafür einen eigenen Schreiber, doch in besonders eiligen Fällen beauftragte sie immer Luc, ein öffentliches Schreiben aufzusetzen. Dieser nickte nur knapp, denn er wusste, dass die Herrscherin es nicht leiden konnte, wenn jemand anderes das letzte Wort hatte, dann verschwand er wieder durch die Tür.

Helena dagegen legte sich in ihr Bett, dessen Gestell hellblau angemalt war und einen großen Baldachin hatte, der genauso aussah wie der Himmel draußen. Sie dachte noch kurz über diesen Brief nach, schloss dann die Augen und schlief ein.

Die Sonne hatte bereits ihren höchsten Stand am Himmel erreicht, als König Walter die Augen aufschlug. Kurz drehte er sich noch einmal um und versuchte, wieder einzuschlafen, doch schon hatte ihn die Müdigkeit verlassen. Er stand langsam auf, denn er fühlte sich wie ein uralter Greis und nicht wie ein junger, gesunder Mann von stattlichen achtundzwanzig Jahren.

Träge schlurfend ging er zu einer Schüssel mit Wasser und wusch sich erst einmal. Als er nach diesem kurzen Vorgang wieder die Augen öffnete, war er endgültig hellwach und putzmunter. Er drehte sich um, um seinen Umhang anzulegen, der nur für Könige bestimmt war. Passend dazu setzte er sich seine schlanke Krone auf, die mit einem großen blauen Opal geschmückt war.

Als er sich gerade die Stiefel anziehen wollte, bemerkte er eine auf seinem Tisch liegende Pergamentrolle. Mit einem Fuß schon fast im Stiefel zog er diesen komplett an und humpelte zum Tisch. Er drehte den Brief in seiner Hand und fand das Siegel. Für einen kurzen Augenblick lang betrachtete er es, bis er sein Jagdmesser nahm und es aufschlitzte. Sofort entrollte sich das Pergament und er las die Nachricht.

„Lycia." Walter bemerkte gar nicht, dass er dieses letzte Wort sogar leise geflüstert hatte. Er blickte noch einige Sekunden auf den Namen, bis er selbst eine Feder und ein winziges Stück Pergament nahm und eine Antwort mit seiner krakeligen Schrift verfasste.

Ich komme!
Walter

„Ich bin zwar kein großer Schreiber", dachte er, „doch hätte ich ein größeres Pergamentstück gefunden, hätte ich mit Sicherheit auch mehr geschrieben." Er lachte kurz und sagte dann zu sich selbst: „Nein, hättest du nicht." Dann ging er hinüber zu seinem zweiten Stiefel und zog auch diesen an.

Während er hineinschlüpfte, ging die Tür auf und ein alter hagerer Mann namens James stand vor ihm. „Guten Morgen, Majestät! Das übliche Frühstück?", fragte der Mann.

„Guten Morgen, James! Ja bitte", antwortete Walter. Der Diener wollte sich gerade umdrehen, als dem König noch etwas einfiel und er rief: „Ach James, wo Ihr doch schon einmal da seid, könntet Ihr diesen Brief an Königin Lycia zurückschicken?"

„Natürlich!" James nahm den Zettel, betrachtete ihn kurz und ging dann hinaus.

Der junge Mann hingegen blieb noch kurz auf dem Stuhl sitzen und dachte darüber nach, was er bloß ohne seinen treuen Diener machen würde.

&

Lycia wartete nur noch auf *eine* Antwort. Sie wollte gerade noch einmal ihre Rede durchgehen, die sie am morgigen Tag halten würde, wenn sich die vier Könige am großen Felsen träfen, als ein junger Bote, ein Gehilfe von Ron, in ihr Gemach gestürmt kam. Er trug einen kleinen Vogel auf seiner Schulter.

„Eine Nachricht für Lycia, Königin der Waldwächter", sagte er.

„Danke, Ralph. Du kannst gehen!", befahl sie und nahm dem Jungen den Brief ab.

Sie schaute verblüfft darauf, denn es sah eher aus wie ein Fetzen Pergament und nicht wie einer der Briefe, die sie von König Carlos oder von Königin Helena erhalten hatte. Trotzdem schnitt sie das Band durch, mit welchem die Nachricht verschlossen gehalten wurde. Sie faltete das Pergament auf und versuchte, die kurze Notiz zu lesen. Lycia hatte große Mühe, die Worte zu entziffern, und immer wenn sie glaubte, den richtigen Buchstaben erkannt zu haben, passte der nächste nicht dazu. So schaffte es die Königin, einige merkwürdige Notizen zusammenzusetzen.

Ei kommt! Wasser

Jch konne! Waeter

Es ergaben sich noch viele andere sinnlose Worte. Ihr war recht schnell klar geworden, dass der Absender dieser Nachricht kommen wollte, aber wie hieß er nur?

Es dauerte fast eine halbe Stunde, bis sie den richtigen Namen entziffert hatte. Erleichtert seufzte sie und legte das Pergament zu den anderen beiden.

Am nächsten Morgen machte sich Lycia sehr schnell fertig, um auch ja die Erste am Treffpunkt zu sein. Sie wusch sich kurz ihr Gesicht und zog dann ein Kleid an, welches die gleiche Farbe hatte wie frisch duftendes Sommergras. Danach aß sie noch ein Stück Brot und trank einen ganzen Krug Wasser, bevor sie ihr Schwert nahm und mit schnellen Schritten in Richtung der Pferdeställe hastete.

Das Tunnelsystem war sehr weitläufig und besaß mehrere geheime Ausgänge. Durch einen gelangte man auf eine perfekt versteckte Lichtung, die von dichtem Gehölz umrahmt war und beim Durchlaufen des Waldes nicht gefunden werden würde. Dort hatte man die Ställe errichtet. Unterwegs grüßte sie jeden, der ihr begegnete.

Als sie bei den Ställen ankam, hatte ihr brauner Hengst bereits Sattel und Trense angelegt bekommen. Kaum war sie bei ihm, eilte ein Stallbursche auf sie zu und half ihr, sich in den Sattel zu schwingen.

Sie streichelte noch kurz ihr Pferd und flüsterte ihm ins Ohr: „Guten Morgen, Pegasus!"

Danach gab sie ihm die Sporen und ritt davon. Die Stallburschen hatten bereits ein schmales Gatter, das mit Gestrüpp und Zweigen getarnt war, geöffnet, sodass sie die Lichtung verlassen konnte. Sie hatte nur einen kurzen Weg zurückzulegen. Ehe sie sich versah, war sie auch schon am Felsen angekommen, und tatsächlich, sie war die Erste.

Sie band gerade Pegasus an einem in der Nähe stehenden Baum fest, als wenige Schritte von ihr entfernt ein Pferd landete. Lycia musste zweimal nachsehen, bevor sie glaubte, was sie sah. Es war tatsächlich ein geflügeltes schneeweißes Pferd. Sie war so fasziniert von dem Tier, dass sie erst wenige Sekunden später bemerkte, dass auf dem Pferd eine junge Frau mit langen blonden Haaren saß. Diese blickte auf Lycia hinab, welche auf sie zuging, um sie zu begrüßen.

„Guten Tag! Ihr müsst Königin Lycia sein", sagte die Frau.

„Guten Tag! Ja, das bin ich. Wer seid Ihr?"

„Mein Name ist Helena. Bin ich die Erste? Wo sind die anderen beiden?", fragte sie und stieg ab.

In diesem Augenblick bemerkte Lycia eine Staubwolke, die auf sie zukam. „Ich glaube, da kommt jemand", bemerkte sie.

Nach kurzer Zeit hielt ein großes Schlachtross vor ihnen, darauf saß ein älterer Mann. Dieser stieg ab, und während er auf die Frauen zuging, sagte er mit barscher Stimme: „Hallo! Ich heiße Carlos."

„Guten Tag, mein Name ist Lycia."

„Helena."

Carlos beäugte Helena argwöhnisch und wollte gerade etwas sagen, als ein weiterer, diesmal jedoch jüngerer Mann vor ihnen sein Pferd zum Stehen brachte.

„Hallo! Bin ich zu spät?", fragte er mit gehetzter Stimme.

„Nein", erwiderte Lycia. Sie musterte den letzten Ankömmling. Er konnte gerade einmal Ende zwanzig sein, sah aber sehr gut aus.

Als hätte er ihre Gedanken gespürt, drehte der junge Mann sich um und sah ihr direkt in die Augen. Sofort durchfuhr Lycia ein tiefes Kribbeln in der Bauchgegend. Während sie darüber nachdachte, stellten sich die anderen drei gegenseitig vor.

„Und wie ist Euer Name?", fragte der junge Mann.

„Lycia."

„Ich heiße Walter." Die Königin der Wälder musste sofort wieder an die krakelige Notiz denken, verwarf ihren Gedanken aber auf der Stelle.

„Nun gut, da jetzt alle anwesend sind, schlage ich vor, dass wir beginnen", eröffnete Lycia ihre Rede. Die anderen drei nickten zustimmend. Vor dem großen Felsen gab es viele einzelne verstreut stehende Steine. Vier davon waren nahe dem großen Felsen gruppiert. Sie setzten sich und Lycia redete weiter: „Gut! Ich habe Euch heute hierher eingeladen, um wichtige Punkte zu klären. Außerdem dachte ich mir, dass wir so unnötigen Streitereien in der Zukunft aus dem Weg gehen können. Ich nenne Euch erst einmal die Punkte, die ich für wichtig halte. Als Erstes müssen wir die Grenzen unserer Königreiche festlegen. Als Zweites steht der Abbau und Austausch von Rohstoffen auf dem Programm und als letzten Punkt sollten wir das alles in einem Friedensvertrag notieren. Also lasst uns beginnen."

Der erste Punkt war schnell geklärt, denn alle waren damit einverstanden, dass die jetzige Einteilung des Landes gut war. Das hieß, dass König Carlos der Vulkan und sein Umland gehörten, Walter hauste im See, Königin Helena im Gebirge und Lycia im Wald.

Der zweite Punkt war komplexer, denn alle wollten natürlich viel bekommen, aber wenig geben. Es geschah, dass die Diskussion über die Rohstoffe sich so lange hinzog, dass Helena aufstand und sich zum Gehen wandte.

„Wo wollt Ihr denn hin?", fragte Carlos.

„Nach Hause. Dieses Gerede ist ermüdend und bringt gar nichts."

„Aber Ihr könnt doch nicht einfach gehen!", protestierte er weiter.

„Oh doch, denn Ihr könnt mir nichts befehlen", erwiderte Helena. Carlos sprang zornig auf und auch die anderen erhoben sich.

Bevor der Herrscher des Vulkans zurückgiften konnte, mischte sich Lycia ein: „Dann lasst sie doch gehen. Wir schaffen den Rest auch ohne sie."

„Aha! Ihr unterstützt solche Feigheit also!", schrie Carlos jetzt mit hochrotem Kopf.

„Nein, das wollte ich ...", begann die Herrin der Wälder, doch Helena schnitt ihr das Wort ab.

„Feigheit? Das muss ich mir wohl nicht vorwerfen lassen! Ich verwette meinen Kopf darauf, dass Ihr als Erstes Euren Schwanz einziehen werdet, wenn es ernst wird!"

„Bitte, wir sollten uns nicht streiten", versuchte Lycia zu schlichten, doch erneut wurde sie von der gereizten Frau herrisch unterbrochen.

„Was soll das? Seid Ihr jetzt auf seiner Seite?!"

„Nein, ich bin auf niemandes Seite."

„Ach was! Wenn Ihr nicht zu mir gehört, gehört Ihr zu meinen Feinden, genauso wie dieser Schwachkopf hier!"

Carlos, der mittlerweile einen so roten Kopf hatte, dass man meinte, er würde gleich platzen, schrie aus Leibeskräften. „Das muss ich mir nicht bieten lassen! Wenn Ihr meint, mich herausfordern zu können, werdet Ihr Euer blaues Wunder erleben! Wir sehen uns auf dem Schlachtfeld wieder!"

Helena jedoch hörte schon nicht mehr zu. Sie saß bereits auf ihrem geflügelten Pferd und machte sich auf, zurück in die Berge.

„Ich denke nicht, dass sie Euch herausfordern wollte", warf Walter ein.

„Ihr unterstützt also diese Missgeburt einer Hure?!"

„Nein, ich unterstütze niemanden."

Carlos schüttelte den Kopf und sagte: „Wenn Ihr nicht für mich seid, seid Ihr gegen mich!" Dann ritt er wutschnaubend davon.

Walter trat zu Lycia, verabschiedete sich höflich, machte sich auf den Weg und verschwand am schon dunklen Horizont.

Lycia sank auf ihren Stein nieder und begann zu weinen. Das hatte sie nicht gewollt. Sie weinte bis in die frühen Morgenstunden. Irgendwann schienen die ersten Sonnenstrahlen eines neuen Tages hinter dem Gebirge hervor.

Vergossenes Königsblut

In den ersten frühen Morgenstunden ritt Lycia zurück. Während des kurzen Weges überlegte sie, was sie tun sollte. Wenn sie Helena unterstützte, würde Carlos auch sie attackieren. Wenn sie jedoch dem König des Vulkans half, konnte Helena sie angreifen. Aber wenn sie neutral blieb, dann würden Helena und Carlos sie als Feind ansehen und bekämpfen. Es schien eine aussichtslose Situation zu sein.

Nachdem sie ihr Pferd wieder in den Stall gebracht hatte, ging sie erst einmal zu Bett, um einen klaren Kopf zu bekommen. Denn Lycia wusste ganz genau, welch große Last auf ihren Schultern lag.

Ein Pfeilhagel flog auf sie zu. Sie versuchte sich noch zu ducken, doch es war zu spät. Sie sank zu Boden. Blut quoll aus ihrem Körper hervor.

Lycia schreckte hoch. Ihr Gesicht war schweißüberströmt, ihre Hände zitterten und ihr Atem ging schnell. Kurz erinnerte sie sich an den Traum, den sie gerade gehabt hatte. Gemeinsam mit ihrer Armee war sie auf einem Schlachtfeld gewesen und plötzlich waren mehr als einhundert Pfeile auf sie zugeflogen und ...

Sie konnte nicht weiterdenken, denn sie wusste ganz genau, dass dies nicht nur irgendein Albtraum gewesen war. Er würde wahr werden, wenn sie nicht schnellstens eine Lösung fand. Sie schaute sich um. Ihr Magen verriet ihr, dass es schon Mittag sein musste. Lycia stand auf und wusch sich. Während sie sich anzog, dachte sie noch einmal kurz an den gestrigen Tag.

„Ich muss den Rat des Waldes um Hilfe bitten", dachte sie.

Der Rat des Waldes war eine Tradition aus ihrer alten Heimat und wurde immer dann einberufen, wenn der König oder die Königin vor einer schweren Entscheidung stand und Lösungsvorschläge brauchte. Zusammen mit dem König bestand der Rat immer aus dreizehn Leuten. Neben Lycia waren es noch sechs weitere Frauen und sechs Männer.

Lycia rief ihre Magd: „Felicia! Felicia!" Diese kam herein und fragte, was los sei. „Der Rat des Waldes soll sich in einer Stunde im Thronsaal zusammenfinden."

„Gut, wie Ihr wünscht. Was soll ich ihnen sagen, wenn sie fragen sollten, was geschehen ist?"

„Sag ihnen, dass die Existenz unseres Volkes bedroht wird", antwortete Lycia. Felicia nickte nur knapp, dann ging sie fort.

Nachdem die Königin ein Mahl zu sich genommen hatte, welches noch nicht einmal ein Kind satt gemacht hätte, begab sie sich mit ihrer Leibgarde zum Thronsaal. Als sie um eine Ecke biegen wollte, sagte eine Stimme: „Wir werden verfolgt."

Lycia drehte sich um und tatsächlich stand dort ein kleiner Junge. „Guten Morgen, mein Kleiner. Wie heißt du denn?", fragte sie freundlich und ging in die Hocke, doch der Junge blieb stumm.

„Vielleicht versteht er mich nicht?", dachte die Frau.

„Oh doch, das tue ich", sprach plötzlich eine Stimme in ihrem Kopf.

Sie erschrak so sehr, dass sie beinahe hintenübergekippt wäre. „Wer ist da?", dachte sie.

„Mein Name ist Skatar und ich bin ein Werkind", erklang wieder die Stimme. Der Junge sah ihr währenddessen fest in die Augen.

„Ein Werkind? Aber was willst du?"

„Dir helfen."

Lycia dachte an eine alte Legende, die ihr Vater einmal erzählt hatte, dass Werkinder keine richtigen Menschen und unsterblich seien. Sie könnten die Gestalt von jeder Person annehmen, der sie schon einmal in die Augen geschaut hatten. Meistens tauchten sie aber nur auf, wenn irgendjemand ihrer Meinung nach einen Rat oder Hilfe benötigte. Doch das kam nur selten vor.

„Da hatte dein Vater ganz recht", sagte das Werkind.

Lycia war immer noch so perplex darüber, dass sie sich in ihren Gedanken unterhielten, dass sie nur fragen konnte: „Und du wirst uns unterstützen?"

„Nein!"

Diese Antwort war wieder so überraschend, dass Lycia sich ein wenig mulmig fühlte. „Aber was tust du dann hier?"

„Ich kann nicht deinem ganzen Volk eine Hilfe sein, aber ich werde dir die richtige Richtung weisen, sodass du ihnen helfen kannst. Schließe deine Augen und du siehst die Lösung", erwiderte Skatar.

Lycia schloss ihre Augen und plötzlich entstand in ihren Gedanken ein Bild. Es zeigte sie selbst auf einem Pferd, wie sie am Rande eines Schlachtfeldes stand. Sie war nicht allein. Neben ihr befand sich ein Mann. Es war Walter. Wieder setzte dieses Kribbeln in ihrer Bauchgegend ein. Sie beide starrten auf zwei Streitmächte, welche sich gegenüberstanden.

Da wusste Lycia, was zu tun war. Sie öffnete ihre Augen und schaute sich verwundert um, bis sie verstand, dass sie auf dem Boden lag. Ihre Leibwächter standen um sie herum.

„Alles in Ordnung, Herrin?", fragte einer von ihnen.

„Ja, mir geht es gut, aber wo ist das Kind?", wollte die Königin wissen, während sie sich aufrichtete.

„Welches Kind, Herrin?"

Lycia schaute sich verdattert um, aber Skatar war verschwunden. Sie erinnerte sich noch einmal an die Bilder, die noch immer klar vor ihren Augen schwebten.

„Das ist die Antwort. Der Rat des Waldes braucht sich nicht zu versammeln. Ich kehre zurück in mein Gemach."

Ihre Ritter schauten sich gegenseitig verwundert an, doch sie achtete nicht darauf und marschierte schon wieder in Richtung ihres Zimmers. Dort angekommen schrieb sie einen Brief an Walter, der im Laufe des Tages mit einem „Ja" antwortete. Somit war ihr Plan für den morgigen Tag geschmiedet.

☙☙

Carlos erwachte. Er fühlte sich munter und kampfbereit. Seit er von der katastrophalen Besprechung zurückgekehrt war, hatten er und seine Generäle Pläne für die kommenden Schlachten geschmiedet. Langsam stieg er aus dem Bett und zog sich an. Kurz darauf erschien ein Mann und brachte das Frühstück. Carlos nahm nur ein Stück Brot und ging dann hinaus. Er war gerade auf dem Weg zu seinen Kriegern, um ihnen zu sagen, dass der Kampf bald beginnen würde, als August auf ihn zugeeilt kam.

„H...h...herr! Ich h...h...habe ei...ei...eine Bo...bo...botschaft von Kö...könig...königin Ly...lycia u...und Kö...könig W...wa...wa...walter für Euch", stotterte er.

„Welche denn?", fragte er rasch, denn er hatte keine Zeit, sich mit August zu beschäftigen.

„I...i...ich b...beginne: Wi...wir wer...wer...werden w...w...weder Eu...euch n...n...noch H...h...helena un...un...unter...unter...unterstützen!"

Carlos schrie August mit hochrotem Kopf an. „Du wagst es, meine Zeit mit solch einer belanglosen Nachricht zu vergeuden?! Wachen! Schmeißt diesen Mann in die Tiefe des Vulkans, als Strafe dafür, dass er mich gestört hat!"

August erstarrte. „A...a...aber H...h...herr!", fing er an zu stottern. Tränen liefen ihm übers Gesicht, als die beiden Männer, die herbeigeeilt waren, ihn packten und in Richtung Magmakammer zerrten. Den ganzen Weg über hörte Carlos ihn schreien.

Kurze Zeit später war alles wieder ruhig. Nach einigen Minuten kamen die beiden Wachen zurück. „Er ist tot! Wir haben ihn in die Tiefen des Vulkans geschmissen und gesehen, wie er in das Magma fiel", berichtete einer der Männer.

„Sehr gut!", lobte der König.

Dann drehte er sich um und eilte davon. Ein gewundener Weg führte aus dem Vulkan hinaus. Vor dem Feuerberg hatte sich sein Heer versammelt und er sprach zu all seinen Kriegern, die angespannt warteten.

„Nun ist der Tag gekommen. Der Tag, an dem wir gegen eine Frau kämpfen, die mich und dadurch auch euch der Feigheit beschuldigt hat! Doch wir werden sie eines Besseren belehren. Denn heute werden wir nicht nur gegen sie kämpfen, nein, wir werden sie abschlachten! Wenn wir ihnen nun gegenübertreten, werden wir keine Gnade walten lassen! Denn auch sie werden uns nicht verschonen! Alle, die sich vor einem Kampf fürchten, können ihre Waffen ablegen und gehen. Aber hört gut zu: Ihr werdet die Konsequenzen für eure Feigheit zu spüren bekommen! Habt ihr gerade die Schreie gehört? Wenn ja, dies war ein Mann, der sich unseren, meinen Plänen in den Weg gestellt hat. Sein Körper ist nun zu Asche geworden. Dieses Schicksal wird jeden ereilen, der feige ist oder sich meinen Befehlen verweigert. Nun macht euch bereit, denn wir reiten unseren Feinden entgegen! Zeigt keine Angst und habt kein Erbarmen!"

Carlos stieg auf sein Schlachtross und hob den Arm. „Attacke!"

„Formation Feuerberg!", schrien die Generäle und die Offiziere gaben die Befehle weiter.

Und so marschierten sie los. Der Herrscher sah, wie die Krieger an ihm vorbeizogen. Er sah, dass verschiedene Fahnen in die Höhe gereckt worden waren.

„So viele Völker habe ich bereits in meiner alten Heimat besiegt und unter meinem Banner vereint", dachte er und sah auf die Fahne des Häuptlings vom Aschenberg.

Carlos erinnerte sich, dass der Häuptling damals um jeden Flecken Land gekämpft und dennoch jeden Tag immer mehr an ihn verloren hatte. Auch wusste der erfolgreiche Feldherr noch, dass seine Streitmacht damals in das Hauptdorf einmarschiert war und der Anführer sich am Ende ihm unterworfen hatte. Anschließend hatte sich der Häuptling mit seinen Männern in einem Kampf gegen eine deutliche Überzahl von Templonern als sehr hilfreich erwiesen. Auch wenn sie am Ende von der Insel hatten fliehen müssen, hatte er den Häuptling zu einem seiner Kommandeure befördert. Doch nun war es an der Zeit, mit seiner Armee aus Feuerblütlern in den Krieg gegen ein Volk zu ziehen, welches sie nicht kannten. Trotzdem war Carlos davon überzeugt, dass sie gewinnen würden.

☙

„Jetzt geht es gleich los, macht euch bereit!", befahl Walter seinen Kriegern.

Seit einer Stunde warteten sie bereits im Verborgenen auf die Armee von Carlos. Helena verharrte bereits ungeduldig mit ihrer Armee in östlicher Richtung. Lycia hatte sich mit ihren Leuten knapp zweitausend Fuß weiter östlich versteckt. Walter dachte an seine geheime Kommunikation mit ihr. Sie war wirklich eine außergewöhnliche Frau und sehr hübsch. Er wurde rot, als ihm bewusst wurde, was er da dachte. Stattdessen ging er in seinem Kopf noch einmal den Plan durch, den sie sich gemeinsam ausgedacht hatten. Dann blickte er wieder zum Schlachtfeld. Carlos war im Anmarsch. Sein Heer schien riesig und ein Soldat sah grimmiger aus als der andere. Walter konnte Carlos Befehle geben sehen und die Männer formierten sich zu mehreren kleineren Reihen. Plötzlich ertönte ein Signalhorn aus Helenas Reihen und mehr als zweihundert fliegende Pferde, die sich zuvor in der Menge versteckt hatten, stiegen in die Luft.

„Mist!", dachte Walter. An diese Viecher hatten sie gar nicht gedacht. Trotzdem mussten sie es versuchen. Er wartete noch kurz.

Dann, ohne Vorwarnung, öffneten sich die kleineren Reihen auf Carlos' Seite und es flogen mehr als fünfhundert Pfeile auf die Krieger Helenas zu. Gleichzeitig schossen Soldaten auf den fliegenden Pferden Pfeile hinab. Auch die anderen Krieger Helenas griffen jetzt an. Das war der Augenblick, auf den Walter gewartet hatte.

„Angriff!", schrie er und ritt auf seinem Pferd aus dem Versteck. Währenddessen zog er sein Schwert aus der Scheide.

Auch Lycia musste zum Angriff geblasen haben, denn als er nach rechts schaute, sah er, wie sie ihre Waldwächter anführte. Walter schwenkte nach links, um Carlos' Armee von der Seite zu treffen. Ähnliches tat Lycia rechts von ihm. Die Soldaten der jeweiligen Armeen waren überrascht, plötzlich von der Seite attackiert zu werden, hatten sich aber bald wieder im Griff.

Als seine Krieger die ersten paar Gegner niedergemetzelt hatten, stellte Walter fest, dass Carlos' Männer mehrere vulkanähnliche Dreiecksformationen gebildet hatten, denn nachdem sie die ersten Leute getötet hatten, fanden sie sich plötzlich in einer Art Hohlraum wieder und waren umzingelt von Lanzenspitzen. Ähnlich erging es all seinen anderen Soldaten, die durch diese Formation in kleine Gruppen aufgeteilt worden waren. Doch Walter enthauptete die ersten Gegner, die auf ihn zustürmten, mit einer solchen Leichtigkeit, dass er wusste, die Feinde konnten gegen ihn und seine Männer nichts ausrichten.

Als sie sich all ihrer Gegner, die sie umzingelt hatten, entledigt hatten, gab er den Befehl zum Rückzug und Sammeln und spähte hinüber zu Lycia. Ihr erging es offenbar besser, denn wie vorausgesehen war bei Helenas Armee keine direkte Formation zu erkennen.

Während er jedoch hinüberblickte, bemerkte er, dass sich Carlos' Männer plötzlich ohne irgendeine Anordnung auf Helenas Krieger stürzten. Walter erteilte den Befehl zum erneuten Angriff und sah sich selbst nach dem König des Vulkangebietes um. Als er ihn fand, erschlug dieser gerade drei Feinde, die sich um ihn geschart hatten. Walter ritt auf ihn zu und stach dabei auf jeden ein, der ihn angriff. Sobald er den feindlichen König erreicht hatte, sah er Carlos und Helena in einem erbitterten Kampf. Von der anderen Seite her näherte sich Lycia.

„Ich werde dich schlachten wie eine Kuh!", schrie Carlos.

„Du würdest doch noch nicht einmal einen Stock treffen!", entgegnete Helena, während sie seinen mächtigen Hieben auswich.

Lycia sprang vor und schlug jetzt ihrerseits auf Carlos ein. Auch Walter versuchte, Helena in einen Kampf zu verwickeln, doch ehe er sich versah, war er umringt von Schwertkämpfern. Auch Lycia erging es nicht besser bei ihrem Versuch, den Kampf zu beenden, denn Carlos schlug ihr mit seiner linken Faust hart ins Gesicht und griff dann wieder Helena an.

Lycia sank benommen zu Boden und spürte, dass Blut aus ihrer wahrscheinlich gebrochenen Nase lief. Als sie sich aufrichtete, sah sie Walter auf sich zustürmen. Sein Brustpanzer war verbeult und aus seinem Mund lief Blut.

„Was ist ...", setzte sie an, doch ihr Verbündeter winkte nur ab, deutete auf Carlos und Helena und kümmerte sich besorgt um ihre Wunde.

Währenddessen kämpften die anderen beiden immer noch gegeneinander, wobei sie nicht in der Lage waren, den jeweils anderen ernsthaft zu verletzen. Doch plötzlich täuschte Carlos einen Schlag auf ihre Brust an und gab Helena, die zur Seite auswich, mit der linken Faust einen Kinnhaken. Ganz deutlich hörte man etwas knacken. Er lachte boshaft auf. Doch hätte er lieber aufgepasst, denn in dieser kurzen Zeit hatte sich die Kriegerin wieder gefangen und ihm einen tiefen Schnitt an der rechten Wange beigebracht. Dieser brannte und schmerzte und es fühlte sich an, als ob sich die Haut auflöste.

Er betastete seine Wange und tatsächlich, er fühlte nur Fleisch. Das konnte doch nicht sein. Rachsüchtig drehte er sich zu Helena um, doch sie war verschwunden. Stattdessen standen vor ihm jetzt dieser Walter und diese Lycia. Er wandte sich ab und überblickte die Lage. Viele seiner Männer waren in Kämpfe verstrickt und etliche lagen schon am Boden. Grimmig bestieg er wieder sein Pferd.

Dann rief er lautstark: „Rückzug! Wir ziehen uns zurück!"

Immer wieder rief er es, während er sich einen Weg zurück zum Vulkan bahnte.

Lycia sah sich auf dem Schlachtfeld um, auch Helena hatte offenbar ihren Kriegern den Rückzug befohlen.

Walter schrie jetzt ebenfalls: „Zurück zum Wald!"

Die junge Königin stand jedoch völlig verdattert da und konnte sich nicht regen. Auf einmal wurde ihr schwindelig und das Letzte, was sie noch mitbekam, war, dass sie zusammenbrach und Walter sie auffing. Dann wurde ihr schwarz vor Augen.

Das brennende Meer

Als Lycia wieder aufwachte, lag sie in ihrem Bett. Sie konnte nur durch den Mund atmen und ihr Gesicht schmerzte. Stirnrunzelnd wollte sie ihre Nase berühren, doch ihre Finger ertasteten stattdessen einen kühlenden Lappen, der auf ihre wieder gerichtete Nase gelegt worden war.

Felicia stand neben ihrem Bett und wusch einen anderen Lappen in kaltem Wasser. Als diese aufblickte, bemerkte sie, dass ihre Königin wach war. „Na endlich, Herrin, Ihr seid erwacht!"

„Wie lange habe ich geschlafen?"

„Einen ganzen Tag."

„Ich muss los und unsere Toten holen!", sagte Lycia und richtete sich in ihrem Bett auf. Fast einen ganzen Tag hatte die Schlacht gedauert. Also musste es nun später Nachmittag sein.

„Nein, nein, nein! Ihr dürft Euch nicht anstrengen. Eure Nase ist gebrochen. Zum Glück ist es ein geschlossener, glatter Bruch."

„Das interessiert mich nicht", erwiderte sie, stieg aus dem Bett, wankte hinüber zu ihren Kleidern und zog sich an.

Felicia ging auf sie zu. „Bitte wartet. Ich muss Eure Nase verbinden."

Die Königin nickte und Felicia legte einen Verband um ihr Gesicht. Danach ging Lycia hinaus.

Als sie kurze Zeit später mit einigen ausgewählten Männern zum Schlachtfeld zurückkehrte, sah sie König Walter, der mit seinen Leuten seine verstorbenen Soldaten auf Karren lud.

Während sie das Geschehen beobachtete, bemerkte sie, dass eine gebückte Gestalt zwischen all den Helfern auf Walter zuschlich. Sie sah auch, wie sie einen Dolch herauszog. Offenbar bemerkte niemand diese Person.

Zwar konnte Lycia alles sehen, jedoch war sie noch zu weit entfernt, als dass sie Walter hätte warnen können.

„Bogen und Pfeil! Schnell!", befahl sie. Sofort reichte ihr jemand das Gewünschte. Sie nahm es und preschte los.

Während sie auf die andere Gruppe zuritt, legte sie den Pfeil an, spannte und zielte. Da sie schon als Kind gelernt hatte, von einem Pferderücken aus zu schießen, fiel ihr dies nicht schwer. Sie nahm den Mann ins Visier und ließ los. Der Pfeil surrte durch die Luft und schoss nur haarscharf an Walter vorbei. Dieser drehte sich um und betrachtete ganz verdutzt einen Mann, aus dessen Stirn ein Pfeil ragte. Als er sich wieder umdrehte, war Lycia schon bei ihm angekommen. Sie stieg ab und ging auf den jungen König zu.

„Guten Tag, Walter."

„Lycia! Was … wer war das? Und solltet Ihr nicht eigentlich im Bett liegen?"

Sie schüttelte den Kopf, um zu zeigen, dass sie nicht wusste, wer der Angreifer gewesen war. „Ich habe die gleiche Pflicht wie Ihr, unsere Toten zu holen."

Für einige Sekunden trat Schweigen ein. Dann sagte Walter: „Vielen Dank, Ihr … du hast mein Leben gerettet. Ich weiß, du hast deine Verpflichtungen, aber ich würde dich gerne näher kennenlernen. Willst du unserer Seebestattung beiwohnen?"

„Ja, gerne!", antwortete sie verlegen und neugierig, da sie noch nie zuvor eine Beerdigung dieser Art gesehen hatte. Sie gab ihren Kriegern Bescheid, dass sie die Toten zurückbringen und bestatten sollten, dann ritt sie mit Walter davon.

Lycia war von dem Anblick überrascht, der sich ihnen am Meer bot. Hunderte Leute standen dort und legten die Toten in kleine Boote. Sie schaute zu, wie man Kerzen zu den Leichnamen stellte und die Kähne auf Walters Zeichen hin ins Wasser schob. In der hereinbrechenden Dämmerung schien jede einzelne Flamme heller als zuvor zu leuchten. Während die Boote wie von Geisterhand davonschwammen, sangen mehrere Frauen ein Lied in einer Sprache, die Lycia nicht verstand.

Walter stellte sich neben sie und flüsterte ihr zu: „Ich übersetze dir die Strophen.

Oh allmächtiger Nen cam, wir bitten dich, erhöre uns!
Oh allmächtiger Nen cam, nimm unsere Toten in deiner Mitte auf und geleite sie in deine Hallen!
Oh allmächtiger Nen cam, speise mit ihnen und trinke mit ihnen in deinen goldenen Hallen!
Oh allmächtiger Nen cam, wir bitten dich, erhöre uns!"

Als die Frauen mit einem sehr hohen Ton endeten, brachen plötzlich auf den Booten flackernde Feuer aus und aus dem Himmel schossen über einhundert Lichtsäulen hinab. Jede traf genau ein Boot. Lycia betrachtete die Strahlen, als plötzlich die leblosen Körper der Toten in die Lüfte gehoben wurden und immer weiter stiegen. Obwohl die Boote brannten, waren die Körper unversehrt. Kurze Zeit später verschwanden sie in den Wolken und mit ihnen auch die Lichtsäulen. Nicht nur die Kähne brannten, sie hatten auch das Wasser angesteckt. Es sah aus, als würde das gesamte Meer brennen. Einige Augenblicke später war schon wieder alles vorbei und das Wasser lag spiegelglatt und unberührt vor ihnen.

„Was ist da passiert?", fragte Lycia atemlos.

Walter entgegnete ihr: „Folge mir, ich erzähle dir etwas über unser Volk und unseren Gott."

Sie ritten gemeinsam zum Schloss im See. Die anderen Leute vom Strand folgten ihnen und sprachen dabei Gebete oder sangen leise.

Als sie am Schloss angekommen waren, zeigte der Herrscher seiner Verbündeten die Anlage und anschließend begleitete Lycia Walter in den Thronsaal, wo bereits eine große Menschenmenge wartete. Tische und Stühle waren im Raum aufgebaut und das Trauermahl war bereits serviert. Sobald sich Walter auf den großen Thron gesetzt hatte, der in der Mitte des Saals an einem Tisch stand, setzten sich auch alle anderen und begannen zu essen. Walter nahm sich eine Hühnerkeule auf den Teller und fing an zu erzählen.

„Es gab einmal im großen weiten Meer fünf gewaltige Inseln, die alle sehr nahe beieinanderlagen. Auf jeder Insel regierte ein König. Viele Jahre lang herrschte Frieden zwischen den Völkern, doch eines Tages wurde eine der großen Königsstatuen beschmutzt. Die

Könige beschuldigten sich gegenseitig. Ein Kampf von ungemein gewalttätiger und blutrünstiger Manier brach aus. Während gerade einmal zehn Jahren Krieg kamen mehrere Hunderttausend Krieger ums Leben. Es war schlimm, denn mittlerweile ging es nicht mehr um die Statue, sondern darum, die anderen Völker auszulöschen. Jeder der fünf Könige wollte um jeden Preis alle Inseln unter seine Herrschaft bringen. Sie waren so mit dem Krieg beschäftigt, dass sie gar nicht bemerkten, dass Piraten anfingen, ihre Inseln heimlich zu plündern. Als die Herrscher den Verlust bemerkten, dachten sie natürlich, dass die anderen Könige sie bestohlen hätten. So schien es, als würde es niemals Frieden geben, bis alle Inselbewohner tot wären.

Als der Kampf nun schon mehr als dreißig Jahre andauerte, erwachten die Könige, die inzwischen schon ältere Männer waren, mitten in der Nacht durch einen hellen Blitz. Sie alle verspürten plötzlich den Drang, diesem Zeichen zu folgen. Als sie zu der Stelle kamen, wo dieser eingeschlagen war, entstand aus dem Rauch eine etwa fünftausend Schritt große Gestalt. Die Könige zogen ihre Schwerter, doch noch ehe sie angreifen konnten, waren die Waffen nur noch Asche. Die Könige blickten hinauf zu der Gestalt, die nun mit donnernder Stimme zu sprechen begann.

Mein Name ist Nen cam oder in eurer Sprache die Hand des Wassers. Ich beschütze die Meere so wie ihr eure Völker. Doch das Meer wird bald nicht mehr blau, sondern rot sein, wenn ihr weiterhin so viel Blut vergießt. Deshalb werde ich den geeigneten König für euch alle finden. Diesen werde ich mit einem Schutz belegen, sodass jeder stirbt, der ihn ermorden will. Wartet auf mein Zeichen. Während ihr wartet, herrsche Frieden unter euch!

Die Gestalt schrumpfte und schrumpfte, doch immer noch hörte man die letzten Worte sehr deutlich nachhallen. Drei Tage vergingen ohne ein Zeichen. Am vierten Tag geschah etwas Unglaubliches. Die fünf Könige verstarben an Herzversagen und ein junger Bauernknabe setzte sich einfach auf einen Thron. Als zwei Wachen ihn erstechen wollten, brachen ihre Klingen ab und die Männer fielen tot zu Boden. Doch damit nicht genug. In dieser Nacht fielen sehr viele Krieger einfach tot um. Am nächsten Morgen erklärte der Junge, dass diese Männer von solchem Hass ihm gegenüber durchdrungen gewesen wären, dass die Magie sie umgebracht hätte. Da wussten alle, wer der Junge war. Seit dem Tag beten wir nun zu Nen cam und seit dem Tag herrscht für alle Zeiten Frieden unter uns."

Als Walter mit seiner Erzählung geendet hatte, fragte Lycia ihn: „Und wie bist du auf den Thron gekommen?"

„Ich bin der Urururururururenkel dieses Bauernjungen. Und nur mein Nachkomme darf den Thron besteigen", antwortete Walter.

Lycia hatte noch viel mehr Fragen. Bevor sie diese jedoch stellen konnte, unterbrach der König sie.

„Hebe dir diese Fragen für morgen auf, wir sollten jetzt schlafen gehen. Außerdem sind wir die Letzten hier."

Sie schaute sich um und tatsächlich war der Saal komplett leer. „Dann reite ich wohl besser nach Hause."

„Nein! Du schläfst hier, wer weiß, vielleicht warten draußen noch mehr Meuchelmörder", entgegnete Walter.

Da Lycia zu müde war, um zu widersprechen, folgte sie ihm zu den Gemächern. Doch anstatt ihr ein eigenes Zimmer zu zeigen, bat Walter sie mit einem tiefen Blick in ihre Augen, mit in seinen Raum zu kommen. Die junge Frau wurde rot und nickte. Dort angekommen zog er sich aus. Sie schämte sich und drehte sich um, als er sich entblößte.

Doch Walter sagte sanft, aber bestimmt: „Ich liebe dich!"

Sie drehte sich um. Der junge Mann lag in seinem Bett, hatte eine Hand nach ihr ausgestreckt und sah sie ernst an. Da wusste Lycia zum ersten Mal, was dieses Bauchkribbeln hieß.

„Ich liebe dich auch!", entgegnete sie und ging auf ihn zu.

Am nächsten Morgen wurde Walter durch einen Sonnenstrahl geweckt, der durch den Vorhang seines Bettes fiel. Er drehte sich auf die andere Seite, um Lycia zu wecken, doch sie war verschwunden.

„Sie ist bestimmt schon zum Essen gegangen", dachte er.

So wusch er sich, zog sich an und ging hinunter in den großen Saal, doch dort war Lycia auch nicht. Also aß er erst einmal etwas und ging danach zurück in sein Gemach. Dort sah er einen Brief neben der Wasserschale liegen, den er beim Waschen offensichtlich übersehen hatte. Er nahm das Pergament hoch, öffnete das Siegel und begann zu lesen.

Lieber Walter,

die Nacht mit dir war sehr schön und ich kann dir versichern, dass ich deine Liebe erwidere. Allerdings wäre es töricht, wenn wir sie in dieser gefährlichen Zeit offen zeigen würden. Wir sind beide Herrscher eines Volkes und müssen uns auf unsere Pflichten konzentrieren. Denn stelle dir nur vor, einer von uns würde sterben.
Wenn dies geschehen sollte, würde es den anderen so sehr nach Rache dürsten, dass ihm alles Weitere egal wäre. Genau das darf aber nicht passieren. Deshalb ist es wichtig, unsere Liebe nicht aufblühen zu lassen, sondern im Keim zu ersticken.
Um uns beide nicht zu quälen, bitte ich dich, mit mir nur noch über militärische Angelegenheiten zu sprechen.
Ich hoffe, dass du es als Herrscher verstehen kannst.

Lycia

Walter blickte auf den Boden und setzte sich langsam auf sein Bett. Er hatte sich das alles ganz anders vorgestellt. Natürlich wusste er, dass es gefährlich und kompliziert gewesen wäre, dennoch hatte er gehofft, dass es Lycia wichtiger wäre, mit ihm zusammen zu sein. Aber sie hatte es unterbunden mit diesen netten Worten. Wieder blickte er auf das Pergament.
... *im Keim zu ersticken.*
Er war entsetzt. Ihm war auch klar gewesen, dass sie etwas gegen die Beziehung haben könnte, aber nun, da sie es so direkt gesagt hatte, fühlte es sich an, als hätte man ihm eine Dolchspitze in sein Herz gebohrt.
„Wie kann sie mir so etwas nur antun?"
Er wusste zwar, dass sie eine gerechte, aber auch konsequente Königin war, doch dass sie so hart sein konnte, war schon überraschend. Walter legte den Brief auf die Seite und blickte auf die Schüssel mit Wasser, ohne sie zu sehen. Irgendwann rief er James zu sich und erklärte ihm, dass er heute nicht zu sprechen sei. Danach legte er sich wieder ins Bett und trauerte um seine verlorene Liebe.

Brücke in den Wolken

Carlos verzog sein Gesicht. Der Schnitt, den ihm Helena zugefügt hatte, war zu einer großen Wunde geworden und sah ekelerregend aus. Über der Verletzung hatte sich nicht wie normalerweise ein Wundschorf gebildet, sondern gelb-grünlicher Schaum, sodass man sie auch nicht nähen konnte. Während sich Carlos im Spiegel betrachtete, kam Georg, der beste Heiler seines Volkes, herein.

„Immerhin einer, der sich mit so was auskennt", dachte der König. Laut fragte er: „Na endlich, wo habt Ihr so lange gesteckt?"

Georg räusperte sich, dann sprach er mit einer hohen, aber dennoch schwer zu verstehenden Stimme: „In meinem Labor war ich und habe in meinem Zauberbuch nach einer Heilungsmöglichkeit geforscht. Ich habe gesucht und gesucht, bin dabei übrigens auf einen nützlichen Zauber gegen …"

„Ja, ja, jetzt redet! Habt Ihr etwas gefunden?", blaffte der Herrscher ihn an.

„Also, wie gesagt, ich habe gesucht und gesucht und auf der vorletzten Seite stand es."

Carlos wartete und fragte: „Was stand da?"

„Die Lösung für Euer Problem."

„Jetzt redet, bevor ich Euch den Kopf abschlage!"

„Nun ja, das würde Euch auch nicht helfen, denn schließlich bin ich der Einzige hier, der die Runen des Buches entziffern kann, und wenn Ihr mir den Kopf abschlagt, werdet Ihr schmerzhaft verenden!"

„Gut. Wie lautet die Lösung?", fragte Carlos nun ruhig.

„Hanch von der Hakatukatukatukatukatuka-Insel", entgegnete Georg.

„Ist das nicht die Insel, auf der ..."
„Genau diese", unterbrach der Heiler.
Carlos schauderte. Auf der Hakatukatukatukatukatuka-Insel herrschte nämlich sein Bruder Garlos. Mit dem war er jedoch in einem großen Streit auseinandergegangen und seitdem hassten sie sich.
„Nun gut, schickt Männer los, um mir diese Pflanze zu bringen, und bietet dem König dort so viel Gold, wie er möchte!", befahl Carlos.
Georg, der Heiler, verneigte sich und ging hinaus. Der König wanderte unruhig in seinem Zimmer auf und ab. Diese Pflanze erinnerte ihn an etwas anderes, doch das konnte nicht sein. Verwirrung hatte ihn ergriffen. Dann fasste er einen Entschluss, schrieb selbst einen Brief und ließ ihn verschicken. Anschließend legte er sich wieder ins Bett und fiel nach kurzer Zeit in einen unruhigen Schlaf.

॰ॐ

Drei Tage war es her, seitdem Helena und Carlos gegeneinander gekämpft hatten. In dieser Zeit hatte die Königin ihren Männern und Frauen Ruhe gegönnt. Doch am Abend des dritten Tages rief sie alle Generäle, Hauptmänner und Magier zu sich in den Thronsaal.
„Was es wohl gibt?", fragte einer der Versammelten.
Während die Hauptmänner und Generäle darüber spekulierten, was ihre Königin wohl zu sagen hatte, standen die zehn Magier in hellblauen Roben in der dunkelsten Ecke des Thronsaals. Fast schien es, als wollten sie gar nicht hier sein, sondern ganz weit weg.
Nach kurzer Zeit betrat Helena den Raum durch eine geheime Tür hinter ihrem Thron. Als sie sich zeigte, erstarben alle Gespräche und vierzig gespannte Augenpaare schauten sie an. Sie selbst ging geradewegs auf ihren Thron zu und setzte sich. Erst als sie eine bequeme Position auf dem aus dem edelsten Holz gefertigten Sitz gefunden hatte, blickte sie hinab.
„Danke, dass ihr alle gekommen seid", sagte sie. Da der Saal ansonsten leer war, hallte ihre Stimme noch einige Augenblicke nach.

Als alles wieder ruhig war, sprach Helena weiter: „Drei Tage lang habe ich euch und euren Männern Ruhe gegönnt. Es wurden alle Verletzungen geheilt, egal wie groß oder klein sie waren. Doch nun ist es genug! Ich habe euch hierher rufen lassen, um euch zu sagen, dass sich eure Männer für einen Kampf bereit machen sollen!"

Die Hauptmänner und Generäle schauten sie irritiert an. Ein General, er hatte ein schmales, lang gezogenes Gesicht erkundigte sich: „Gibt es etwa irgendwelche Anzeichen für einen Angriff von König Carlos?" Die anderen Männer nickten, als wollten sie seine Frage bekräftigen.

„Nein, gibt es nicht! Aber wir werden sie angreifen, um sie zu überraschen, bevor sie sich wieder komplett erholt haben", antwortete die Herrscherin.

„Aber wie?", fragte ein anderer Mann, der für diesen Ausruf all seinen Mut gesammelt hatte und den sie nicht sehen konnte.

„Ja genau, wie? Wenn wir einfach so zu diesem Vulkan marschieren, werden uns die anderen beiden Könige entdecken und uns wahrscheinlich erneut angreifen. Bevor wir an unserem Ziel ankämen, wäre die Hälfte unserer Streitmacht tot. Also, wie wollen wir sie angreifen?", wollte der gleiche General wissen, der schon die erste Frage gestellt hatte. Er diente bereits seit Jahrzehnten dem Königshaus und durfte sich daher dieses Verhalten leisten.

„Deswegen habe ich euch hergerufen." Helena deutete auf die dunkle Ecke, in der die Magier standen. „Könnt ihr eine Art Brücke bauen, die uns direkt von unserem Berg über die Wolken zum Vulkan führt?", fragte die Königin an die Magier gewandt.

Einer der zehn trat ein wenig aus dem Schatten, sodass man ihn zwar noch nicht ganz sehen, aber zumindest die Reaktion auf seinem Gesicht erkennen konnte. Er schien verblüfft. Ob der Tatsache, dass sie einen solchen Plan hatte oder weil sie seine Kräfte infrage stellte, vermochte Helena nicht genau zu sagen.

Als der Magier dann jedoch anfing zu sprechen, wusste die Königin, dass es Zorn war. Er hatte eine sehr alte Stimme, trotzdem sprach er so laut, dass ihn jeder im Saal verstehen konnte. „Was glaubt Ihr eigentlich, wer Ihr seid, dass Ihr unsere Kräfte infrage stellt? Nichtsdestotrotz", fuhr er fort, bevor Helena etwas erwidern konnte, „ist das, was Ihr vorhabt, selbst für uns zehn zusammen eine

Herausforderung. Dennoch denke ich, dass wir es schaffen werden. Wenn Ihr uns nur noch sagt, wann und wie lange wir diesen Zauber wirken lassen sollen?"

„Generäle, wie lange brauchen eure Krieger, um sich kampfbereit zu machen?", fragte Helena.

Die Generäle und Hauptmänner schienen überrascht, dass sie plötzlich angesprochen wurden. Der General mit dem langen Gesicht antwortete stellvertretend für alle: „Ich schätze eine Nacht."

„Gut. Bevor die Sonne aufgegangen ist, brauchen wir die Wolkenbrücke. Im Morgengrauen werden wir angreifen. Magier, es reicht, wenn ihr sie immer nur für einen Teil der Streitmacht baut, sodass ihr nicht alle gleichzeitig transportieren müsst. Die Männer sollen sich vor Sonnenaufgang auf dem großen Felsplateau sammeln. Von dort aus soll die Brücke gebaut werden."

„Nun gut. Dann werden wir uns noch ein wenig stärken. Wir erwarten euch in wenigen Stunden", sagte der Magier. Dann streifte er sich eine hellblaue Kapuze über und ging zusammen mit den anderen neun hinaus.

Auch die Generäle und Hauptmänner verließen den Saal, um ihren Soldaten Bescheid zu geben. So blieb Helena alleine auf dem Thron zurück. Nach einiger Zeit stand sie auf und ging durch die gleiche Tür hinaus, durch welche sie auch schon hereingekommen war. Dahinter, das wusste sie genau, stand ihre Magd.

„Hol mir meine Rüstung und bring sie in mein Gemach!", befahl die Königin ihr und ging weiter. Als sie in ihrem Zimmer ankam, erstellte und studierte sie eine Liste der zehn Truppen, die gleich über den Wolken wandeln würden.

Bevor die Sonne den vierten Tag nach der letzten Schlacht ankündigte, wartete Helena bereits auf die letzten beiden Truppen. Nur schemenhaft waren die Krieger im Dämmerlicht erkennbar. Sie dagegen stand gut sichtbar auf einer Erhöhung und schaute auf ihre Soldaten hinab. Mit den Generälen hatte sie bereits das weitere Vorgehen besprochen.

Als sie zu den Magiern blickte, die links unter ihr standen, kam ein Bote angelaufen. Er hielt kurz vor ihrem Podest an und schnaufte dann: „Sie sind eingetroffen."

„Sehr schön! Ruhe dich jetzt aus, Joshua."

Der Junge verschwand und kurze Zeit später sprach sie zu ihren Kriegern: „Heute werden wir die Toten rächen, die vor vier Tagen gestorben sind! Heute werden wir sie mit einer Brücke über den Wolken überraschen! Heute werden wir sie niedermetzeln!" Zu den Magiern sagte sie: „Fangt an!"

Die Zauberer bildeten einen Kreis und sangen ein Lied. Da die Generäle angefangen hatten, Befehle zu geben, und die Hauptmänner diese weiterbrüllten, verstand Helena nur wenige Wörter des Gesangs. Sobald die Magier ihr Lied beendeten, erbebten sie plötzlich und fingen an zu zittern, blieben aber konzentriert im Kreis stehen. Helena starrte auf die Wolken, die sich zusammenschoben und tatsächlich eine gerade Brücke bildeten.

Sie drehte sich erneut zu ihren Männern um und rief: „Über die Wolken!"

Als Antwort schrien die Krieger ebenfalls: „Über die Wolken!"

Dann marschierte Helena los, gefolgt von den ersten beiden Truppen. Die Sonne ging auf und ließ das Land unter ihr in den prächtigsten Farben erstrahlen. Die Brücke selbst war durch Wolkenfetzen verdeckt. Nach einiger Zeit erblickte Helena den Vulkan vor sich. Ähnlich wie in den Bergen gab es kurz vor dem Krater ein Plateau, welches in die geheimen Gänge des Feuerhügels hineinführte. Die Königin nickte zufrieden. Es war genauso, wie ihre Spione es ihr beschrieben hatten.

Sie rief, während sie weiterlief: „Bogenschützen bereit machen!" Als sie nach hinten blickte, sah sie, dass knapp fünfzig Männer stehen blieben und ihre Pfeile anlegten. „Feuer!", schrie Helena und sofort gingen die vorangegangenen Fußsoldaten in die Hocke.

Der erste Schwarm Pfeile durchbohrte völlig verdutzte Wachposten der Feuerblütler. Sofort waren die Königin und ihre Krieger wieder auf den Beinen und stürmten weiter. Dies war das Zeichen für die Bogenschützen, nach eigenem Ermessen zu schießen. Helena zog ihr Schwert und ließ es auf einen überraschten Wachmann niedersausen, der mit gespaltenem Schädel tot zu Boden sank. Sie und ihre Männer töteten noch einige weitere Gegner, bevor diese Alarm geben konnten. Als ein feindlicher Krieger anfing, ein Horn zur Warnung zu blasen, kam ein halbes Dutzend Pfeile genau auf ihn zu und durchbohrte ihn, bevor er auch nur ein zweites Mal Luft holen konnte. Doch schon strömten weitere Feinde herbei. Als Helena und die restlichen Männer gerade anfingen, gegen eine erdrückende Übermacht zu kämpfen, bemerkte die Königin aus den Augenwinkeln, dass die nächsten beiden Garnisonen über die Brücke stürmten. Sie stießen zu Helenas Truppe und wollten sich dann gemeinsam einen Weg in Richtung Tunnelsystem freikämpfen.

Plötzlich bemerkte die Königin einen Mann, der weiter hinten mit hoch erhobenen Händen etwas sprach. An den schnellen Bewegungen seiner Lippen erkannte sie, dass er ein Magier sein musste und einen Zauber wob, der ihren Kriegern mit Sicherheit schaden würde. Deshalb schrie sie einigen Männern in ihrer Nähe einen Befehl zu.

„Kommt her, wir müssen ihn töten!" Mit ihrem Schwert deutete sie auf den Magier.

Als sie vorwärtsstürmen wollten, versperrten ihnen jedoch mehrere Dutzend Krieger den Weg. Helena stockte. Der Feind war besser vorbereitet, als sie gedacht hatte. Immer mehr Soldaten stürmten aus dem Tunneleingang herbei und blockierten diesen erfolgreich. Mit ihren vier Truppen konnte sie unmöglich alle Feinde töten. Schon jetzt waren viele ihrer Männer durch die gegnerische Übermacht gestorben. Trotzdem stürmte sie weiter und ihre Soldaten folgten ihr, ohne auch nur einmal zu zögern. Als Helena den nächsten Mann erreichte, hob dieser sein Schwert, um ihr mit einem Hieb den Kopf abzuschlagen. Helena fing den Streich ab und stieß ihrerseits dem Mann ihre blaue Klinge durch die Brust.

„Immerhin haben wir sie überrascht, sodass sie keine Rüstung tragen", dachte sie, als sie den nächsten Gegner tötete. Sie kämpfte und kämpfte, doch ein Ende war nicht in Sicht und auch dem Magier kam sie nicht näher.

Plötzlich ertönten hinter ihr laute Schreie. Als sie sich umdrehte, um nach der Ursache zu suchen, sah sie, dass sich knapp zwanzig ihrer Männer an die Kehle gefasst hatten und umfielen. Offenbar hatte der Magier angefangen, seinen Zauber gegen ihre Männer zu schicken. Schon wieder ertönten Schreie und einige ihrer Soldaten fielen einfach tot um. Das alles hatte Helena in Sekunden registriert und sie drehte sich sofort wieder zu den Kriegern vor sich um.

Nachdem sie sich des gefühlt hundertsten Gegners entledigt hatte, tat sich vor ihr plötzlich eine Lücke auf, durch die sie schlüpfte, und auf einmal stand sie dem Magier gegenüber. Dieser lag zusammengekauert und sich vor Schmerzen krümmend am Boden. Zwar wusste Helena, dass er durch den Kraftverlust nicht mehr lange zu leben hatte, dennoch hätte er wahrscheinlich selbst in diesem Zustand mehr als die Hälfte ihrer Männer umbringen können. Deshalb hob sie ihr Schwert und wollte ihm die Kehle durchschneiden.

Doch nur wenige Zentimeter von seinem Hals entfernt stoppte ihre Klinge plötzlich und sie wurde weggeschleudert. Sie prallte gegen die harte Vulkanwand und war für einen Moment völlig benebelt. Dann richtete sie sich wieder auf, stürmte auf den Magier zu und schlug erneut auf ihn ein. Ihre Klinge kam zwar näher heran, verfehlte ihn aber dennoch, als hätte er eine Schutzhülle um sich gelegt. Sie versuchte es wieder und wieder, und endlich durchstieß sie sein Herz und er war tot.

Zur gleichen Zeit spürte sie, wie jemand ihr einen Schnitt an der Wange verpasste. Sie wusste, noch bevor sie sich umdrehte, wer das war. Als sie Carlos anblickte, grinste dieser boshaft.

„Du hast zwar einen meiner Magier getötet, aber dafür hast du kaum noch Krieger."

Helena schaute sich um. Es stimmte, von ihren anfänglich zweihundert Mann waren jetzt nur noch knapp hundert am Leben, die meisten davon bereits verletzt. Einen Augenblick später jedoch sah sie, dass der fünfte Trupp gerade ankam. Dieser hatte allerdings Mühe, die Brücke zu verlassen, da sofort Gegner angestürmt kamen. Verbissen verteidigten sie sich.

„Wo kommen die denn her?", fragte Carlos überrascht. Offenbar konnten die Feinde zwar die Männer, nicht aber die Brücke sehen. Er drehte sich im genau richtigen Moment wieder zu Helena um und hatte gerade noch Zeit, den gegen sein linkes Bein gerichteten Schlag von ihr abzuwehren. „Du kleine, fiese Schlange!", fauchte er und attackierte sie seinerseits.

Während sie fochten, verletzten sie sich immer wieder gegenseitig. Es waren jedoch nur kleinere Schnittwunden, die im ersten Moment zwar brannten, im Eifer des Gefechtes jedoch nicht mehr auffielen.

Stunden waren bereits seit dem ersten Pfeilhagel vergangen und die Mittagssonne brannte auf die Kämpfenden nieder. Helena knirschte mit den Zähnen. Um diese Zeit hätten längst alle Truppen über der Brücke und im feindlichen Tunnelsystem sein sollen. Sie wusste genauso gut wie Carlos, dass sie ihn töten oder aber den Angriff abbrechen musste, weil sonst zu viele ihrer Männer starben. Sie versuchte, ihn mit all ihrem Können zu töten, doch beide waren hervorragende Kämpfer. In einem Sekundenbruchteil erkannte Helena zudem, dass keine neuen Truppen mehr über die Brücke zu ihnen stießen.

Deshalb rief sie nach kurzer Überlegung: „Rückzug!"

Mit einem Hieb trieb sie Carlos zurück und rannte in Richtung Brücke. Immer wieder forderte sie ihre Männer zum Rückzug auf. Einige von Carlos' Männern trauten sich, das Unsichtbare zu betreten und kamen hinterher, doch nachdem sie auf der Brücke standen, löste sie sich an diesen Stellen auf und die Männer fielen und fielen und fielen.

Als Helena als Letzte die Berge erreicht hatte, lösten die Magier den Zauber und brachen zusammen.

„Wasser!", rief einer von ihnen und sofort kam ein Junge mit einem Wasserschlauch angelaufen.

Die Königin blickte sich um, dann wurde ihr plötzlich schwarz vor Augen und sie fiel durch einen Schleier in tiefe Dunkelheit. Endlich musste sie nichts mehr tun, außer loszulassen.

Schicksalstraum

Helena atmete ruhig. Nachdem sie vor dem gesamten Heer einfach zusammengebrochen war, hatte man sie zum Schutz vor neugierigen Blicken und um Ruhe zu finden in ihr Gemach gebracht. Dort hatte ihre Magd ihr mithilfe anderer Frauen die schwere Rüstung abgenommen, sie notdürftig gewaschen und ihre Wunden versorgt, bevor sie sie in das Bett gelegt hatten. Danach hatten die Frauen den Raum verlassen und die Königin war zur Erleichterung ihrer Magd und der fünf Hauptmänner, die vor der Tür Wache hielten, aus der Ohnmacht erwacht. Nach einem kurzen fragenden Blick hatte ihre Magd sie zurück ins Bett gedrückt.

„Keine Angst, Herrin! Ihr seid in Sicherheit. Ruht Euch erst einmal aus."

Die Kriegerin hatte keinen Widerstand gezeigt und war kurz darauf in einen tiefen Schlaf gesunken. Sie träumte von irgendwelchen Brücken aus Wolken, über die Carlos und seine Krieger stürmten, und von grausamen Schlachten am Fuß ihres Berges. Wieder focht sie gegen Carlos und erneut schien der Kampf kein Ende zu finden. Plötzlich jedoch rammte er ihr einen Dolch mitten ins Herz und abrupt wechselte der Traum.

Sie sah ihre Mutter, die sie auf einem Stuhl sitzend anlächelte. Dann unterhielt sich ihre Mutter mit ihrem Vater und dabei bewegte sie ihre Stricknadeln schnell hin und her. Die Königin war jetzt ein kleines Kind, sie stand auf und ging hinüber in die eine Ecke des großen Raumes, wo ihr Kindermädchen saß. Als Helena mit ihren kurzen Beinchen auf es zustürmte, hob dieses den Blick, offenbar war es kurz eingenickt, und lächelte sie an. Sie hatte ihr Kindermädchen noch nicht ganz erreicht, als ein Schrei zu hören war. Helena drehte sich um und sah, wie vier große, in schwarze Umhänge gekleidete Männer durch ein zerbrochenes Fenster hereinkamen und Schwerter zogen. Die Klingen der vier Eindringlinge waren genauso schwarz wie ihre Kleider. Als die Wachen ihres Vaters, aufgeschreckt durch den Lärm, ins Zimmer und auf die Feinde losstürmten, hob einer von jenen seine Hand und ein grüner Lichtstrahl schoss daraus hervor. Mitten in der Luft teilte er sich in fünf kleinere Strahlen und traf die Wachen ihres Vaters mitten auf der Brust. Diese wurden durch den Aufprall quer durch den Raum geschleudert und blieben reglos an der gegenüberliegenden Wand liegen.

Als sich die vier Eindringlinge vergewissert hatten, dass die Wachen tot waren, stürmten sie auf Helenas Mutter zu. Zwei von ihnen packten sie, zogen die sich windende und kreischende Frau mit sich hinaus aus dem Fenster und verschwanden mit ihr. Helena wollte ihnen nachlaufen, doch das Kindermädchen hielt sie an den Schultern fest, sodass sie nur zusehen konnte.

Derweil war ihr Vater mit seinem langen, breiten Schwert in der Hand vorgestürmt, die übrig gebliebenen zwei Gegner hoben ebenfalls ihre Waffen, parierten die Schläge und griffen ihrerseits an. Helenas Vater war zwar ein hervorragender Schwertkämpfer, aber selbst er hatte keine Chance im Kampf gegen zwei so gut ausgebildete Männer. Die ersten Schwertstreiche gegen ihn konnte er noch abblocken, dann jedoch stieß einer der Fremden zu und durchdrang mit einer solchen Leichtigkeit die Brust ihres Vaters, dass es Helena schien, als hätte der Mann mit seinem Schwert durch ein Kissen gestoßen. Als die Klinge bis zum Griff in den Leib des Königs eingedrungen war, zog der Eindringling sie wieder heraus. Danach säuberte er sie an einem Wandbehang neben sich, während der König zusammenbrach, und floh mit seinem Kumpan aus dem Fenster. Das zitternde Kindermädchen und das fassungslose Kind beachteten sie nicht einmal.

Helena riss sich aus dem festen Griff ihres Kindermädchens los und lief auf ihren Vater zu, der mit dem Gesicht nach unten auf dem Boden lag. Als sie sich neben ihn kniete, merkte sie, dass sich ihr hellblaues Kleid mit seinem Blut vollsog. Doch sie ließ sich nicht davon abschrecken, drehte ihren Vater um und drückte ihre kleinen Hände auf seine blutende Brust. Sie wusste, dass es nichts bringen würde, doch sie presste ihre Handflächen immer fester auf das Loch. Mittlerweile waren ihre Unterarme verschmiert von dem Blut, das immer stockender aus der Wunde quoll.

Als sie jemand an der Schulter packte und versuchte, von dem toten Leib wegzuzerren, schrie sie nur und riss sich los. Sie legte sich quer über die Brust ihres Vaters, ganz so, als wollte sie ihn wärmen, und hielt sich an ihm fest. Es war ihr egal, dass ihr Kleid mittlerweile vor Blut triefte. Sie schaute selbst dann nicht auf, als jemand sie ansprach. Die Stimme klang undeutlich und sie gab sich keine Mühe, die Worte zu verstehen.

Dann, nach einer ganzen Weile, spürte sie, wie zwei starke Männerhände ihren linken Arm umfassten und sie hochzogen. Sie hatte keine Chance, sich der Kraft dieser Person zu entziehen. Selbst als man sie aus dem Raum hinauszog, blickte sie auf ihren toten Vater. Überrascht bemerkte sie dabei, dass ihr keine einzige Träne übers Gesicht lief. Während sie durch den Gang gezerrt wurde, kratzte und biss sie denjenigen, der sie von ihrem Vater wegbrachte, doch ohne Chance. Der Mann zog sie immer noch mit sich. Erst als sie in einem anderen Raum waren, ließ er sie los.

Doch bevor sie in das Gesicht des Mannes blicken konnte, verschwand der Traum und an seine Stelle trat Dunkelheit und eine Stimme hallte durch ihren Kopf.

„Helena! Ich heiße Skatar und werde dir zeigen, was passieren wird, wenn du keinen Frieden mit Carlos schließt." Die Stimme hallte noch einige Augenblicke in ihrem Geist wider.

Dann sah sie ganz plötzlich eine brennende Landschaft. Von oben krachten riesige Feuerbälle auf Gras und Bäume und ließen diese in Flammen aufgehen. Ebenso erblickte sie ein gewaltiges Heer, das inmitten der brennenden Landschaft Stellung bezogen hatte. Überrascht erblickte sie sich selbst an der Spitze dieser Armee. Sie betrachtete gerade die Streitmacht, als ein riesiger Feuerball, der noch größer war als die anderen, in die Reihen ihrer Soldaten krachte. Die Flammen verschlangen all ihre Krieger und ein ohrenbetäubendes Geschrei durchbrach die Stille.

Plötzlich veränderte sich das Bild und aus ihrer Vogelperspektive sah sie wieder sich selbst, diesmal auf dem Boden kniend. Ihr Schwert war nirgends zu sehen und über ihr stand Carlos. Er sprach mit ihr, doch sie konnte die Worte nicht verstehen. Plötzlich blitzte Stahl auf und der König ließ sein Schwert auf ihren Kopf niederfahren.

Helena schreckte hoch. Ihre Magd stand bei ihr am Bett und hielt einen Lappen in der Hand, der in kaltes Wasser getaucht worden war. „Herrin, was ist los?", fragte sie ganz aufgeregt und tupfte Helena den Schweiß von der Stirn. „Ihr habt plötzlich angefangen, Euch im Schlaf hin und her zu wälzen, und Ihr habt immer wieder geschrien, von brennenden Bäumen und ..." Sie stockte. „... und von Eurem Tod." Ihre Stimme verebbte und ihre Hand sank wieder zurück.

Helena richtete sich auf. „Hol mir sofort den Schreiber!", befahl sie mit keuchender Stimme.

„Aber Herrin, Ihr müsst ..."

„Willst du mir etwa befehlen, was ich zu tun habe?", fauchte sie ihre Magd an.

Diese schüttelte eilig den Kopf und verließ das Gemach, um dem Befehl Folge zu leisten. Helena setzte sich auf die Bettkante und nahm sich den Lappen, den die Magd wieder in die Schüssel mit eiskaltem Wasser gelegt hatte. Sie wischte sich damit den restlichen Schweiß vom Gesicht. Dann stand sie auf und ging zu einem Weinkrug, der auf einem Tisch stand. Sie hatte gerade einen Schluck von dem köstlichen Trunk genommen, als sich nach einem Klopfen die Tür öffnete und der Schreiber hereinkam.

„Setzt Euch!", befahl Helena. Der Mann gehorchte und auch die Königin nahm Platz. „Wollt Ihr auch einen Schluck?", fragte sie ihn und hob den Weinkrug. Der Schreiber schüttelte nur kurz den Kopf. Helena stellte das Getränk wieder ab und sagte zu dem stummen Mann: „Also, schreibt Folgendes auf drei Pergamentrollen ..."

Am nächsten Morgen erwachte Helena in ihrem Bett. Fast die ganze Nacht über hatte sie nicht schlafen können, bis die Müdigkeit doch noch die Oberhand gewonnen hatte. Langsam stieg sie aus dem Bett. Ihre Knochen schmerzten von dem Kampf und der steinernen Lehne ihres Stuhls, auf dem sie gesessen hatte, bis der Schreiber wieder gegangen war. Sie wusch sich und zog sich um.

Als sie in den Speisesaal gehen wollte, kam ein junger Mann auf sie zu. „Herrin! Herrin! Soeben tauchten zwei Boten auf. Sie übergaben mir diese Schriftrollen." Er hielt zwei zusammengerollte Pergamente in der linken Hand und streckte sie ihr entgegen.

„Danke!", erwiderte Helena und nahm sie ihm ab. Als er wieder verschwunden war, holte sie ihr Messer heraus und schnitt die Siegel auf. Beide Pergamentrollen enthielten die Antworten, die sie erhofft hatte.

Später am Tag begab sie sich zu einem extra angelegten Höhleneingang mit einem großen Tor am Fuße des Berges, um ihren Besuch zu empfangen.

Als sie am Aussichtspunkt ankam, der einer Wehrmauer glich, fragte sie einen der Wächter: „Sind sie schon da?"

„Nein, meine Herrin! Allerdings ..." Er stockte und deutete in die Ferne.

Von dort sah sie eine Staubwolke näher kommen. Sie glaubte, einen Reiter zu erkennen, oder waren es zwei? Einige Minuten später erblickte Helena hinter der ersten Staubwolke eine zweite viel größere. Nach einiger Zeit erkannte sie Lycia und Walter als die ersten beiden Reiter, doch wer verfolgte sie?

„Es sind die Männer von König Carlos!", schrie plötzlich einer der Soldaten hinter ihr.

Sie überlegte und gab dann ihre Befehle. „Holt die Magier! Bogenschützen bereit machen! Sobald diese Reiter nah genug sind, schickt ihr ihnen einen Pfeilhagel entgegen! Auf keinen Fall dürft ihr die ersten beiden Reiter treffen!"

„Jawohl, Herrin!", entgegnete ihr ein Kommandant.

Kurze Zeit später geschah jedoch etwas Unglaubliches. Aus der Mitte der feindlichen Reiter stach ein Blitz hervor und schoss direkt auf Lycia und Walter zu, welche ausweichen konnten. Als der Blitz stattdessen das Gras berührte, explodierte er und es entstand ein Feuer, welches sich ungewöhnlich rasch auszubreiten schien.

„Sie haben einen Magier bei sich!", dachte Helena und sah zu, wie weitere Blitze auf ihre potenziellen Verbündeten abgefeuert wurden, welche sie jedoch immer verfehlten.

Als endlich ihre eigenen Magier eintrafen, brauchte Helena nichts zu sagen, sie begannen sofort zu singen.

„Wind des Himmels, Böen auf der Erde, helft uns zu bändigen das Feuer, bevor es verschlingt den eisernen Mann …"

Mehr verstand Helena nicht, denn plötzlich kam ein gewaltiger Windstoß und trieb die Stimmen davon. Ein ums andere Mal hörte sie noch Wörter wie „Feuer" und „Verfolger", konnte sich daraus jedoch nichts Sinnvolles zusammenbasteln. Der Wind wurde dafür immer stärker und richtete sich gegen die Angreifer. Plötzlich und ohne jede Vorwarnung kam eine so starke Böe, dass einer der Verfolger gepackt, aus seinem Sattel gerissen und weit zurückgeworfen wurde. Helena sah ihn auf dem Boden aufprallen, dann blieb er reglos liegen.

„Öffnet das Tor!", schrie die Königin. Die Wächter hatten gerade eine so große Lücke geschaffen, dass zwei Pferde durchpassten, da ritten auch schon Lycia und Walter herein. „Schließt das Tor!", befahl Helena ihren Männern, während sie selbst die Treppen hinabstieg.

Es blieb jedoch keine Zeit, die Ankömmlinge zu begrüßen, denn irgendwie hatte es einer der Verfolger geschafft, so schnell zu reiten und allen Pfeilen auszuweichen, dass er durch das noch nicht ganz geschlossene Tor schlüpfen konnte.

Als sie ihn sah, schrie sie ihren Wachen zu: „Tötet ihn!"

Die Wachen hatten nicht damit gerechnet, und noch bevor überhaupt einer von ihnen sein Schwert ziehen konnte, schoss ein feuerroter Blitz aus der Hand des Mannes und tötete ein halbes Dutzend von ihnen. Ausgerechnet der Magier hatte es geschafft. Helena sah, wie Walter sein Schwert zog und auf den Eindringling zuritt, doch kurz bevor er ihn erreicht hatte oder dieser einen Zauberspruch murmeln konnte, fiel der Feind leblos zu Boden, einen Pfeil in seiner Stirn. Helena wendete den Blick und entdeckte Lycia mit Pfeil und Bogen bewaffnet in ihrem Sattel.

Ein lautes Dröhnen riss sie aus ihren Gedanken. Das Tor war endgültig zu.

Walter und Lycia stiegen ab und übergaben die Zügel ihrer Pferde bereits wartenden Händen. Dann liefen sie auf Helena zu und begrüßten sie. Nach den üblichen Höflichkeiten befahl die Gastgeberin einem kleinen Trupp Soldaten, mit ihnen zu kommen.

Nach einem kurzen Marsch gelangten sie an eine Tür. Walter dachte, dass sich dahinter ein Raum befinden würde, doch als sie hindurchgingen, stutzte er. Hinter dem Durchlass lag kein Zimmer, sondern ein so langer und schmaler Gang, dass alle hintereinanderlaufen mussten. Helena ging voran. Danach folgten Lycia, Walter und die Soldaten, welche sich jedoch nach und nach in kleinen Nischen in der Wand platzierten, die groß genug waren, um darin kämpfen zu können.

Als sie nach einer langen Zeit endlich vor einer weiteren Tür standen, schaute sich Walter um. Der Tunnel zog sich noch so weit in den Berg hinein, dass er keine weiteren Abzweigungen entdecken konnte. Als sie sich in einen großen, runden Raum begaben, welcher hinter der Tür lag, atmete der junge Mann tief aus. Er fühlte sich irgendwie befreiter, nachdem er die Enge des Korridors hinter sich gelassen hatte. Als sie sich auf bereitstehende Stühle setzten, entdeckte Walter drei weitere Türen.

„Wo führen diese Türen hin?", nahm Lycia seine nicht ausgesprochenen Gedanken auf.

„Die eine", Helena wies auf den Durchgang ihr gegenüber, „führt in einen Lagerraum. Dort haben wir alles verstaut, was man zum Überleben braucht. So könnten wir auch einer monatelangen Belagerung standhalten. Die zweite Pforte führt in das Herz des Berges. Dort haben wir unsere Wohnräume. Bei einem Notfall können alle Bewohner hierher flüchten, denn die dritte Tür führt als einzige hinaus aus dem Berg. Man kommt dann zu einer steilen Treppe, die sich durch das Gebirge zum Strand hinabwindet. Durch sie gelangt man zu unseren Schiffen, um schnell von der Insel flüchten zu können. Als Nächstes wollt Ihr sicherlich wissen, was es mit dem langen Gang auf sich hat?"

Walter und Lycia nickten.

„Nun ja, falls irgendjemand unser Tor zerstören und uns am Eingang überwältigen sollte, könnten die Überlebenden hierher flüchten, um den Feinden zu entkommen. Da diese durch den engen Gang nur langsam und einzeln vorrücken könnten, ist er leichter zu verteidigen und ich oder einer meiner Generäle hat genug Zeit, um die Truppen hier drinnen neu zu ordnen und die Evakuierung zu organisieren. Denn schließlich kann man ein Schiff nicht alleine steuern", erklärte sie. „Aber gut! Lasst uns nun zum Wesentlichen kommen, weshalb ich Euch hierher gebeten habe."

Walter musste sich zusammenreißen, um bei dem folgenden stundenlangen Gespräch nicht einzunicken. Als Lycia und Helena anfingen, sich darüber zu streiten, ob ein Krieg gegen Carlos wirklich die einzige Lösung sei, um den Frieden herzustellen, unterbrach er die Diskussion.

„Ich stimme Lycia vollkommen zu. Einen Krieg kann ich nicht befürworten, solange wir nicht alle anderen Optionen ausgeschöpft haben. Allerdings glaube ich nicht, dass Carlos auf ein gewöhnliches Friedensangebot eingehen wird. Wir müssen uns kooperativ, aber gleichzeitig bedrohlich und stark zeigen. Auch wenn es Euch schwerfällt, Königin Helena, solltet Ihr ihm vorher schmeicheln. Sagt ihm, wie stark er sei und wie mutig. Erklärt ihm aber auch, dass er einem Bündnis von uns dreien gegenübersteht. Weist ihn erneut darauf hin, dass Eure Kriegskunst Eurer Schönheit in nichts nachsteht. Informiert ihn, dass wir Lycias Klugheit einsetzen können, um die besten Kriegsstrategien zu entwerfen, und auch, dass ich mit meinem jugendlichen Elan so lange gegen ihn anlaufen werde, bis er zerbricht."

Am nächsten Tag ritten Lycia, Helena und Walter wie vereinbart gemeinsam zum Vulkan. Keiner von ihnen hatte Soldaten dabei. Sie kämpften sich ein Stück den gewundenen Weg hinauf.

Dann rief Helena mit kräftiger Stimme: „Carlos! Wir sind gekommen, um friedlich mit dir zu sprechen. Lass uns hinein! Wie du siehst, sind wir allein. Keine Soldaten, keine Magier! Nur du, Lycia, Walter und ich! Carlos!"

Stille. Nach einigen Minuten kam ein Reiter, begleitet von fünf weiteren Männern, den Weg herunter. Als die sechs sich näherten, erkannte Helena, dass es der König und fünf Soldaten waren. Wenige Meter vor ihnen hielt die Gruppe an.

„Nun gut, ihr wolltet mit mir sprechen?", fragte Carlos in seinem Sattel sitzend. Lycia fiel auf, dass er eine frische Narbe an seiner Wange hatte.

Helena räusperte sich. In Gedanken ging sie noch einmal durch, was sie nun sagen würde. „Carlos. Wie du weißt, haben vier Völker gleichzeitig diese Insel besiedelt. Seit dem ersten Treffen herrscht Streit zwischen uns, doch aus welchem Grund? Es gibt keinen ersichtlichen! Als wir unsere Auseinandersetzung am großen Felsen begonnen haben, haben wir nicht an unsere Völker gedacht. An die Alten, die aus Angst sterben. An die Kinder, die wegen ihrer tapferen Neugierde getötet werden, und an die Mütter und Väter, die vor Kummer dahinscheiden. Deshalb ist es an der Zeit, unseren Krieg zu beenden. Wir sollten die Klingen und Bogen niederlegen und stattdessen ein großes Fest feiern. Doch dazu muss Frieden herrschen zwischen unseren Völkern!

Aber eine Versöhnung kann nicht zustande kommen, solange einer von uns vieren Kriegsgedanken hegt. Carlos, ein Friedenspakt ist die einzige Lösung! Und überlege gut, ob du dieses Angebot ausschlägst! Denn im Moment siehst du dich mit einem mächtigen Bündnis konfrontiert. Auf der einen Seite stehen Lycia, Walter und ich. Lycia ist die Klügste. Sie hat die besten Ideen, wenn es keinen Ausweg mehr zu geben scheint, und sie kann Kriegstaktiken entwerfen, die andere dazu bringen, sich vor Angst selbst zu erdolchen.

Walter ist der Jüngste. Er hat solch eine Kraft in sich, dass er wieder und wieder gegen seine Feinde anlaufen wird, bis sie endlich vernichtet sind. Genauso wie auch Wellen immer und immer wieder gegen den Felsen schlagen, bis er zerbrochen ist.

Meine Schönheit lässt sich nur mit meiner Kampfkunst messen. Während Männer noch zögern, mich anzugreifen, hat mein Schwert ihnen schon blitzschnell das Leben gestohlen.

Doch all dies sind nur Stücke vom Ganzen, denn ein Teil fehlt. Du, Carlos, bist der Stärkste. Du hast eine solche Kraft, dass du Berge versetzen kannst. Wenn deine Feinde dich erblicken, laufen sie davon oder zerschellen an dir. Doch auch der Stärkste hat seine Schwächen. Wenn deine Feinde diese Schwäche kennen, bist du besiegbar. Doch wenn wir vier uns zusammentun, ergänzen wir uns. Wir könnten Eintracht auf dieser Insel herbeiführen. Zusammen sind wir unbesiegbar. Doch wenn sich nur einer dagegen entscheidet, so ist er verloren und auch das friedvolle Miteinander. Bedenke, auch die beste Rüstung kann ihren Herrn nur schützen, wenn alle Platten zusammenbleiben."

Es herrschte Stille. Alle blickten abwechselnd sie und Carlos an.

Dieser hatte einen überlegenen Gesichtsausdruck aufgesetzt, musterte die anderen dann jedoch kalt. „Ich bin meine eigene Rüstung!" Damit drehte er sich um und ritt davon.

Nach diesem enttäuschenden Gespräch begleiteten Lycia und Walter Königin Helena bis zum Fuß ihres Berges. Während des Rittes überlegten sie, wie sie jetzt weitermachen sollten.

Als sie den Berg erreicht hatten, stand es schließlich fest: Sie würden kämpfen.

Der schwarze Pfeil

Die Sonne schien hell auf den Wald, als sich die ersten Bäume bewegten. Kein Wind wehte, Stille lag mit einem Mal in der Luft. Und plötzlich raschelten die Blätter wie in einer Frühlingsbrise. Die Bäume knarrten, als wollten sie Lycia ihre Geschichten erzählen. Und Lycia verstand sie.

Während die Königin der Waldwächter mal dem und dann wieder dem anderen Baum bei seiner Erzählung lauschte, sah sie aus den Augenwinkeln, wie ihre Magier sangen. Was sie verlauten ließen, das konnte Lycia nicht verstehen. Für den Moment sorgenlos setzte sie sich auf den Boden und versank sogleich in einem Meer aus Moos. Sie roch die ersten Sommerblüten, vernahm das leiseste Knacken eines Astes, wenn sich ein Vogel darauf niederließ, und hörte das Rascheln der Tiere, die über den Waldboden eilten.

Während Lycia so dalag, erinnerte sie sich an früher, an ihr Zuhause. Damals als kleines Kind hatte sie immer genau dasselbe getan. Sie hatte sich in das Gras gelegt, welches so saftig grün gewesen war, dass sie immer gedacht hatte, es müsste angemalt sein. Und wenn sie so dagelegen war, hatte sie den Bäumen zugehört. Ja, die hatten in ihrer Heimat auch ohne Magie zu ihr gesprochen und ihr etwas vorgesungen. Die schönsten Lieder mit den herzlichsten Geschichten hatten sie gesummt. Aber auch traurige, in denen es um den Verrat der Menschen an den Bäumen gegangen war. Diese hatten als kleine Kinder Schösslinge gepflanzt und kaum waren daraus große Bäume und die Kinder erwachsen geworden, hatten sie ihre einstigen Freunde gefällt. Sie wären im Weg gewesen oder die Menschen bräuchten Feuerholz, hatte es geheißen.

Auch Lycia hatte als Kind einen Baum gepflanzt, zusammen mit ihrem Vater. Sie fragte sich, was wohl aus ihrem Freund geworden war. Bestimmt war er längst tot, gefällt und zu Asche verfallen. Damit Rocko seinen dicken Hintern an einem Feuer wärmen konnte.

Lycia erinnerte sich auch an einen anderen Baum. Dieser war etwas ganz Besonderes gewesen, denn immer wenn die kleine Lycia traurig oder wütend zu ihm gekommen war und sich in den Schatten seines großen Stammes gesetzt hatte, um ihm zu lauschen, sang er ihr genau das Lied, welches nötig war, um sie wieder glücklich zu machen. Doch auch dieser Baum war irgendwann den Männern Rockos zum Opfer gefallen und sein letztes Lied war so laut über das Land gehallt, dass alles Leben auf der Burg für einen kurzen Moment stillgestanden hatte. Die Kinder hatten aufgehört zu spielen. Die Mütter hatten in ihrer Arbeit innegehalten. Die Männer hatten aufgehört, sich aus Frust zu besaufen. Es hatte Lycia zum Weinen gebracht. Das Lied hatte davon gehandelt, dass sich ein Mädchen jeden Tag auf den weiten Weg gemacht hatte, um ihn zu besuchen, um ihm Gesellschaft zu leisten. Er hatte der Kleinen die schönsten Lieder vorgesungen und war dafür mit ihrer Liebe bezahlt worden.

Damals hatte Lycia zum ersten Mal in ihrem Leben wahren Schmerz gefühlt. Es schien fast so, als wäre mit dem Tod des Baumes auch ihr friedliches Leben getötet worden. Seit diesem Tag hatte es immer eine Nachricht gegeben, die ihr Kummer gebracht hatte. Der Tod ihres Vaters, ihrer Mutter, ihres Onkels und schließlich die Ermordung Grens.

„Herrin, Herrin!", schallte es durch den Wald.

Lycia setzte sich auf und bemerkte den heranlaufenden Boten. „Was gibt es?", fragte sie ihn etwas wütender als beabsichtigt. Der Junge blieb so verdutzt stehen, dass sie sich ein Lachen verkneifen musste.

„Theodor, der Waffenschmied, wartet in Eurem Thronsaal, Herrin", antwortete er.

Die Königin stand auf, streichelte dem Jungen kurz über den Kopf und schritt davon. Sie begab sich unter die Erde, hinfort vom Licht, hin zu der Dunkelheit.

Lycia saß auf ihrem Thron, während sie dem Waffenschmied sagte, was er anzufertigen hätte. „Und dann benötigen wir noch so viele Pfeile, wie Ihr herstellen könnt. Und einen ganz bestimmten Pfeil brauche ich auch noch. Ihr wisst, wovon ich rede."

„Ja, aber Herrin, die Erschaffung ist extrem riskant! Was, wenn es schiefgeht? Er ist ebenso gefährlich wie mächtig", entgegnete Theodor mit einer Stimme, die ganz und gar nicht zu seinem Äußeren passte.

Obwohl er bereits Waffen für Lycias Großvater geschmiedet hatte und davon so viel verstand wie die Magier von ihrer Kunst, wirkte er immer noch so stark und unerschütterlich wie ein mächtiger Baum. Lycia respektierte und mochte ihn auch. Er war eine Konstante in ihrem Leben. Seine Stimme jedoch war die eines Sterbenden. Zwar wusste Lycia nicht, wie sich diese genau anhörte, doch sie vermutete, dass sie genauso brüchig und doch nachhallend klingen musste.

„Ich weiß, was schiefgehen kann. Dennoch würde ich Euch bitten, es zu versuchen. Ihr habt es doch schon einmal geschafft", ermutigte sie ihn.

„Ja, aber damals half mir mein Weib. Sie verstand die Magie besser als irgendjemand anderes und sie kannte mich auch besser als irgendjemand sonst. Wenn ich es versuchen soll, brauche ich den besten Magier. Er muss es schaffen, wenn nötig, drei Stunden am Stück zu singen. Und es darf nur einer sein, mit dem ich auch zusammenarbeiten kann. Habt Ihr so jemanden, Herrin?"

„Ich denke ja. Also, Ihr macht Euch noch heute an die Herstellung der restlichen Waffen, während ich Euch den Magier besorge." Daraufhin nickte Theodor kurz und verließ den Raum.

Lycia stand auf und ging mit ihren Wachen zum Lager der Magier. Auf dem Weg dorthin sah sie viele Männer, die Holz und Eisen schleppten. Es war ein langer Weg bis zu den Zauberern, denn sie lebten am anderen Ende des Baus. Weit entfernt von den Menschen, damit sie ihre Experimente in Ruhe durchführen konnten.

Als sie endlich an die Tür gelangt war, hinter der die Magier lebten, wies sie ihre Wachen an, draußen zu bleiben. Diese protestierten nicht, denn niemand ging freiwillig zu den Zauberern. Als die Königin eintrat, begrüßte sie ein beißender Gestank, der wohl aus dem Kessel kam, der in der Mitte des Raumes aufgestellt worden war. Die Magier standen um diesen Kessel herum. Einige drehten sich kurz zu Lycia um, als sie eintrat, aber nach einem Wort von Mathilde blickten alle sofort wieder in die Mitte. Die Königin setzte sich auf einen Stuhl und wartete.

Es schien ihr, als säße sie schon seit vielen Stunden auf dem Stuhl, bis der größte der Magier sich endlich an sie wandte. „Königin Lycia! Was für eine Ehre, dass Ihr uns hier besucht. Doch Eure Gesellschaft hat gewiss einen Grund, ansonsten würdet Ihr Euch doch nicht diesen weiten Weg antun. Also, was ist Euer Anliegen?", fragte der Magier.

Lycia stand auf und begrüßte die Magier nun ebenfalls. Dann erklärte sie ihnen, warum sie gekommen war. Nachdem sie geendet hatte, blickten die Zauberer ihren Anführer an.

„Mmh", machte dieser und wechselte einen Blick mit Mathilde. Stille. „Ihr wollt also, dass einer von uns sein Leben riskiert, damit Ihr eine Waffe besitzt, die den Feind endgültig besiegen kann? Ich dachte, dass Ihr uns besser kennen würdet. Nun gut, ich werde Euch einen meiner Magier zur Verfügung stellen, doch er ist nicht der beste. Schließlich müssen wir Euch im Falle eines Angriffes auch noch verteidigen können."

„Ich brauche aber den besten, damit der Plan funktioniert!", entgegnete Lycia.

„Nun, wenn es so ist, wird Euer Plan wohl scheitern. Denn ich werde Euch für ein solches Unterfangen niemals meinen besten Magier geben. Also entweder Ihr nehmt mein Angebot jetzt an, oder Ihr seid umsonst gekommen."

Die Königin kochte vor Wut, doch den großen Mann schien dies nur zu belustigen. „Also schön. Ich nehme an", zischte sie.

„Sehr schön. Rectus!", rief er.

Aus dem Schatten löste sich eine Person.

„Wenn der die Magie beherrscht, dann bin ich eine Trollkönigin", dachte sich Lycia zynisch.

Der Mann – oder vielmehr der Junge – hatte purpurrotes Haar und ein sehr kindliches, pockennarbiges Gesicht.

„Jawohl, Meister! Ich werde gehen", gab er zur Antwort und wandte sich an seine Königin. „Es ist mir eine Ehre, Hoheit."

Lycia bekam Gänsehaut. Bei seiner Stimme bekam sie das Gefühl, einer Schlange gegenüberzustehen. Doch sie beschwerte sich nicht. Stattdessen drehte sie sich um und ging hinaus, ohne sich zu verabschieden. Rectus folgte ihr, ohne dass sie es befohlen hätte. Hinter ihm liefen die Wachen. Er ging ihr nach bis zu einer Kammer, aus der Hammerschläge und das Schaben von Messern auf Holz zu hören waren. Die Hitze eines kohlebetriebenen Ofens ließ die Luft vor dem Türspalt flimmern. Nachdem sie eingetreten waren, ging Lycia geradewegs auf Theodor zu.

„Hier ist Euer Magier", begrüßte sie ihn. Dann befahl sie Rectus, zu bleiben und das zu tun, was der Waffenschmied ihm auftrug.

Theodor sagte etwas zu ihr, doch sie hörte es nicht, da sie bereits wieder hinausgeeilt war. Sie ging, ohne ein Wort zu sagen, in ihr Gemach und legte sich ins Bett. Die Soldaten nahmen stumm Aufstellung vor ihrer Tür.

„Herrin, Herrin!"

Lycia schlug die Augen auf. Eine ihrer Wachen stand vor dem Bett und rüttelte sie wach.

„Was gibt es?", fragte sie schlaftrunken.

„Ein Bote steht vor Eurem Gemach. Er sagt, dass Ihr schnell zu Theodor kommen sollt."

Sofort war sie hellwach. Sie malte sich in Gedanken aus, warum der Waffenschmied sie wohl holen ließ. Hoffentlich rief er sie, weil er ihr die mächtigste Waffe ihres Volkes angefertigt hatte. Als sie vor die Tür ihres Gemaches trat, rannte sie den Jungen, der davor wartete, beinahe um.

„Ist Theodor in seiner Kammer?", wollte sie eigentlich eher als Bestätigung wissen, doch der Junge schüttelte aufgeregt den Kopf.

„Wo ist er dann?", fragte sie ihn.

Der Junge sagte wieder nichts, drehte sich einfach nur um und lief davon. Lycia versuchte, ihn nicht aus den Augen zu verlieren, doch er war flink wie ein Wiesel. Als sie ihr Ziel erreicht hatten, wusste sie sofort, wo sie hingehen musste. Mittlerweile hatte sich dort, wo sich Theodor befinden musste, eine gewaltige Menschenmasse gebildet.

„Lass sie alle nur die Waffe bewundern. Bitte!", dachte sie, als sie sich durch das Dickicht von Menschen zwängte. Doch als sie den Waffenschmied erreicht hatte, wurden ihre schlimmsten Befürchtungen wahr. Der alte Mann lag auf dem Boden. In seiner Brust, genau dort, wo das Herz schlug, steckte ein Pfeil. Pechschwarz wie die Nacht war er.

Lycia kniete sich hin. „Theodor! Theodor, seht mich an!", schrie sie.

Der alte Waffenmeister drehte den Kopf ein wenig und versuchte zu lächeln. „Es war dieser Magier. Er hat die Zau...zau...zauber ..."

Lycia hörte, wie er ein letztes Mal ausatmete, und sein Kopf rollte auf die Seite. Sie spürte die Kälte, die ihn umgab. Als sie aufstand, versuchte sie, ihre Tränen zu unterdrücken. So viele Jahre war Theodor in den Diensten ihrer Familie gewesen.

Früher hatte er ihr immer kleine Schwerter aus Holz geschnitzt und gesagt: „Ihr könnt nie früh genug anfangen, mit dem Schwert zu üben, Prinzessin." Doch jetzt war er fort. Für immer.

„Wo ist der Magier?", fragte sie die umstehenden Menschen. Alle schüttelten den Kopf.

Ein anderer Schmied löste sich aus dem Gedränge. „Er ist geflohen. Direkt nachdem er gemerkt hat, was er getan hat, ist er abgehauen."

Lycia drehte sich um und rief: „Rectus! Rectus!" Sie schrie diesen Namen immer und immer wieder. Mit jedem Mal loderte ihr Zorn mehr auf. Ihre Stimme schwoll immer weiter an, sodass sich die Umstehenden schnell davonmachten oder duckten. In ihrem Inneren wütete ein Orkan. Sie schrie den Namen des Magiers. Sie brüllte ihn. Niemand erwiderte etwas. Lycia beruhigte sich nur mühsam und schritt dann, ohne ein weiteres Wort zu sagen, zu ihren Wachen, die abseits des Geschehens gewartet hatten. „Sammelt so viele Männer, wie ihr könnt, und folgt mir!", befahl sie einem der Soldaten.

Dieser eilte so schnell davon, als befürchtete er, seine Herrin würde als Nächstes ihn anbrüllen. Sobald er nach einigen Minuten mit drei Dutzend Soldaten wiederkam, hastete Lycia sofort los. Die Krieger folgten ihr, ohne zu wissen, wo es hinging. Nach einiger Zeit blieben sie vor einer Tür stehen und die meisten von ihnen erkannten, wo sie sich befanden.

„Aber Herrin, was wollt Ihr hier?", fragte einer der Soldaten, doch Lycia beachtete ihn nicht. Sie öffnete die Tür und trat ein.

☙☙

Als er nach Hause kam, wartete seine Frau auf ihn. „Was wollte er von dir, Liebling?", fragte sie ihn mit besorgtem Blick.

„Ich sollte ihm erzählen, was ich gesehen habe", antwortete er mit beruhigender Stimme. Er wusste, was sie eigentlich hatte fragen wollen. „Nebel. Nichts als Nebel und den Tod. Sonst habe ich nichts gesehen."

Sie starrte ihn an, wie sie es immer tat, wenn sie etwas nicht verstand. Er setzte sich, nahm ein Stück Brot und Käse vom Tisch und aß. Sie wartete, denn sie wusste, dass er immer hungrig war, nachdem er bei ihm gewesen war. Als er fertig gegessen hatte, setzte sie sich auf seinen Schoß und er erklärte es ihr.

„Sie bekämpfen sich untereinander und das, obwohl sie nur zusammen herrschen können. Gewinnt der eine diesen Kampf, sterben alle anderen. Wenn dies geschieht, wird sich auch der vermeintliche Sieger das Leben nehmen, denn es existiert ein Band der Liebe zwischen ihnen. Sterben alle vier, so wird das Land im Nebel versinken und all diejenigen, die früh genug flüchten konnten, werden die Krankheit in anderen Ländern verbreiten. Das Meer wird rot gefärbt sein durch das Blut der Leichen. Die Insel dagegen wird im Leid versinken. Das habe ich gesehen."

Sie strich ihm über den Kopf. Dann stand sie auf und meinte: „Komm mit ins Bett. Deine Tochter hat mich heute sehr angestrengt und ich bin müde." Während sie dies sagte, streichelte sie sich über ihren Bauch und er lächelte.

„Geh du nur schon einmal. Ich komme gleich nach."

Sie ging, ohne etwas davon zu ahnen, was noch passieren würde.

☙☙

Als Lycia eintrat, waren die Magier in eine Diskussion vertieft und bemerkten ihr Kommen gar nicht. Doch anders als beim letzten Mal wartete sie nicht, bis sie fertig waren, sondern sprach einfach dazwischen. „Wo ist Rectus?"

Die Männer und Frauen drehten sich abrupt um und blinzelten sie nur an.

Der Anführer ging auf sie zu und erwiderte: „Es ist sehr unhöflich, jemanden in einem Gespräch zu unterbrechen."

„Wo ist Rectus?", fragte sie noch einmal, ohne auf die Worte des Zauberers einzugehen. Dieser drehte sich um und winkte einer Kapuzengestalt zu. Als sie nähertrat, erkannte Lycia, dass es der Mann war, den sie suchte. Sie drehte sich zur Tür um und rief: „Wachen!" Sofort kamen einige von ihnen herein und blickten ihre Herrin fragend an. „Nehmt ihn fest!", sagte sie und deutete auf Rectus.

Die Wachen näherten sich dem Magier, doch bevor auch nur einer seine Hand nach ihm ausstrecken konnte, rief der Anführer: „Und wieso wollt Ihr ihn festnehmen?"

„Weil er einen Menschen ermordet hat", entgegnete die Königin zähneknirschend.

„Ah. Nun ja, meint Ihr nicht, wir sollten den Beschuldigten vorher fragen, ob er den Menschen tatsächlich umgebracht hat?"

„Nein!", fuhr Lycia ihn an. „Es gibt genug Zeugen, die dies bestätigen können."

„Nun, wenn es so ist, dann weigere ich mich, Rectus gehen zu lassen. Falls Ihr ihn dennoch mitnehmen wollt, müsst Ihr ihn schon mit Gewalt meinen Händen entreißen."

„Damit habe ich kein Problem", erwiderte sie.

„So, so, Ihr wollt meinen Magier also ..." Er kam nicht weiter, da Lycia ihr Schwert gezogen hatte und es ihm unter sein Kinn hielt. Die Soldaten taten es ihr gleich und zogen ihre Waffen.

Der Magier stutzte. Nachdem er sich wieder gefasst hatte, lächelte er. „Eigentlich hatte ich gedacht, dass Ihr nicht so dumm seid, Euch mit uns anzulegen. Ich hatte Euch immer für den Fuchs unter den Nichtmagiern gehalten. Ihr seid wohl doch nicht die Klügste."

Lycia erwiderte seinen Blick und sagte: „Ich dachte immer, Ihr seid ein ehrenhafter Mensch und keine Ratte, die so hinterlistig ist und nur ihre eigenen Ziele verfolgt."

„Na, na, nicht unhöflich werden", entgegnete er, doch Lycia gab ihren Männern ein Zeichen.

„Nehmt ihn jetzt endlich fest!"

Rectus blickte seinen Herrn an und ließ sich widerstandslos abführen, als dieser ihm zunickte. Bevor Lycia die Tür hinter sich zuziehen konnte, sagte der Magier noch: „Das werdet Ihr bereuen!"

Auf in den Kampf!

Eines frühen Morgens, es waren bereits einige Tage seit dem Tod des Waffenschmiedes vergangen, wurde Bertram von den lauten Schritten rennender Soldaten geweckt. Während er noch schlaftrunken in seinem kleinen Raum umhertappte, versuchte er, die Befehle zu verstehen, die der Kommandant den Kriegern zurief. Da er jedoch immer noch nicht ganz wach war, vernahm Bertram nur einige Wortfetzen, aus denen er sich etwas zusammenreimte. Wenn er den Befehl richtig deutete, sollten sich alle Kämpfenden draußen im Wald versammeln, da es nun endlich losging. Schon seit mehreren Tagen warteten die Soldaten zusammen mit ihrer Königin auf die Antwort Helenas, welcher zu entnehmen sein sollte, wann der Angriff gegen das Vulkangebiet begann.

Während sich Bertram die schwere Rüstung anlegte, kam seine Frau Gertrude in den Raum und lächelte ihm zu. „Gerade eben kam einer der Boten. Dein Kommandant möchte, dass ihr euch alle bei der großen Eibe direkt am Ausgang trefft, da ihr eine besondere Rolle spielen werdet." Auf seine Nachfrage, welche besondere Rolle sie denn spielen sollten, konnte sie ihm keine Antwort geben. „Der Bote wusste davon auch nichts."

Während er sich seine Stiefel anzog, musterte Bertram seine Frau. Er hatte wirklich Glück gehabt. Zwar war sie nicht die schönste, jedoch fand er, dass sie zumindest eine der klügsten Waldfrauen war. Während er sie so betrachtete, fielen ihm die Sorgenfalten in ihrem Gesicht auf, welche als einziges Merkmal ihre schon vierzig verstrichenen Jahre preisgaben.

Als er sich sein Schwert umlegte, hörte er draußen auf den Gängen immer lauter werdendes Getrappel. Offenbar waren nun alle Soldaten wach und beeilten sich, den ihnen zugebrüllten Befehlen sofort Folge zu leisten. Nachdem Bertram sich ein kurzes Frühstücksmahl genehmigt hatte, wandte er sich noch einmal an seine Frau, um sich zu verabschieden. Sie stand direkt vor ihm und schlang ihre für eine Frau etwas zu langen Arme um seinen Körper und gab ihm einen langen und liebevollen Kuss. Sofort überkam ihn ein gewisses Schuldgefühl, denn obwohl er seine Frau liebte, konnte er ihr das an diesem Tag nicht zeigen. Vor einer Schlacht, und das wusste Gertrude ganz genau, war Bertram immer angespannt und konzentrierte sich schon viele Stunden vor Beginn auf den kommenden Kampf. In der alten Heimat war ihm das nie so schwergefallen, denn damals kannte man den Gegner und wusste, welche Strategien er hatte, um bestimmte Angriffe abzuwehren. Bei diesem Feind konnte man die Stärke der Truppen nur vermuten und nach lediglich einer Schlacht ihre Taktiken auch nur schätzen. Bertram ballte die Faust. Er wusste nicht, wie viel Schlachten noch kommen würden, und so konnte er nur Kampf für Kampf angespannt abwarten.

Er nahm seinen Speer, trat aus der Tür und wurde fast von einem Boten umgerannt. „Verzeihung, mein Herr!", entschuldigte der sich bei Bertram. Doch bevor dieser auch nur ein Wort hervorbringen konnte, war der Bote schon weitergelaufen.

Wie der Soldat vermutet hatte, herrschte eine ungeheure Hektik auf den Gängen. Während er versuchte, sich so schnell wie möglich zum Ausgang zu bewegen, um dort wie befohlen weitere Anweisungen vom Kommandanten zu bekommen, sah er viele Kinder, die als Knappen Schwerter, Schilde oder Teile von Rüstungen zu ihren Herren trugen.

Als Bertram endlich ans Tageslicht trat, entdeckte er mehrere Gruppen von Soldaten, die alle nervös und angespannt wirkten. An der alten Eibe angekommen begrüßte er seinen Kommandanten. Zwar war dieser kein besonders guter Krieger, dafür hatte er jedoch eine sehr gute taktische Ausbildung genossen. Bertram sattelte sein Pferd, welches bereits bei seiner Truppe auf ihn gewartet hatte. Dann harrte er gemeinsam mit den anderen aus, bis ein Bote kam und ihrem Anführer eine Nachricht überbrachte.

Schließlich gab der Kommandant ein Zeichen und sprach auf sie ein. „Also, Männer! Heute ist der Tag des Krieges! Heute wird gemetzelt und getötet! Wir haben dabei die Ehre, als erster Trupp den Vulkan zu stürmen! Wir werden den anderen Kriegern den Weg freiräumen! Also, auf in den Kampf!" Den letzten Satz schrie der Kommandant.

Als er geendet hatte, riefen auch die Krieger: „Auf in den Kampf! Auf in den Kampf!"

Banner wurden gehisst, der Kommandant zog sein Schwert und ritt los. Die ihm untergeordneten Soldaten folgten ihm. Während sie vorwärtskamen, registrierte Bertram zufrieden die vielen weiteren Soldaten, die geordnet entweder zu Fuß gingen oder auf Pferden ritten. Etliche Speerspitzen waren in die Luft gereckt und glänzten im Sonnenlicht.

Als sie an dem großen Felsen anhielten, wo das erste verhängnisvolle Treffen der Herrscher stattgefunden hatte, bemerkte Bertram, dass nicht nur die Waldwächter sich hier versammelten, sondern auch die Männer und Frauen, die offensichtlich zu König Walter und zu Königin Helena gehörten. Während sich die Krieger in Reihen aufstellten, beobachtete Bertram, wie Königin Lycia, Königin Helena und König Walter sich begrüßten und kurz miteinander sprachen. Dann warteten sie.

Als sich auch der letzte Soldat in Reih und Glied aufgestellt hatte, begannen alle drei Könige, jeweils zu ihrer Armee zu sprechen. Ihre Stimmen schallten über das Land. Während sie redeten, schwiegen die Soldaten. Die drei Könige erzählten von Blut, Rache und Stolz. Aber auch von Glück, saftigem Gras und Frieden. Bertram war beeindruckt von der Rede.

Als die drei geendet hatten, stieß er zusammen mit den anderen Soldaten seinen Speer in die Luft und brüllte: „Attacke!"

Sie marschierten los, Bertram mit seiner Truppe ganz vorne. Während er in der zweiten Reihe hinter seinem Kommandanten ritt, dachte er kurz daran, wie leid er es war, sein Schwert zu benutzen, um andere zu töten. Er war davon überzeugt, dass sich die Menschen noch einmal gegenseitig auslöschen würden.

Als sie am Vulkan angekommen waren, blieb ihr Kommandant nicht stehen wie die anderen, er und seine Truppe folgten weiter dem Weg, welcher sich in die Höhe zum Eingang des Vulkans wand. Einige Minuten ritten sie, ohne dass etwas passierte. Doch plötzlich flog aus einer erhöhten Spalte des Vulkans ein Speer heraus und traf das Pferd vor ihm an der Schulter. Es wieherte laut auf und stürzte zur Seite. Noch bevor jemand auch nur reagieren konnte, schlitterte der Reiter aus dem Sattel, über den Weg und stürzte in die Tiefe. Am Fuße des Vulkans blieb er reglos liegen. Vor ihm wurde ein Mann von einem weiteren Speer getroffen. Zuckend rutschte dieser vom Pferd und blieb röchelnd am Boden liegen.

Bertram packte seine Waffe fester, denn die Wunde würde den Kameraden töten, aber bis dahin würde er qualvolle Schmerzen haben. Doch bevor er auch nur einen Schritt auf den Mann zumachen konnte, ragte bereits der Speer des Kommandanten aus dessen Brust.

„Weiterreiten!", befahl dieser kurz.

Sie folgten ihm, obwohl allen nur ein Gedanke durch den Kopf ging: „Das ist eine Falle!"

Während sie vorwärtszogen, hörte Bertram plötzlich einen Schrei von einem der Männer hinter sich. Als er sich umdrehte, sah er nur noch, wie ein Reiter samt Pferd in die Tiefe stürzte, niedergestreckt von einem Soldaten, der aus der gleichen Spalte wie sein Vorgänger angegriffen hatte. Diesmal waren sie auf gleicher Höhe und Bertram entdeckte den fremden Krieger. Mit einem zornigen Schrei und erhobenem Speer ritt er dem Mann entgegen, doch noch bevor er ihn erreicht hatte oder in Wurfweite kam, duckte sich der Feind und offenbarte mehrere Bogenschützen, die ihre Pfeile in diesem Moment losschickten.

Bertram zögerte keinen Augenblick, sondern jagte weiter auf die Spalte zu. Die Pfeile sausten an ihm vorbei, doch als er schon glaubte, er hätte Glück gehabt, sah er einen einzelnen Pfeil direkt auf sich zufliegen. Er lenkte sein Pferd zur Seite, doch es war zu spät. Zwar blieb Bertram unversehrt, doch der Pfeil ragte aus der Brust seines Tieres. Das Pferd wankte und brach sofort darauf zusammen, gerade noch rechtzeitig sprang er aus dem Sattel. Doch noch in der Luft spürte er plötzlich, wie sich Metall in seinen Unterleib bohrte. Hart kam er auf dem Boden auf. Um ihn herum wurden Geschrei und Waffengeklirr laut.

„Es ist wirklich eine Falle gewesen", dachte Bertram entsetzt, als er bemerkte, dass sein Trupp aus mehreren Verstecken vor und hinter ihnen angegriffen wurde. Im ersten Moment fühlte er sich, als könnte er weiterkämpfen, doch kurze Zeit später brach er kraftlos zusammen.

Schwerter prallten aufeinander, Krieger starben und er, Bertram, lag ihm Staub. Das Metall, er vermutete, es war ein Schwert gewesen, steckte mittlerweile nicht mehr in seinem Unterleib, doch immer noch fühlte er die Kälte. Sein Atem ging schwer.

Während er so dalag, hörte er Schritte, die sich in seine Richtung bewegten. Einige Augenblicke später vernahm er sie nicht mehr. Stattdessen spürte er den Atem von jemandem auf seiner Haut. Ganz langsam und ohne seine Augen dabei zu öffnen, tastete er nach seinem Schwert. Als er es endlich gefunden hatte, packte er es und wollte zustechen. Doch noch bevor er blinzeln konnte, stieß ihm jemand etwas sehr Spitzes durch seine Brust. Er spürte noch, wie der Gegenstand an seinem Rücken wieder austrat.

Sein letzter Gedanke galt in diesem Augenblick nicht seiner Frau, sondern seinem Gegner. Das Schlimmste für ihn war, nicht einmal zu wissen, wie der Kerl aussah. Dann war er tot.

Lycia musste mit ansehen, wie ihre Truppen nach und nach starben. Kurz nachdem sie ihre Vorhut losgeschickt hatte, hatte auch der Rest ihrer Krieger angegriffen. Doch dies hatte sich als sehr schwierig entpuppt, denn während die Vorhut in einen Hinterhalt geraten war, schafften es ihre restlichen Truppen noch nicht einmal bis zum Fuße des Vulkans. Immer wieder versuchten es ihre Männer, doch ununterbrochen wurden sie von einem Pfeilhagel zurückgedrängt. Zwar konnten ihre Bogenschützen ebenfalls viele Feinde erschießen, doch war der Großteil immer noch am Leben und versteckte sich in den Spalten des Vulkans. Dieser Vorteil für die gegnerischen Krieger verringerte ihre Aussicht auf Erfolg.

Lycia drehte sich zu Walter und Helena um, die weiter hinten mit ihren Armeen warteten. Als sie merkten, dass Lycia sie beobachtete, gaben sie ihr das Zeichen für eine Besprechung. Nachdem Lycia sie erreicht hatte, nickten beide und Walter erzählte ihr den neuen Plan.

Kurze Zeit später traten alle Magier hervor. Sie nahmen sich an den Händen und begannen zu singen.

„Wasser des Himmels, komme herab und spüle den Feind aus seinen Löchern! Lüfte der Welt, kommet herab und bringet unsere Pfeile immer ans Ziel! Ranken der Erde, kommet herauf und greifet euch die Feinde des Bodens! Drei Elemente haben wir gerufen, um zu vernichten das vierte, das Böse! Helft uns, ihr Götter, bringet uns ans Ziel und lasset den Feind am Boden! Helft uns, ihr Götter, bringet uns ans Ziel und lasset den Feind am Boden!"

Während sie sangen, spielte die Natur verrückt. Es begann zu regnen und zu stürmen. Der Boden fing an zu beben. Regen sammelte sich in den Spalten des Vulkans. Der Wind drehte sich, sodass die Pfeile der am Boden stehenden Bogenschützen die versteckten Krieger des Vulkans trafen. Die Erde bekam Risse, tat sich weiter auf und riesige Wurzeln kamen zum Vorschein. Sie krochen in die Spalten des Vulkans und packten sich die Feinde. Einer der Männer zog sein Schwert und trennte eine Wurzel ab, die ihn ergreifen wollte. Als er dies tat, erbebte die Erde, als wäre sie wütend, und weitere Wurzeln kamen aus ihr hervor. Grünen und braunen Lanzen ähnlich fuhren sie in die Vulkanspalten und erstachen die Krieger. Gleichzeitig stieg das Wasser empor und flutete die Verstecke der Feinde. Einige Soldaten wurden hinausgespült und sogleich von Lycias Männern getötet. Kurz darauf herrschte Stille. Die Wurzeln krochen zurück in die Löcher, aus welchen sie gekommen waren. Der Wind legte sich und das Wasser verebbte im Boden. Einige Augenblicke lang passierte nichts.

Dann gab Walter einen neuen Befehl: „Angriff!"

Sofort setzten sich seine Männer und Frauen in Bewegung und vereinten sich mit Lycias Streitmacht. Kurz darauf blies auch sie zum Angriff und beide Herrscher stürmten los. Ihre Krieger folgten ihnen. Während Lycia dem Vulkan entgegenritt, sah sie, wie Helena auf ihrem geflügelten Pferd in die Lüfte stieg und über die Armeen hinwegflog. Ihr Heer würde nach dem ersten Zusammenprall dazustoßen.

„Sie wird als Erste ankommen", dachte Lycia.

Als sie und Walter endlich den Vulkaneingang erreichten und durch ein Tor ritten, bot sich ihnen ein unglaublicher Anblick. Mehrere Hundert Krieger standen vor ihnen. In deren Mitte thronte auf einem Felsen Carlos und neben ihm – Helena.

„Tötet ihn, schnell!", rief Walter ihr zu, doch sie lächelte nur.
„Warum sollte ich meinen lieben Ehemann denn töten?"
Lycia stutzte.
„Wie, Ehemann? Ich dachte, Ihr hasst ihn? Warum habt Ihr dann diesen Krieg angefangen, wenn Ihr doch verheiratet seid?", fragte Walter.
Carlos lachte auf. „Habt Ihr es etwa immer noch nicht verstanden? Der Streit begann, als wir noch nicht wussten, wer der jeweils andere war. Schließlich haben wir uns fast zehn Jahre lang nicht gesehen. Erst als sie mich mit einem giftigen Schwert verletzt hat, wusste ich es, denn dieses Gift stammt von einer Pflanze, die nur auf meiner Heimatinsel wächst. Als sie es von mir erfahren hatte, taten wir uns zusammen, um euch beide auszulöschen. Die Herrschaft über diese Insel wird uns gehören, niemand wird unserem Glück im Wege stehen! Schon einmal mussten wir um eine Insel kämpfen und dabei wurden wir getrennt. Diesen Fehler werden wir nicht ein zweites Mal machen. Ihr beide seid dabei nur im Weg! Allerdings waren eure Armeen zu stark, als dass wir sie direkt hätten angreifen können. Deswegen haben wir dies hier vorbereitet. Um euch in eine Falle zu locken und zu töten. Vor euch liegen meine Krieger und hinter euch die von Helena. Eure Völker sind verloren!" Er lachte erneut, dieses Mal noch lauter.
Helena, die die ganze Zeit über boshaft gelächelt hatte, ergänzte: „Also, verabschiedet euch von eurem Leben."
„Ihr seid eine gemeine Schlange!", schrie Walter.
Lycia spürte die gleiche eiskalte Wut. „Ihr seid eine falsche Schönheit und habt uns geblendet. Ihr gabt vor, die arme schöne Königin zu sein, dabei wart Ihr die ganze Zeit die Schlange unter uns."
Helena lächelte hinterhältig.
„Nun, ich denke, eure Zeit ist gekommen! Euer Leben ist vorbei!", sagte Carlos. Dann zog er sein Schwert und schrie: „Angriff!"
Seine Krieger zückten nun ebenfalls ihre Waffen und liefen los. Obwohl Lycia wusste, dass sie keine Chance hatten, griff sie ebenfalls nach ihrem Schwert.
Doch noch bevor sie einen Schritt gehen konnte, bebte die Erde kurz und am Rande des Vulkans bildete sich langsam eine steinerne Brücke. Alle starrten das Gebilde an, das immer schneller wuchs

und leicht in die Höhe stieg, sodass es schien, als führe sie über die Insel.

Auf einmal rannte der erste Waldwächter los. Ihm folgten die anderen Krieger der beiden unterlegenen Streitmächte. Noch ehe Carlos und Helena „Haltet sie auf!" schreien konnten, hatten sich bereits Unzählige auf die Brücke gerettet. Auch Lycia und Walter eilten davon. Während sie rannten, schossen einige ihrer Krieger Pfeile auf die Verfolger ab.

Die beiden Herrscher erreichten die Brücke, und als auch der letzte ihrer Krieger gerade seinen Fuß auf das steinerne Gebilde gesetzt hatte, begann diese auf einmal, sich zu bewegen. Der Pfad hinter ihnen zerfiel, während die Brücke vor ihnen zum Wald führte. Ein letzter Pfeilhagel schoss ihnen hinterher, dann waren sie in Sicherheit.

ಌ

Es war unglaublich. Zwar schwankte der Magier, den er mitgenommen hatte, nur noch in seinem Sattel, statt zu sitzen, dennoch war er bei Bewusstsein. Dondrodis sah in seiner Glaskugel, wie der Zauber wirkte. Noch nie zuvor hatte er jemanden einen so mächtigen Bann sprechen sehen. Seine eigenen Kräfte waren damit nicht zu vergleichen. Zwar wusste er, dass die Magier des Königs sehr stark waren, doch für so mächtig hätte er sie nicht gehalten.

Dondrodis war nicht nur von dem Zauber an sich beeindruckt, sondern auch von der Distanz, über welche hinweg der Zauber gewirkt hatte. Sowie der Magier gesungen hatte, war eine steinerne Brücke auf Leffert erschienen und hatte Lycia und Walter gerettet.

Plötzlich hörte er eine Stimme vor sich. Dondrodis zügelte sein Pferd, dann stieg er ab, zog lautlos sein Schwert und ging leise durch das Dickicht auf die Stimme zu. Er und sein Begleiter waren am Bootshaus angekommen und dort standen sie. Zwei Wachen, die abends das Häuschen vor den Dämonen schützten, wie die Menschen Dondrodis und sein Volk nannten. Neben ihnen stand ein dickerer Mann, der offensichtlich der Verwalter und Hafenmeister war. Dondrodis zog sich seine graue Kapuze über, um seine spitzen Ohren zu verdecken. Dann ging er langsam auf die drei Männer zu.

Es dauerte einige Augenblicke, bis man ihn bemerkte. Einer der Wachmänner rief: „Wer seid Ihr und was wollt Ihr zu dieser späten Stunde noch hier?"

Der Angesprochene hob ein wenig den Kopf. „Wer ich bin, soll Euch egal sein. Aber ich möchte gerne ein Boot benutzen, um über das weite Meer zu reisen."

Der Verwalter kam nun auf ihn zu und beäugte ihn. „Wenn Ihr ein Boot haben wollt, muss ich Euren Namen erfahren. Außerdem bekomme ich zehn Goldtaler als Bezahlung."

„Ich habe aber keine zehn Goldtaler und meinen Namen erfahrt Ihr auch nicht."

„Nun gut, dann vergessen wir den Namen. Bezahlen werdet Ihr aber, Bürschchen!", erwiderte der Mensch.

„Nein, das werde ich nicht!"

„Ich mache Euch einen Vorschlag: Entweder Ihr zahlt oder Ihr verliert Euren Kopf!" Der Mann stutzte. „Oder seid Ihr etwa einer dieser dreckigen Dämonen? Wa..."

Sofort reagierte Dondrodis, schwang sein Schwert, welches er unter seinem Umhang versteckt hatte, erstach den Hafenmeister und enthauptete die zwei anstürmenden Wachen mit einem einzigen Schlag.

Nachdem er die leblosen Körper in dem kleinen Bootshaus versteckt hatte, kehrte er zu seinem Pferd und dem Magier zurück. Einige Minuten später saßen sie in einem einfachen Boot, welches man mit nur zwei Männern steuern konnte. Dondrodis blickte ein letztes Mal zurück. Glücklicherweise waren elfische Pferde kluge Tiere, die ihren Heimweg immer selbst fanden.

Dann segelten sie in den Nebel.

Das geheime Treffen

Lycia klopfte an die Tür und trat ein. Es war noch früh am Morgen, doch sie war sich sicher, dass die Magier bereits wach waren. Als sie eintrat, stellte sie fest, dass sie recht gehabt hatte. Die Zauberer aßen gerade.

„Guten Morgen!", sagte sie zu dem Anführer.

„Was wollt Ihr hier? Ich dachte eigentlich, dass Ihr uns meiden würdet. Aber vielleicht seid Ihr hier, um Euch zu entschuldigen und um mir meinen fehlenden Magier zurückzubringen?"

„Nein. Ich bringe ihn nicht zurück. Er wird in den nächsten Tagen seine Strafe bekommen. Aber ich hatte vor, mich zu bedanken."

„Wofür?"

„Dafür, dass Ihr uns gestern geholfen habt. Ihr wart es doch, die diese Brücke aus Stein haben entstehen lassen?"

Für einen Moment trat Schweigen ein, dann erwiderte der Magier: „Aber natürlich. Wir konnten doch nicht zusehen, wie Ihr, unsere Königin, zu Tode kommt."

Lycia sah in den Augen des Magiers eine Art Erleichterung oder war es Überraschung? Sie konnte es nicht genau sagen, doch spürte sie, dass der Mann ihr etwas verschwieg. Deshalb fragte sie nach.

„Wie habt Ihr die Brücke denn entstehen lassen?"

Der Magier spürte offenbar ihren Argwohn, denn er sagte: „Seid doch einfach froh, hier unter uns zu weilen und nicht tot im Dreck zu liegen. Außerdem müssen wir uns nun verabschieden." Er wandte sich ab, doch Lycia gab sich nicht zufrieden.

„Ich warne Euch. Wenn Ihr mir etwas vormacht, werdet Ihr und Eure Magier dies teuer bezahlen." Dann ging sie.

Es war mitten in der Nacht und Helena wartete gespannt auf ihren Informanten. Sie hoffte, dass der Soldat, den sie bestochen hatte, auch wirklich kam und sich nicht mit dem Gold davongemacht hatte. Die Königin wartete bereits mehrere Stunden, als sie endlich Pferdehufe auf dem Waldboden vernahm. Doch dann stutzte sie, es hörte sich nicht nach nur einem Pferd an. Es waren zwei. Sie zog rasch ihr Schwert. Als die Tiere in Reichweite des Lichtkegels kamen, atmete sie auf. Der Soldat hatte sein Versprechen nicht gehalten, er war tatsächlich nicht allein gekommen. Aber nur ein kleiner Junge, wahrscheinlich sein Gehilfe, ritt neben ihm. Kurz vor Helena blieben die beiden stehen.

„Du kommst spät!", zischte die Königin. Noch nie hatte es ein einfacher Soldat gewagt, sie so lange warten zu lassen.

„Dafür habe ich Eure gewünschten Informationen", entgegnete dieser.

„Her damit!"

„Erst die versprochene restliche Bezahlung!", forderte der bärtige Soldat.

Helena funkelte ihn zornig an. Dann nahm sie etwas Gold aus ihrem Beutel, den sie bei sich trug, und gab es ihm. Der Bärtige streckte seine Hand aus und betrachtete die Münzen. Zwar wusste Helena, dass ein einfacher Soldat in der Regel nicht zählen konnte, doch wenn es um Gold ging, wussten selbst solche Bauerntrottel, welchen Wert sie in ihren Händen hielten.

Nachdem der Mann seinen Lohn verstaut hatte, gab er seinem jungen Gehilfen ein Zeichen. Dieser holte nun ebenfalls etwas aus einem Beutel hervor und reichte Helena ein zusammengerolltes Pergament. Helena betrachtete es und erkannte das königliche Siegel Walters. Sie las den Brief.

Hallo Lycia!
Aufgrund der unvorhergesehenen Vorkommnisse bin ich davon überzeugt, dass wir unsere Waffenproduktion verdoppeln sollten.

Die restlichen Zeilen enthielten die Mengen an Kriegswerkzeugen, welche hergestellt werden sollten. Helena war zufrieden, denn sie wusste jetzt, mit welcher Streitmacht sie es genau zu tun hatten.

„Gute Arbeit!", lobte sie den Soldaten. Der Zorn über seine Verspätung war wie fortgewischt. Der Mann sah ebenfalls sehr zufrieden aus. Die Königin verstaute den Brief in ihrer Satteltasche. Dann stieg sie auf und ihr Pferd erhob sich in die Lüfte, doch bevor sie davonflog, rief sie dem Soldaten zu: „Dieses Treffen hat niemals stattgefunden!"

Der Bärtige nickte. Dann verschwand Helena im Dunkeln.

Kelhim beobachtete ganz gespannt, wie die Frau davonflog. Zwar wusste er nicht, worum es bei diesem Treffen gegangen war, doch selbst er erkannte, dass sein Herr soeben den Untergang seines Königs eingeleitet hatte. Wieso tat der Bärtige so etwas nur? Ging es ihm nur um das Gold, welches er noch heute Nacht in Wein umwandeln würde? Kelhim konnte es einfach nicht verstehen.

„Komm!", befahl ihm der Bärtige, wie ihn alle nur nannten.

Zwar war er dafür bekannt, anderen nicht zu helfen, ohne eine Gegenleistung einzufordern, doch hatte Kelhim erwartet, dass er wenigstens seinem König gegenüber loyal war.

☙

„Ist der Brief von König Walter bereits eingetroffen?", fragte Lycia eine ihrer Wachen. Diese verneinte und Lycia wurde nur noch ungeduldiger. Unruhig lief sie hin und her. Sie wusste nicht, warum er sich so viel Zeit damit ließ. „Aber vielleicht ist es auch gar nicht Walters Schuld. Vielleicht wurde der Brief auch abgefangen oder ist von den Boten nicht abgeschickt worden?", dachte sie. Aber nur darüber zu grübeln brachte nichts. Sie musste es herausfinden. Deshalb ging sie wieder zu der Wache hin und sagte: „Lasst mein Pferd satteln und sagt Eurem Befehlshaber, er soll mir fünf seiner Männer schicken!"

„Jawohl, Herrin!", erwiderte der Mann und lief davon.

Wenige Minuten später kam er mit fünf anderen Waldwächtern wieder. Lycia befahl ihnen, die Pferde zu satteln, dann ging sie raschen Schrittes los.

Während sie auf ihrem Pferd saß und im Wald wartete, gingen ihr wieder die wildesten Ideen durch den Kopf, weshalb der Brief von Walter noch nicht angekommen sein könnte. Als sie endlich Hufgetrappel vernahm, drehte sie sich um und erblickte ihre fünf Begleiter. Als sie lospreschten, kam ihr der Wald nicht mehr ganz so freundlich vor, doch sie durfte keine Angst zeigen.

Als sie endlich einige Zeit später das Wasserschloss erreicht hatten, rief sie zu den Zinnen hinauf: „Hier ist Königin Lycia, Herrin über die Waldwächter! Lasst mich hinein! Ich muss dringend mit König Walter, Herr über die fünf Inseln, sprechen!"

Noch bevor sie geendet hatte, öffnete sich das gewaltige Tor und sie und ihre Begleiter ritten in den Vorhof der Burg. Wachen beobachteten sie dabei. Sie hatten gerade das zweite Tor erreicht, als ein bärtiger Mann aus einer der Baracken auf sie zukam. Einige Schritte vor Lycia blieb er stehen und verbeugte sich.

„Guten Abend, Königin Lycia! Dürfte ich Euch und Euren Begleitern die Pferde abnehmen? König Walter gestattet es nämlich nicht, dass Pferde den Innenhof betreten."

„Aber natürlich!" Lycia stieg ab und wies ihre Wachen an, es ihr gleichzutun.

Nachdem sie auf dem Boden standen, rief der Mann: „Kelhim!" Kurze Zeit später kam ein kleiner Junge angelaufen, nahm, ohne zu fragen, die Zügel der Pferde mit beiden Händen entgegen und führte sie zu einem Stall, wo er sie anband und versorgte. Der bärtige Mann rief derweil in Richtung Wachen auf den Zinnen: „Öffnet die Tore für Königin Lycia." Dann verschwand er wieder, ging aber nicht zurück in die Baracke, wie Lycia bemerkte, sondern in eine Wirtsstube.

„Wahrscheinlich, um sich zu betrinken", dachte sie. Dann riss sie ein lautes Knarren aus ihren Gedanken, sie ging voran durch das zweite Tor und betrat den Innenhof.

„König Walter!", schallte es durch den Raum.

Der König schreckte vom Tisch auf und fühlte etwas auf seiner Wange. Verschlafen tastete er danach. Offenbar war er unbeabsichtigt auf dem Stuhl eingenickt, auf dem er gesessen hatte. Dabei hatte er das Tintenfass umgestoßen, sodass die Flüssigkeit auf seinem Tisch ausgelaufen war. „Und genau in dieser Pfütze lag mein Kopf!", wurde ihm bestürzt klar, während er noch ungläubig seine blauen Handflächen betrachtete. Während er versuchte, die Tinte von seinem Gesicht abzuwaschen, kam James herein.

„Herr? Königin Lycia möchte mit Euch sprechen."

Walter wollte ihm noch sagen, er solle warten, doch schon trat sein Diener zur Seite und die Königin stolzierte herein. Es schien ihr nicht unangenehm zu sein, wieder in seinem Gemach zu stehen.

„Danke, James!", sagte sie. Nachdem er die Tür von außen geschlossen hatte, drehte sie sich um und musste einen Lachanfall unterdrücken. Eine Gesichtshälfte Walters war blau. Auf seinem Tisch war ein Chaos aus Dokumenten, Tinte, Federn und Fässchen. Offensichtlich war er eingeschlafen, wobei seine Wange in einer Pfütze aus Tinte versunken war. Jetzt versuchte er gerade, das Blau aus seinem Gesicht zu bekommen. „Soll ich dir helfen?"

„Das wäre nett. Ich kriege diese Tinte nämlich einfach nicht ab."

Während er das sagte, rieb er mit einem Tuch in seinem Gesicht herum. Lycia nahm nun ebenfalls ein Tuch, tunkte es in eine Schüssel mit Wasser und wischte damit über sein Gesicht. Dabei tropften Tinte und Wasser auch auf sein Gewand.

„Ich denke, ich ziehe das Hemd besser aus", meinte er und stand auf.

Lycia beobachtete ihn mit roten Wangen. Nachdem er sich des Hemdes entledigt hatte, machte sie weiter. Während sie ihm die Tinte abwusch, spürte er ihre warmen Hände auf seinem Gesicht. Zwar wehrte sich Walter dagegen, doch plötzlich überkam ihn eine tiefe Welle der Zuneigung und er küsste Lycia. Diese ließ ihre Hand sinken und erwiderte den Kuss. Sofort spürte Walter, dass er mehr wollte als nur das. Er nahm sie in den Arm und ging mit ihr zu seinem Bett. Als sie sich hinlegen wollten, klopfte es an der Tür.

„Wer da?"

„Ich bin es, James. Hier ist ein kleiner Junge, der dringend mit Euch sprechen möchte. Er sagt, es ginge um Euer Leben."

„Lasst ihn herein!", befahl Walter und zog sich schnell wieder das Hemd über.

Auch Lycia erhob sich und trat zum Fenster. Dann ging auch schon die Tür auf und die Königin stutzte, als sie den kleinen Jungen wiedererkannte. Es war derselbe, der auch ihr Pferd entgegengenommen hatte.

Der verratene Verräter

Kelhim trat ein. Er sah den beiden Personen, die vor ihm standen, an, dass er sie gestört hatte. Wobei, das vermochte er nicht zu sagen. Allerdings wusste er ganz genau, dass seine Angelegenheit wichtiger war als alles andere. Gleichzeitig stutzte er und fragte sich, warum sein König wohl mit verwaschener Tinte im Gesicht rumlief.

Während er darüber nachdachte, fragte König Walter ihn: „Hallo! Na, wie heißt du denn?"

„Mein Name ist Kelhim."

„Was gibt es denn, Kelhim? James meinte, es ginge um mein Leben?"

„Ja. Ich weiß nicht so recht, wie ich anfangen soll. Am besten erzähle ich Euch alles von Anfang an. Ich bin vor einigen Tagen zu einem Soldaten gerufen worden. Seinen Namen kenne ich nicht, alle nennen ihn nur den Bärtigen. Als ich zu ihm kam, fragte er mich, ob ich sein Gehilfe werden möchte. Er bräuchte einen zuverlässigen Burschen, der ihm helfen könnte. Von einigen seiner Freunde hatte er erfahren, dass ich meinem Vater in der Schmiede helfe. Deshalb hatte er mich ausgesucht. Er sagte, ich würde auch zwei Münzen in der Woche bekommen. Dafür sollte ich aber niemandem etwas von den geheimen Aktivitäten erzählen, die er nachts unternehme. Aber vergangenen Abend habe ich zugesehen, wie er einem alten Mann einen Brief von Euch, König Walter, aus den Händen riss. Der alte Mann wollte das Pergament über einen Briefvogel wegschicken, und als er überfallen wurde, wollte er Alarm schlagen, doch der Bärtige erstach ihn! Die Leiche hat er anschließend versteckt. Wo genau, das kann ich nicht sagen. Diesen Brief hat der Bärtige heute Nacht einer Frau übergeben. Die ist auch Königin. Von ihr bekam er Goldmünzen. Ich weiß nicht, worum es genau ging, was ich aber weiß, ist, dass dieser Brief der Frau jede Menge Informationen lieferte. Ihre Augen verrieten mir, dass sie Euch töten will, mein Herr. Deswegen bin ich hier."

Walter war sprachlos. Er drehte sich zu Lycia um. „Hast du meinen Brief erhalten?"

„Nein, deshalb bin ich hier. Und am zweiten Tor nahm mir ein bärtiger Soldat die Pferde ab und Kelhim hier war auch dabei."

Walter drehte sich wieder zu dem Jungen um. „Weißt du denn, wo der Bärtige sich gerade aufhält?"

„Nein!"

„Aber ich weiß es", warf Lycia ein. Walter blickte sie auffordernd an und sie ergänzte: „Er ist in der Wirtsstube im Vorhof."

Der König nickte, dann sagte er an Kelhim gerichtet: „Danke, dass du mir diese wichtige Nachricht gebracht hast. Gehe hinaus zu James. Er wird dich in die Küche bringen. Dort nimmst du so viel zu essen und trinken mit, wie du tragen kannst. Danach gehst du nach Hause und bringst deinem Vater das Essen. Und außerdem bekommst du das hier von mir."

Walter ging zu seinem Tisch und Kelhim staunte über die Unordnung darauf. Sein Staunen wurde noch viel größer, als der König eine Schublade öffnete, einen Beutel herauszog und dem Jungen den Inhalt zeigte. Es waren mehr Goldmünzen darin, als Kelhim Finger an beiden Händen hatte. Mit einem freundlichen Lächeln schloss König Walter den Beutel und drückte ihn dem fassungslosen Jungen in die Hand. Kelhims Augen leuchteten vor Glück. Sein Grinsen war so breit wie sein Gesicht. Lycia lächelte ihm zu.

„Danke, mein Herr!", brachte der Junge noch hervor, bevor er vor lauter Freude in Tränen ausbrach.

Die Frau ging zu ihm und nahm ihn in die Arme, während Walter James befahl, den Jungen in die Küche zu schicken und seine Leibgarde zu holen. Kelhim verließ das Gemach und Walter ergriff sein Schwert. Lycia folgte ihm und befahl auch ihren Begleitern, ihnen zu folgen.

Sie traten in den Innenhof und Walter schrie: „Öffnet das Tor!" Während sie den Vorhof betraten, gab er dem Wächter des ersten Tores einen Befehl: „Lasst niemanden hinaus! Auch keine Soldaten!"

Dann gingen sie auf die Wirtsstube zu. Dort angekommen zog Walter sein Schwert. Seine Leibgarde, die aus zehn Männern bestand, tat es ihm gleich. Auch Lycia und ihre Begleiter hielten ihre Waffen kampfbereit in der Hand.

„Zwei von euch kommen mit, drei bewachen den Hinterausgang. Die anderen warten hier draußen", befahl der König seinen Wachen. Lycia nahm alle fünf Soldaten mit.

Dann betraten sie das Gasthaus. Walter ging auf den Wirt zu und dieser verneigte sich. Doch zur großen Überraschung Lycias fragte der Herrscher seinen Untertanen nicht, welcher von den Soldaten der Bärtige war, sondern sprach, so laut er konnte, in den Raum.

„Ich bin König Walter, Herr der fünf Inseln. Hört mir zu. Jeder von euch, so betrunken er auch sein mag, wird sich erinnern, dass er mir einen Treueid geschworen hat. Dieser Treueid ist das Einzige, was mich beruhigt, wenn ihr über mich wacht. Doch dieses Vertrauen ist erschüttert worden. Ein Soldat hat mich betrogen, sich gegen mich und damit auch gegen euch gewendet. Er hat meinen Boten erstochen und den Brief, den der bei sich trug, unseren Feinden für ein paar Goldmünzen verkauft. Einer von euch hat sich gegen alle anderen gestellt. Einer von euch hat uns alle verraten. Dieser eine von euch wird hiermit verhaftet und zum Tode verurteilt. Zwar kennt niemand seinen Namen, doch ist er euch als der Bärtige bekannt."

Ein Raunen ging durch die Menge. Einer der Soldaten stand auf. Zwar konnte man sein Gesicht nicht erkennen, da er es im Schatten verborgen hatte, doch Lycia vermutete, dass es der Bärtige war.

„Ich bin derjenige, den Ihr sucht, mein König. Doch bevor ich meine Strafe bekomme, möchte ich Euch eines mit auf den Weg geben. Ihr wart es, der uns Ruhe und Frieden versprochen hat, als wir dieses Land besiedelten. Doch was ist daraus geworden, frage ich mich. Nichts. Es herrschen weder Ruhe noch Frieden. Krieg und Zwietracht sind an der Tagesordnung! Deshalb habe ich mich gegen Euch gestellt und deshalb rufe ich euch auf, meine Kameraden, stellt euch mit mir zusammen gegen unseren König. Töten wir ihn und es wird Frieden herrschen. Tötet ihn!" Die letzten Worte schrie er und zog sein Schwert. Ein Rascheln ging durch die Wirtsstube.

Einige sprangen auf, riefen: „Tötet ihn!", und brachen dann betrunken zusammen.

Lycia war überrascht, dass der Mann versuchte, einen Haufen Säufer zum Kämpfen zu überreden. König Walter gab seinen Wachen ein Zeichen, welche daraufhin auf den Mann zustürmten und ihm das Schwert aus den Händen schlugen. Der Bärtige blickte völlig verdutzt, bevor er sich umdrehen konnte, hatte man ihn auch schon besinnungslos geschlagen. Walter bedeutete seinen Soldaten, den Bewusstlosen mitzunehmen. Sie trugen ihn hinaus auf den Marktplatz und ketteten ihn an einen Holzpfahl, wo er bis zum Morgen ausharren musste.

Derweil wandte sich Walter wieder an Lycia. „Komm, wir müssen noch einiges besprechen."

Bald hatten sie wieder Walters Gemächer erreicht. Er schloss die Tür hinter ihnen und setzte sich auf einen Stuhl. Lycia blieb stehen. Der junge Mann strich sich über die müden Augen. Dann begann er zu berichten, was er Lycia schon in dem Brief geschrieben hatte, welcher nun im Besitz von Helena war. Dessen war sich Walter ziemlich sicher, denn welche Königin außer Lycia gab es noch auf Leffert?

Sie überlegten, wie sie nun weiter vorgehen sollten. Einige Stunden später beschloss Walter, dass es schon zu spät für weitere Diskussionen war. Da auch Lycia zu müde war, um noch zurückzureiten, entschied sie entgegen aller Vorsätze, bei ihm zu übernachten. Sie gingen zu Bett.

Einige Minuten später spürte Lycia, wie Walter sich zu ihr umdrehte. Tief in ihrem Inneren genoss sie es, endlich einen Mann gefunden zu haben, der zu ihr passte.

Am nächsten Tag, die Sonne stand schon hoch am Himmel, erwachte Lycia. Walter lag neben ihr und schlief noch tief und fest. Vorsichtig rüttelte sie ihn wach und gab ihm einen Guten-Morgen-Kuss. Als sie sicher sein konnte, dass er wach war, stieg sie aus dem Bett.

„Es wartet ein bärtiger Soldat auf dich", sagte sie zu ihm, als er die Augen öffnete.

Er blinzelte und sah sehr müde aus. Dann stieg auch er langsam aus dem Bett und machte sich fertig. Nachdem die beiden angezogen waren, gingen sie zum Frühstücken in den großen Thronsaal.

Nach einiger Zeit, sie waren gerade fertig geworden, kam James auf sie zu. „Guten Morgen, mein Herr! Alles ist bereit für den Prozess!"

„Danke, James."

Lycia blickte Walter erstaunt an. „Ich dachte, das Urteil wäre bereits gefallen?"

„Ist es auch. Trotzdem hat er das Recht auf einen Prozess."

„Und wer ist der Richter?"

„Ich, deswegen muss ich jetzt auch gehen. Du kannst natürlich gerne mitkommen, wenn du willst."

Lycia verneinte. Während Walter seinen Pflichten als Herrscher nachging, ritt sie mit ihren Waldwächtern zurück.

Als sich der König in den Raum begab, welcher als Prozesssaal genutzt wurde, nahmen die neugierigen Besucher Platz. Walter erhielt den höchstgelegenen Platz am Kopfende des Saales. Anschließend brachte man den Beschuldigten herein. Man setzte ihn auf einen Stuhl mit harter Lehne und kettete ihn daran fest. Kurz darauf erhob sich Walter. Die Besucher taten es ihm gleich. Während er die Anschuldigungen gegen den Bärtigen vorlas, herrschte Stille.

„Dem Beschuldigten werden folgende Punkte zur Last gelegt:
Erstens: Verrat am König.
Zweitens: Mord an einem Bediensteten des Königs.
Drittens: Diebstahl königlichen Eigentums."

Dann setzte er sich wieder und auch die Besucher taten es ihm gleich.

Der Bärtige knurrte. „Ich widerspreche dem. Ich habe nichts getan und Ihr habt niemanden, der die Anschuldigungen bestätigen könnte."

„Oh, Ihr meint abgesehen von mir und Königin Lycia? Außerdem glaube ich, es gibt neben meinen Wachen und denen Königin Lycias mit Sicherheit auch einige Soldaten, die sich an die gestrigen

Worte erinnern können, sobald sie ihren Rausch ausgeschlafen haben. Doch da wir auf diese Leute nicht warten können, bitte ich James, denjenigen herzuholen, welcher mir Eure Schandtaten berichtet hat. Kelhim."

Der Bärtige erbleichte. „Ihr schenkt doch wohl nicht einem kleinen Jungen mehr Vertrauen als einem erwachsenen Mann, der Euch einen Treueid geschworen hat?"

„Wenn er sich als glaubwürdig erwiesen hat, schon."

Einige Augenblicke später öffnete sich die Tür und James trat ein. Ihm folgten Kelhim und ein Mann, der wohl sein Vater war.

„Setz dich bitte, Kelhim, und erzähle mir noch einmal, was du mir gestern schon berichtet hast."

„Du hältst dein Maul, du kleiner Bastard!"

„Ich erlaube keine Drohungen im Prozesssaal, Bärtiger! Ich verurteile Euch zu zehn Peitschenhieben. Jede weitere Drohung bringt Euch noch einmal zehn Hiebe. Erzähle es uns, Kelhim."

Der Junge setzte sich auf einen Stuhl zur Rechten Walters und berichtete erneut von den Taten des Bärtigen. Als er geendet hatte, ertönten Buhrufe aus den Zuschauerrängen. Die galten unmissverständlich dem Mann.

„Ich bitte um Ruhe!" Walter richtete sich wieder an den Beschuldigten. „Wollt Ihr dazu noch etwas sagen?"

„Ich bestreite alles!"

„Gut. Ich ziehe mich nun zurück und werde in einigen Minuten das Urteil verkünden." Damit erhob sich der Richter, ebenso wie die Zuschauer, betrat einen Nebenraum und trank etwas. Eine weitere Tür führte aus diesem Nebenraum in einen Schlossbereich, der nur dem König und seinen Wachen zugänglich war. Zwar war sein Urteil schon gefallen, dennoch wollte er wenigstens den Anschein erwecken, er würde darüber nachdenken.

Als er fand, dass er sich lange genug zurückgezogen hätte, betrat er wieder den Saal und die Leute erhoben sich. Nachdem Walter sich zu seinem Platz begeben hatte, sprach er das Urteil.

„Aufgrund der Zeugenaussage des jungen Kelhim und der Tatsache, dass ich gestern das Geständnis des Angeklagten mit eigenen Ohren gehört habe, verurteile ich ihn zum Tode durch Enthauptung. Das Leugnen des Zeugen wertet das Gericht als Flucht vor der Wahrheit. Die Hinrichtung wird in drei Stunden vollstreckt. Vorher werden die zehn Peitschenhiebe ausgeführt. Während der kommenden drei Stunden darf niemand mit dem Verurteilten sprechen. Um dafür Sorge zu tragen, dass dies auch nicht passiert, wird er für diese Zeit in den Kerker geworfen." Mit diesem Beschluss verschwand der König durch die Tür, durch die er auch hereingekommen war und die in das Nebenzimmer führte.

Zur selben Zeit machten sich auch die Zuschauer auf den Weg.

Drei Stunden später versammelten sich wieder alle vor dem Podest, welches in der Mitte des Innenhofes aufgestellt worden war. Die Hinrichtung dauerte nur wenige Augenblicke. Dann war alles vorbei. Anstatt die Exekution zu bejubeln, feierten die Leute Kelhim, der, wie Walter dachte, eigentlich der Verräter des Verräters war.

Der Sturm und die Liebe

Viele Tage waren sie jetzt schon unterwegs, doch ein solches Unwetter hatten sie noch nie erlebt. Der Regen prasselte ihnen unablässig auf die Haut. Mittlerweile nutzte es Dondrodis auch nicht mehr, dass er eine Kapuze trug, denn auch sie war durchnässt. Der Regen allein wäre nicht so schlimm gewesen, wenn nicht auch noch eisige Windstöße dazu gekommen wären. Die Böen sorgten in unregelmäßigen Abständen immer wieder für Kälteschauer, die dem Elfen durch Mark und Bein gingen. Selbst der Schutzzauber gegen Nässe und Kälte hatte nur kurz gehalten.

Seit vier Tagen quälten sie sich schon durch dieses Wetter. Und als wäre das alles noch nicht genug, blitzte und donnerte es seit dem gestrigen Morgen und Wellen schwappten immer wieder über die Bordwand.

Dondrodis und sein Begleiter waren erschöpft. Zwar hatten sie genügend Essbares mitgenommen, doch es war sehr anstrengend, das Boot bei den hohen Wellen auf Kurs zu halten. Es schien fast so, als wollte die Insel gar nicht, dass man sie fand. Dondrodis wusste jedoch, wenn er sie nicht innerhalb der nächsten sechs Wochen erreichte, würde es zu spät sein. Dann wäre der Krieg schon so weit fortgeschritten, dass es zu wenig Überlebende gab. Er musste sich beeilen. Bereits zum hundertsten Mal wendeten sie das Boot in die richtige Richtung.

„Kannst du uns nicht etwas schneller machen?", fragte Dondrodis den Magier über das laute Donnern hinweg. Sie mussten schreien, um sich zu unterhalten.

„Ich schätze mal, das könnte ich, sodass wir etwa einen Tag früher eintreffen würden."

„Na, dann leg los!"

„Morgen. Gib mir noch einen Tag Pause. Ich bin immer noch sehr geschwächt von der steinernen Brücke, die ich erschaffen habe."

„Na gut. Aber morgen müssen wir schneller sein. Falls dieser Sturm noch weitergeht, werden wir es nicht rechtzeitig schaffen."

„Ja, ich werde es morgen versuchen", versprach er ihm.

Ein Blitz erhellte den dunklen Himmel. Dondrodis holte seine Glaskugel heraus und sprach die magischen Worte in elfischer Sprache. „Sphaera sapiens."

Sofort begann die Kugel zu leuchten, denn die beiden Wörter verrieten ihr, dass sie ihr Wissen zeigen sollte. Nach einigen weiteren Worten sah er Leffert. Es schien ruhig auf der Insel zu sein. Zu still, wie Dondrodis dachte. Es wirkte fast, als wäre es die Ruhe vor diesem Sturm, welcher auch bald die Insel erreichen würde.

Nachdem er genug gesehen hatte, strich Dondrodis sachte über die Oberfläche und verstaute die jetzt wieder normal aussehende Glaskugel in seiner Tasche.

Am nächsten Morgen erwachte der Elf durch laute Worte, die der Magier rief. Während sich Dondrodis aufrichtete, erkannte er, dass der Sturm sich gelegt hatte. Außerdem war das Boot schneller geworden. Ganz offensichtlich hatte der Magier es geschafft, sich auszuruhen, denn er stand am vorderen Teil des Schiffes und hatte seine Augen geschlossen. Er konzentrierte sich darauf, das Boot auf eine höhere Geschwindigkeit zu bringen, da war sich Dondrodis sicher. Einige Augenblicke später rührte sich der Magier.

„Die nächsten Stunden werden wir erst einmal nichts tun müssen, außer das Boot auf dem richtigen Kurs zu halten."

„Dann können wir ja etwas essen", schlug der Elf vor.

„Das können wir."

Während sie frühstückten, betrachtete Dondrodis das Wasser. Er überlegte, wie er die vier Könige davon überzeugen sollte, ihm zuzuhören. Währenddessen griff er erneut in seine Tasche, holte dieses Mal jedoch nicht die Glaskugel, sondern vier Diamanten von der Größe einer Faust hervor und legte sie vor sich auf den Schiffsboden. Die Diamanten leuchteten in der Morgensonne in ihren wunderschönen Farben. Einer war feuerrot. Der zweite hatte die

Farbe von frischem Sommergras. Der dritte Diamant leuchtete in dem Hellblau des Himmels. Die Farbe des letzten Steins war einer der Gründe, warum er gerade an die Diamanten hatte denken müssen, denn er besaß die gleiche dunkelblaue Nuance wie das Meer unter ihnen.

Inständig hoffte er, dass diese vier magischen Steine wirklich das erreichen konnten, was der König ihm versprochen hatte: Frieden auf der gesamten Welt.

Er seufzte auf, dann verstaute er sie wieder, blickte zum Horizont und dachte: „Keine Sorge, mein König, die Welt wird gerettet werden. Wir werden es schaffen."

☙

Als Carlos erwachte, tobte ein Gewitter über Leffert. Es war ein gewaltiger Sturm. Genauso mochte der König es, denn es erinnerte ihn an seinen verstorbenen Vater, auch wenn er diesen Menschen immer noch hasste. Viele Barden hatten die großartigsten Lieder über seinen Vater gesungen. Ihre Texte waren sich meist sehr ähnlich, doch eines ließ ihn nachdenken. Es handelte von einem Kampf, doch es war kein gewöhnlicher. Es war ein Krieg mit der Liebe.

Schon immer war er ein harter Mann
und niemand konnte ihn bezwingen!
Doch eines Tages kam der Kampf,
der Kampf gegen die Sinne.
Trotz seines Donners und Gemetzels
konnte er ihn nicht gewinnen.
Denn es war der Kampf, der alle vernichtet,
der Kampf gegen eine Frau.
Er liebte sie aus vollem Herzen,
doch das war nicht gut für ihn,
denn diesen Kampf verlor er schnell
und seine Liebste ebenso.
Es war vorbei mit dem großen Krieger.
Ganz winzig klein ist er von uns gegangen.

Sein Vater war nicht gerade für seine Liebe anderen gegenüber bekannt gewesen, und wenn Carlos eins über ihn wusste, dann, dass er gerne viele Frauen um sich gehabt hatte. Doch er erinnerte sich auch daran, dass sein Vater kurz vor seinem grauenvollen Tod eine Frau gefunden hatte, in welche er sich wahrlich verliebt hatte. Doch weil diese Frau seine Zuneigung nicht erwidert hatte, hatte er sie lebendig zusammen mit toten Soldaten begraben lassen.

Kurze Zeit später, Carlos war gerade sechzehn Jahre alt geworden, war sein Vater schwer verletzt aus dem Krieg zurückgekommen und kurz darauf an der entzündeten Wunde gestorben. Viele munkelten hinter vorgehaltener Hand, dass der sonst so siegreiche König durch seine Gefühle abgelenkt gewesen war.

Obwohl Carlos seinen Vater immer gehasst hatte, hatte er von ihm gelernt, dass man den Kampf gegen die Liebe nicht gewinnen konnte. Er liebte Helena genauso, wie sein Vater diese Frau geliebt hatte, doch wie dieser hatte er versucht, sich dieser Zuneigung zu widersetzen. Doch trotz all seiner Bemühungen war es ihm nicht geglückt. Die Liebe war einfach zu stark gewesen und hatte ihn in ihren Bann gezogen. Sie war sogar so mächtig, dass Carlos Helena bereits nach drei Tagen des Zusammenseins erneut zur Frau nehmen wollte. Doch jetzt war er sich nicht mehr so sicher, ob es klug gewesen war, ihr nach dieser kurzen Zeit einen Heiratsantrag zu machen. Immer wieder gingen ihm die letzten Worte des Liedes durch den Kopf.

Es war vorbei mit dem großen Krieger.
Ganz winzig klein ist er von uns gegangen.

Nein! So wollte und würde er, Carlos, niemals enden. Seine Feinde würden auch in Zukunft noch vor ihm erzittern, dafür würde er schon sorgen.

☙

Helena lächelte. Sie konnte in den letzten Tagen gar nichts anderes mehr tun, als vor Glück zu strahlen. Seit dem Tag, an dem Lycia und Walter entkommen waren, konnte sie an kaum etwas anderes denken als an die bevorstehende erneute Vermählung mit Carlos. Sogar der Krieg war in den Hintergrund gerückt. Sie wusste noch, wie Carlos kurz nach der Flucht Lycias und Walters zu ihr gekommen war und sie gefragt hatte. Sie hatte keinen Moment mit ihrer Antwort gezögert.

Als sie am nächsten Morgen neben ihm aufgewacht war, war sie immer noch so glücklich gewesen.

Eine ganze Weile dachte sie darüber nach, was wohl ihre verstorbenen Eltern dazu gesagt hätten. An sich war es ja keine neue Heirat, eher die Bestätigung eines alten Bundes. Ihre Mutter wäre genauso glücklich gewesen wie Helena selbst, endlich ihren Mann wiedergefunden zu haben. Sie hätte ihr das schönste Kleid gegeben, das sie je besessen hatte. Es war ein zauberhaftes Gewand gewesen, ganz in Blau. Auf der Brust war in goldener Stickerei das Wappen ihrer Familie geprangt. Schon als sie noch ein kleines Kind gewesen war, hatte sie immer die gleiche Kleidung wie ihre Mutter haben wollen. Wie schön dieses Kleid an ihr ausgesehen hätte.

Ihr Vater dagegen wäre über die zweite Vermählung alles andere als glücklich gewesen. Er war ein äußerst strenger Mann gewesen, der seiner Tochter stets eingeschärft hatte, sich niemals zu ergeben, und schon immer jeden Mann verachtet hatte, der nicht genug Gold und keine großen Titel besessen hatte. Zwar war Carlos ein König, doch ihr Vater wäre ganz und gar nicht zufrieden mit ihrer Wahl gewesen, hätte er bei ihrer ersten Hochzeit vor zehn Jahren noch gelebt. Doch wenn er nun wüsste, dass seine herzallerliebste Tochter diesen Taugenichts, wie er Carlos mit Sicherheit genannt hätte, zum zweiten Mal heiratete, würde er sich wahrscheinlich vor Zorn umbringen.

In ihrer Familie hatte es nie eine Frau gegeben, welche sich mit einem Mann vermählt, sich von ihm getrennt und ihn dann wieder geheiratet hatte, vor allem wenn es dabei um einen Mann ging, der in den Augen des Brautvaters so wenig wert gewesen wäre. Es wäre eine Schande für ihn gewesen, dass sie sich trotz ihrer ersten Vermählung ein weiteres Mal auf den gleichen Taugenichts einließe.

Helena verzog den Mund. Ihre ganze Familie hätte wahrscheinlich dem Willen des Vaters gehorcht und sie verstoßen. Aber da alle tot waren und Helena der einzige direkte Nachkomme ihrer Familie war, musste sie sich einen Mann nehmen. Allein schon, um die Blutlinie ihres Hauses weiterzuführen.

Helena lächelte erneut. „Nur noch drei Tage", dachte sie.

☙

Lycia und Walter erwachten. Es war bereits mitten am Tag. Voller Sorge, was dieser bringen würde, standen sie auf und wuschen sich. Nach dem gemeinsamen Bad aßen sie.

Drei Tage war es her, seit ein gewaltiger Sturm über das Land gefegt war. Vier Tage seit dem Verrat des Verräters und sechs Tage seit der letzten Schlacht gegen Carlos und Helena. Es herrschte eine unangenehme Stille über Leffert. Niemand vermochte zu sagen, wo sie herkam und wann sie wieder endete.

Der Sturm hatte seine Schäden hinterlassen. Drei von Walters Männern waren von den heftigen Windböen gepackt und quer über den See bis zum anderen Ufer gewirbelt worden. Dort waren sie leblos am Boden liegen geblieben. Auch Lycia war es nicht besser ergangen, wie Walter erfahren hatte. Bei dem Versuch, einen der vielen Ausgänge des Erdreiches von herumwirbelnden Ästen zu befreien, waren fünf ihrer Männer von einem umstürzenden Baum erschlagen worden. Die Leichen hatte man erst einen Tag nach dem Abklingen des Sturms gefunden, hatte Lycia ihm erzählt.

Doch das Schlimmste dabei war, dass sie noch immer nichts Neues von Helena und Carlos erfahren hatten. Sie vermuteten zwar, dass es nicht mehr lange dauern würde, bis wieder ein Angriff erfolgen würde, doch solange es keine Anzeichen gab, versuchten sie, selbst eine Strategie zu entwickeln, um den Vulkan und den Berg zu stürmen. Ein Vorteil dabei war, dass sie die Festung von Helena bereits einmal betreten hatten. Sie wussten, dass, wenn sie die Tore bezwungen haben sollten, ein mehr als vierhundert Schritt langer und weniger als fünf Schritt breiter Gang vor ihnen liegen würde. Doch selbst wenn sie ihn erreichen sollten, stellte sich immer noch die Frage, ob Helena wirklich in der Kammer am Ende des Korridors sein oder ob sie sich woanders aufhalten würde.

Ein weiteres Problem stellte die Anzahl an Kriegern dar, welche sie brauchen würden. Allein die Armee von Carlos, die er ihnen entgegengestellt hatte, war gewaltig gewesen, doch zugleich wussten sie nicht, ob er vielleicht noch mehr kampffähige Krieger hatte. So versuchten sie, alle möglichen Zahlen zu bestimmen.

☙

Zur gleichen Zeit sagten Carlos und Helena: „Ja!"
„Hiermit erkläre ich Euch zu Mann und Frau", sprach der Geistliche, den Carlos schon vor Tagen aufgesucht hatte, um ihn um die Durchführung der Trauung zu bitten.
Nun stand er hier und nahm zum zweiten Mal Helena zur Frau. Nachdem die Zeremonie zu Ende war, gingen Carlos, Helena und die obersten Befehlshaber ihrer Truppen in den großen Thronsaal, welcher tief im Inneren des Vulkans lag. Man hatte entschieden, dass hier die Feierlichkeiten abgehalten werden sollten. Die wichtigsten Adligen vom Berg waren dazu eingeladen worden. Im Thronsaal angekommen, der festlich umdekoriert worden war, begann ein Barde auf einer erhöhten Plattform zu singen.

„Er ist ein großer, mächtiger Mann.
Niemand kann ihn bezwingen.
Mit seiner Frau an der Hand
wird er jeden Feind in die Knie zwingen.
Er sagte Ja, sie sagte Ja.
Jetzt kann das Fest beginnen.
Sie werden uns nun gemeinsam regieren.
Das Volk, es jauchzt und jubelt schon.
Kommt alle her!
Hört alle zu!
Denn er hat nun zu sagen uns,
was noch kommen wird.
Verbeugt euch nun,
ihr tapf'ren Männer,
schenkt eurem König Ehrenlohn.
Verbeugt euch auch vor Königin Helena,
der schönsten Frau.
Sie wird uns bringen Ruhm und Stolz.

Sie wird uns schenken volles Haus.
Gemeinsam auf dem Throne sitzend
halten sie Hand in Hand
unser Leben, unser Reich!
Die große Zeit, sie wird beginnen!
Kommt alle her!
Hört alle zu!
Denn er hat nun zu sagen uns,
was noch kommen wird.
Verbeugt euch nun,
ihr tapf'ren Männer,
schenkt eurem König Ehrenlohn.
Verbeugt euch auch vor Königin Helena,
der schönsten Frau."

Der Barde verstummte. Er machte einen Schritt zurück und Carlos trat an seine Stelle. Er wartete einen Augenblick, dann sprach er zu den Versammelten.

„Heute ist ein großer Tag! In den nächsten Tagen werden wir den Kampf für uns gewinnen! Der Kampf, der auf dieser Insel entsprungen ist! Doch durch die Verschmelzung unserer Völker, die Verschmelzung von Feuer und Luft, die Verschmelzung von Macht und Schönheit sind wir der Gewinner dieses Kampfes! Wir sind die Könige des Landes! Wir sind die Götter der Insel! Durch die Verbindung unserer beiden Stämme sind wir eins geworden! Wir sind ein Volk, ein Krieger, ein Mensch! Wir sind das Doppelte vom Einzelnen! Wir haben Waffe, Rüstung und Schild zweifach, während andere es einzeln tragen! Wir sind vollkommen! Wir sind ein Volk!"

Sofort brandete Beifall auf. Die Menge jubelte ihm zu. Carlos blickte die Versammelten an. In den ersten Reihen standen Generäle, Offiziere und Hauptmänner, Adelsmänner und Frauen, aber auch einzelne hoch ausgezeichnete Krieger. Viele kannte er. Einige waren auch aus dem Gefolge seiner neuen, alten Gemahlin. Carlos spürte, dass eine große Zeit kommen würde.

Nachdem Helena sicher sein konnte, dass ihr Mann zu betrunken war, um noch etwas mitzubekommen, entfernte sie sich von der Gesellschaft, um einen neuen Informanten zu treffen. Immer wieder schaute sie sich um, denn sie hatte das Gefühl, als würde jemand sie beobachten. Doch sie bemerkte niemanden. Während sie sich dem Treffpunkt näherte, hörte sie links von sich ein leises Rascheln. Dann trat eine Gestalt aus dem Dickicht. Diese trug einen Umhang und hatte eine Kapuze tief in ihr Gesicht gezogen. Zwar wusste Helena, wer diese Person war, doch falls sie beobachtet wurden, würde niemand wissen, mit wem sie sich traf.

„Guten Abend, meine Königin!", sagte die Kapuzengestalt.

„Guten Abend, liebster Cousin."

„Wie verlief Eure Hochzeit?"

„Angenehm. Alles verlief nach Plan. Ich hoffe doch, auch Ihr wart erfolgreich bei Eurer Aufgabe?"

„Aber selbstverständlich. Zurzeit beraten sich Lycia und dieser Walter in seinen Gemächern. Sie zweifeln daran, dass Ihr noch lange mit einem Angriff warten werdet. Allerdings wollen sie auch nicht den ersten Schritt wagen, weil sie denken, dass es eine Falle von Euch sein könnte."

„Sehr gut! Solange sie nichts tun, gefallen sie mir am besten. Dann können Carlos und ich uns auf einen endgültigen und vernichtenden Kampf vorbereiten. Das waren zur Abwechslung mal gute Nachrichten. Hier ist deine Belohnung."

Helena warf der Gestalt einen Beutel zu. Diese schaute kurz hinein, verbeugte sich und ging davon. Auch die Königin machte sich auf den Rückweg, immer noch auf der Hut vor etwaigen Beobachtern.

Während er zurück zu den anderen Magiern ging, der Beutel seiner Cousine wog schwer an seinem Gürtel, überlegte er, wann er und seine Brüder und Schwestern sich endlich offen auf die Seite von Königin Helena und König Carlos stellen konnten. Es würde mit Sicherheit nicht mehr lange dauern. Und dann, wenn es endlich so weit war, würde er sich zum Herrscher über alle Magier auf Leffert aufschwingen. Dann könnte er schließlich damit beginnen, seine eigene Streitmacht aus Magiern aufzustellen, um sein Ziel,

König dieser Insel zu werden, zu guter Letzt zu verwirklichen. Denn so besessen wie Helena war, Walter und Lycia zu besiegen, würde sie nie merken, dass er der Stärkere von ihnen beiden war. Er alleine würde die jahrhundertealte Blutlinie seiner Familie weiterführen. Darauf freute er sich schon ganz besonders.

In Blut getränktes Land

Einige Zeit später war es so weit. Helena erwachte an Carlos Seite. In den vergangenen Tagen hatten sie sich auf ihren letzten Schlag gegen Lycia und Walter vorbereitet. Heute sollte es passieren. Der finale Kampf sollte beginnen.

Nachdem sie sich gewaschen hatte und auch ihr Gatte bereit war, gingen sie gemeinsam in den Thronsaal, wo bereits die höchsten Generäle, Offiziere und Hauptmänner auf sie warteten. Dort angekommen richteten sich alle Blicke auf sie.

Einer der Männer kam auf Carlos zu und sagte: „Alle sind in Stellung. Wir können jederzeit angreifen."

„Sind die Generäle von Königin Helena anwesend?", fragte der König. Der Mann nickte und deutete auf in Blau gekleidete Männer, die der König erst jetzt bemerkte. Sie verneigten sich, als Carlos sie beäugte.

„Auch die Krieger von Königin Helena haben sich versammelt und warten auf Eure Befehle."

„Danke. Wir warten noch auf den letzten Boten. Wir wollen schließlich wissen, ob man mit unserem Angriff rechnet."

In diesem Moment trat ein Junge ein. Er verneigte sich tief vor Carlos und Helena, dann begann er zu sprechen.

ಎ

„Es verläuft alles nach Plan", sagte Walter zu Lycia.

„Wieso bist du dir da so sicher?"

„Hast du den Jungen etwa nicht bemerkt?"

„Doch, aber ... Jetzt verstehe ich. Dieser Junge ist einer der Spitzel. Und da er mitbekommen hat, wie wir uns darüber unterhielten, dass ein Angriff von Carlos und Helena zu diesem Zeitpunkt nicht zu erwarten wäre, wird er seinem Herrn diese Nachricht überbringen."

„Genau. Deshalb müssen wir uns jetzt auch beeilen. James!" Einige Augenblicke später trat dieser in den Saal. „Ruft sofort alle Generäle zusammen."

„Jawohl, mein Herr." Damit verschwand er.

Walter drehte sich zu Lycia. „Sag auch du deinen Kriegern Bescheid."

Lycia nickte nur knapp. Dann gab sie ihm einen kurzen liebevollen Kuss und verschwand ebenfalls. Während der König auf seine Generäle wartete, überlegte er, welche Strategie nun am geeignetsten wäre.

∞

Carlos und Helena näherten sich dem Wasserschloss, wie Lycia gut erkennen konnte. Von ihrem Versteck aus sah sie, wie die immer näher rückende Streitmacht versuchte, das Schloss einzukesseln. Genau wie Walter es vorhergesehen hatte, waren ihre Feinde von zwei Seiten gekommen. Lycias Aufgabe bestand nun darin, im Verborgenen mit ihren Kriegern zu warten. Diesen Verteidigungsplan, basierend auf geheimen Informationen und vorausgegangenen Diskussionen, hatten Walter und seine Generäle ihr präsentiert, nachdem sie ihren Männern den Befehl zum Aufbruch erteilt hatte und zum Wasserschloss zurückgeritten war. Die Strategie sah vor, dass man Helena und Carlos zuerst ein Gefühl von Übermacht gab, bevor Lycia mit ihrer Armee aus dem Versteck dazukommen würde.

Bevor es jedoch so weit war, musste Lycia einen Weg finden, ihre Magier zu beseitigen. Zwar dachte der Anführer, dass niemand ihn bemerkt hatte, als er sich mit Helena getroffen hatte, doch wusste er nicht, dass zwei ihrer besten Spitzel ihn beschattet hatten. Mit diesem neuen Plan war Lycia zurück zu ihrer bereits verborgenen Armee geritten. Nun musste sie nur noch die Zauberer loswerden, was leichter klang, als es war, denn selbst eine Überzahl an Kriegern war bei einem direkten Angriff diesen Männern und Frauen nicht gewachsen.

Deshalb hatte sich Lycia einen Plan überlegt. Sie wusste, dass die Magier im Augenblick des Angriffs auf Helena und Carlos damit beginnen würden, Lycias Generäle und höchste Offiziere zu verhexen. Damit wäre die Befehlskette unterbrochen und Chaos würde unter den Soldaten entstehen. Daher hatte die Königin die wahren Befehlshaber als Krieger tarnen lassen. Erst wenn Lycia ihnen ein Zeichen gab, würden sie sich zu erkennen geben. Die schlicht verzierten, aber dennoch starken Helme der Waldkrieger würde ihrem Versteckspiel Deckung bieten.

Doch um sie wirklich aufhalten zu können, würden sie die Magier töten müssen, bevor diese Unruhe stiften konnten. Deshalb hatte sie zwanzig ihrer besten Kämpfer abgestellt, um die Magier angeblich zu schützen. In Wahrheit würden die Krieger die Magier auf das Zeichen Lycias angreifen und töten. Wie die Königin der Waldwächter wusste, umgaben sich ihre Magier nicht mit Schutzzaubern. Dies würde sie zu ihrem Vorteil ausnutzen.

Einer der Kämpfer blickte sie an. Lycia wartete einen Moment, bis sie sicher sein konnte, dass alle auf die Feinde konzentriert waren, schaute hinüber zum Schloss und nickte dann. Kurz darauf hörte sie einen Aufschrei. Als sie hinüber zu den Magiern ritt, sah sie die leblosen Körper. Alle bis auf den Anführer waren tot.

Er atmete jedoch wegen der Klinge, die ihn durchbohrt hatte, schwer und sagte mit letzter Kraft: „Ihr seid wahrhaftig ein Fuchs. Ich habe nur eine Bitte. Tötet meine Cousine, so wie Ihr mich habt töten lassen." Dann starb er.

Lycia gab ihren Kriegern den Befehl, die Leichen fortzuschaffen. Derweil ritt die Königin an die Spitze ihrer Streitmacht. Dann gab sie den Generälen, die sich bereits wieder zu erkennen gegeben hatten, ein Zeichen, sie kümmerten sich nun sofort darum, dass die Waldwächter ihre Formationen einnahmen. Nach einigen Minuten standen alle auf ihren Posten. Lycia blickte ein letztes Mal zum Schloss, wo Helena und Carlos bereits angefangen hatten, Walters Männer mit Pfeilhageln einzudecken. Das Schloss bot jedoch genug Versteckmöglichkeiten und so gab es unter Walters Kriegern keine Opfer.

Dann schrie Lycia: „Angriff!", und preschte los. Während sie aus ihren Verstecken hervorbrachen, bemerkte sie, dass ein gegnerisches

Alarmhorn ertönte. Daraufhin drehten sich viele der Krieger von Helena und Carlos um und sahen mit Erschrecken die Streitmacht auf sich zureiten. Gleichzeitig ertönte im Schloss ein Horn und auf den Mauern waren urplötzlich Hunderte von Bogenschützen zu sehen, welche sofort anfingen, die abgelenkten Feinde zu beschießen. Kurz darauf waren die ersten Todesschreie getroffener Soldaten zu hören.

Auch Lycias Bogenschützen, die sich abseits des Geschehens auf einem kleinen Hügel postiert hatten, ließen ihre Tarnung fallen und nahmen die feindlichen Soldaten ins Visier.

❦

„Herrin!", hörte Helena jemanden rufen. Ein erschöpfter Soldat, der als Bote auf dem Feld eingesetzt wurde, trat vor sie. „Königin Lycia greift aus einem Hinterhalt an." Dann brach er zusammen.

„Was, Lycia?", schrie die Herrscherin mit vor Zorn bebender Stimme. Sofort drehte sie sich um und tatsächlich, da kam Lycia mit einer gewaltigen Streitmacht angeritten.

„Jetzt ist es zu spät", sagte sie, wandte sich zu einem weiteren Boten um und befahl ihm, König Carlos zu informieren. Dann stieg sie auf ihr Pferd und schrie: „Lasst das Horn erklingen! Haltet sie auf!"

Noch während der dumpfe Ton über das Feld dröhnte, erklang ein weiteres Signal, gemischt mit den ersten Schreien der Verletzten. Entsetzt bemerkte Helena, dass sich Walters Männer positioniert hatten und mit tödlicher Genauigkeit Pfeile abfeuerten. Wütend zog sie ihr Schwert. Sofort ritten zwei ganze Einheiten von insgesamt knapp einhundert Mann los, um Lycia und ihrem Heer den Angriff zu erschweren.

❦

Walter beobachtete das Kampfgeschehen von der Mauer aus. Er sah, wie Lycia mit ihren Waldwächtern aus dem Versteck hervorkam. Kurze Zeit später ertönte ein Horn in den Reihen Helenas. Auch Walter befahl, das Horn blasen zu lassen. Fast zeitgleich erhoben sich die Bogenschützen, welche die ganze Zeit auf den Mauern ausgeharrt hatten, vom Boden und griffen an. Einige Augenblicke später sah der König, dass sich knapp einhundert Reiter aus Helenas Armee lösten und auf Lycia zuritten. Auch von dem westlichen Teil des Heeres spaltete sich ein Trupp ab. Sie trugen eine Flagge bei sich: Carlos' Feuerball. Auch sie ritten auf die Königin und ihre Waldwächter zu. Somit waren fast zweihundert Reiter unterwegs, um Lycia vorerst aufzuhalten.

Walter hoffte nur, dass seiner Geliebten nichts passierte. Dann gab er den Befehl, dass seine Magier den einzigen Weg zum Schloss fluten sollten, sodass ihn keiner mehr benutzen konnte.

※

„Herr! Herr! Königin Helena schickt mich, um Euch mitzuteilen, dass Königin Lycia mit ihrem Heer aus einem Hinterhalt angreift!"
„Was?", schrie Carlos den Boten an.
Eigentlich hatten er und Helena aufgrund der Nachricht des Spions gedacht, dass Lycia im Schloss war und somit ihre Krieger nicht alarmieren könnte. Doch dabei hatten sie sich wohl geirrt.
„Gut. Sagt ihr, dass ich Reiter ausschicken werde." Der Bote nickte. Gleichzeitig drehte sich der König um und rief einem seiner Generäle zu: „Nehmt Euch hundert Reiter und streckt diese Waldwichtel nieder!"
Der General nickte und verschwand. Plötzlich hörte Carlos Schreie. Als er sich umdrehte, sah er, dass seine Männer, die versucht hatten, das Tor mit Seilen zu erklimmen, von einer riesigen Flutwelle überrascht worden waren und ertranken. Somit hatten sie keine Chance mehr, das Schloss über den Boden zu stürmen. Mit einer Verteidigungsmaßnahme Walters hatten sie jedoch gerechnet. Jetzt musste man es mit Zauberei versuchen. Während er seine Magier herbeirief, hoffte er, dass auch Helena das Geschehen mitbekommen hatte und ihre Magier verständigte, denn sonst wäre alles verloren.

※

Lycia hatte nur darauf gewartet, dass man ihnen Reiter entgegenschickte, schließlich würden Helena und Carlos vermeiden wollen, dass sie Walter half. Doch dass man ihr so wenige in den Weg stellte, überraschte sie. Helena und auch Carlos mussten doch bemerkt haben, dass ihre gesamte Streitmacht eindeutig größer war als die Truppen, die auf sie zukamen. Doch wahrscheinlich wollte man sie einfach nur eine Zeit lang beschäftigen, bis man die Burg gestürmt hatte.

„Aufteilen!", schrie sie. Hinter ihr spalteten sich die Krieger in vier etwa gleichgroße Truppen auf. Diesen Plan hatte Lycia zuvor mit ihren Generälen im Versteck besprochen. „Harald, Ihr werdet vom Osten her angreifen!", hatte sie dem ersten General befohlen. „Stan, Ihr und Eure Reiter seid die schnellsten Waldläufer. Ihr werdet die Gegner vor uns übernehmen, die uns als Erstes erreichen. Wenn Ihr mit ihnen fertig seid, werdet Ihr entweder Lukas zu Hilfe eilen, welcher sich um die Westflanke kümmern wird, oder Harald im Osten. Ich werde mit meiner Truppe das Zentrum angreifen."

Wie geplant schoss Stan mit seinen Reitern wie ein Blitz voraus, tötete mit spielerischer Leichtigkeit die ersten Gegner und führte seinen Trupp dann nach Westen, von wo auch Carlos' Männer auf sie zuhielten. Lycia trieb ihr Pferd ein Stück nach rechts, um den sich nähernden gegnerischen Reitern auszuweichen. Als sie an ihnen vorbei war, lenkte sie ihr Reittier wieder auf das Zentrum der vor ihr liegenden Armee zu. Links von sich sah sie Lukas. Rechts ritt Harald. Hinter ihr prallte Schwert auf Schwert. Sie hörte Schreie und Gewieher. Dann zog auch sie ihre Klinge und schlug dem ersten Krieger den Kopf ab.

※

Helena saß auf ihrem Pferd und schaute zu, wie ihr Plan zugrunde ging. Eigentlich hatte sie mit ihren Truppen reiten wollen, doch einer ihrer Generäle hatte sie aufgehalten. Die Königin wurde hier gebraucht. Helena wusste nicht, was katastrophaler war, dass Lycia mit all ihren Kriegern aus einem Hinterhalt kam, der einzige Weg zum Schloss im See geflutet worden war, Lycia trotz der ihr entgegengeschickten Reiter immer noch am Leben war oder dass ihre

Magier auf einmal wahnsinnig geworden waren und sich versuchten umzubringen. Der General, der sie aufgehalten hatte, sah bestürzt zu, wie die Magier versuchten, sich selbst zu erdolchen oder zu verzaubern. Dabei zuckten ihre Glieder, als wären sie Marionetten in der Hand eines Kindes.

Helena seufzte. Der Tag konnte einfach nicht schlimmer werden. Während sie auch noch zusehen musste, wie Walters Bogenschützen ihre Männer nach und nach töteten, kam Lycia mit ihrer Streitmacht immer näher. Aber was sollte sie tun?

„Kämpfen!", verlangte ihre innere Stimme. Doch wofür? Für eine Niederlage? Vielleicht sollten sie und Carlos sich zurückziehen und sich einen neuen Schlachtplan ausdenken. Doch sie wusste sofort, dass ihr Gemahl das niemals tun würde. Dafür war er viel zu selbstsicher. „Nun gut, dann muss ich kämpfen und siegen", entschied sie.

„Bogenschützen! Holt diese Maden von der Mauer!", brüllte sie urplötzlich, sodass der General zusammenzuckte. Dann drehte sie sich zu ihren restlichen Kriegern um. „Haltet diese von einer Hexe geborene Frau auf!" Und deutete dabei auf Lycia. Sofort formierten sich die Kämpfer und marschierten los. Zu einem ihrer Boten sagte sie: „Informiert Carlos, dass ich Lycia aufhalten werde. Er soll sich um das Schloss kümmern. Sagt ihm auch, dass meine Magier uns dabei nicht helfen können." Nachdem der Bote losgelaufen war, winkte sie einen ihrer vertrautesten Leibwächter herbei und flüsterte ihm zu: „Beseitigt diese Magier, bevor sie noch irgendein Unheil anrichten."

Der General, der dies mit angehört hatte, starrte fassungslos von seiner Königin zum Leibwächter, der inzwischen sein Schwert gezogen hatte. Helena zischte dem General zu, ihr mit seiner Truppe zu folgen. Dann stieg sie auf ihr Ross und eilte ins Zentrum des Kampfes, um ihre Männer zu unterstützen.

◆

Walter stand geschützt auf dem Wehrgang und lächelte zufrieden. Alles verlief nach Plan. Während Lycia Helena von der Seite her angriff und seine Bogenschützen immer mehr von Helenas und

Carlos' Kriegern erschossen, konnten sich seine Magier darauf konzentrieren, die feindlichen Zauberer unter ihre Kontrolle zu bringen. Dabei hatten sie sich zunächst auf Helenas Magier beschränkt, denn ansonsten wären sie zu schnell geschwächt worden.

Doch auf einmal kam Bewegung in Helenas Streitmacht. Sie marschierten los in Richtung Lycia. Walter erstarrte. Gegen eine solche Übermacht würden die drei Einheiten niemals ankommen. Walter hoffte, dass Lycia diese Gefahr sah und blitzschnell handeln würde. Ansonsten wäre wohl alles verloren. Doch als wäre das alles nicht genug, sackten im Hof plötzlich zwei Magier in sich zusammen und blieben leblos am Boden liegen. Walter schaute Maria erschrocken an, welche für einen Moment ein schmerzverzerrtes Gesicht aufsetzte und sich dann entspannte. Auch die restlichen zwei Magier beruhigten sich. Sie keuchten.

„Bringt ihnen Wasser!", befahl Walter seinen in der Nähe stehenden Männern, während er in den Hof eilte. „Was ist los?", fragte er Maria.

„Sie sind tot. Die Magier Helenas. Sie wurden von einem Leibwächter erstochen."

„Und warum sind die beiden da jetzt tot?"

„Ihre Verbindung zu den getöteten Magiern war so stark, dass alles, was denen zugefügt wurde, auch sie traf. Da wir die komplette Kontrolle über unsere Feinde erlangen wollten, haben wir unseren Geist mit dem ihren verschmolzen. So konnten wir sehen, was sie sahen, konnten hören, was sie hörten, konnten fühlen, was sie fühlten und leider auch sterben, wie sie starben. Denn wenn ein Körper stirbt, stirbt auch seine Seele. Unsere Seelen waren mit denen der feindlichen Magier vereint, und als diese zwei starben, sind auch unsere beiden Freunde gestorben. Sie konnten sich nicht rechtzeitig lösen. Aber ohne Seele ..."

„... kein Leben", ergänzte Walter den Satz. „Ich verstehe."

Maria nickte. „Trotzdem werden wir versuchen, auch die Magier von König Carlos unter unsere Kontrolle zu bringen."

„Das müsst Ihr aber nicht."

„Doch, mein König, wir müssen. Wenn wir es nicht schaffen oder es überhaupt nicht versuchen, werden sie es bei uns tun. Königin Helena wird ihren Mann informiert haben, dass ihre Magier verrückt geworden sind. Die anderen Zauberer werden schnell verstehen, was wir getan haben, und versuchen, sich zu schützen oder unseren Geist unter Kontrolle zu bekommen. Irgendwie müssen sie ja einen Weg finden, in dieses Schloss zu gelangen. Das schaffen sie am besten, wenn wir, die im Schloss sind, es ihnen möglich machen. Deswegen müssen wir es tun."

„Na gut. Dann versucht es", willigte Walter ein, denn er erkannte, dass er Maria nicht würde umstimmen können.

☙

Carlos verstand Helena, auch wenn es ihm nicht gefiel, dass er alleine gegen Walter kämpfen musste. Er informierte seine Magier, was geschehen war, und diese zeigten sich bestürzt und begannen etwas von „Kontrolle des Geistes" und „Verbindung mit Geist und Körper" zu faseln. Dann hatte der höchste Zauberer den Entschluss gefasst, das Schloss zu übernehmen. Wie er das plante durchzuführen, hatte er Carlos nicht erklärt. Der König hatte sie gewähren lassen, denn wie sollten fünf Magier alleine mehrere Meter hohe Mauern erklimmen?

Noch immer schaute er Helena nach. Wenn ihr auch nur ein Haar gekrümmt werden würde, würde es der letzte Tag für Lycia sein. Er würde sie aufschlitzen. Ein Aufschrei kam vom Ufer. Noch einer. „Was ist da los?", fragte sich Carlos.

Einige seiner Soldaten lagen schreiend am Boden, während andere versuchten, zwei Männer niederzuringen. Doch sie schafften es nicht, die beiden Kämpfer schienen einfach zu stark zu sein. Je näher Carlos den beiden kam, desto besser sah er, dass diese von einem bläulichen Schleier umgeben waren. Als er nah genug war, erkannte er sie. Es waren zwei seiner eigenen Magier. Während er erschrocken zurückwich, stürmten die restlichen Hexer herbei und versuchten offenbar, mit Magie auf ihre Brüder einzuwirken. Doch es half nichts, sie wurden ebenfalls von den Verhexten angegriffen. Einer der am Boden Liegenden drehte sich zu den Magiern um und ließ eine blaue Kugel aus seiner Hand schießen. Die Kugel traf einen der Männer, dieser wurde durch die Luft geschleudert und kam einige Schritt entfernt wieder auf dem Boden auf.

Dort blieb er einen Moment lang reglos liegen, bevor er sich wieder aufrichtete. Doch er war nicht mehr derselbe. Das Aussehen des Mannes veränderte sich zusehends. Seine Augen glühten blau. Zwischen seinen Fingern bildeten sich Schwimmhäute und an den Seiten seines Halses wuchsen Kiemen. Seine Fingernägel wurden zu langen Krallen und statt menschlicher Zähne starrte Carlos nun auf ein Haifischgebiss. Der Magier hatte sich in ein menschliches Fischungeheuer verwandelt.

Bevor auch nur irgendeiner von Carlos' Kriegern reagieren konnte, sprang der Fischmensch auf einen Trupp Soldaten zu und riss sie zu Boden. Die Männer versuchten, sich zu wehren, doch es war umsonst. Sie wurden durch die Last des Ungeheuers erdrückt. Dann sprang der einstige Magier wieder auf und griff sich einen der übrig gebliebenen Zauberer. Dieser murmelte, so schnell er konnte, einige Worte in der magischen Feuersprache, doch er war zu langsam. Kurz bevor er enden konnte, sprang das Ungeheuer mit ihm zusammen in den See und verschwand. Einige Augenblicke später färbte sich das Wasser rot. Dann erschien der kopflose Körper des Mannes an der Wasseroberfläche. Die Bogenschützen auf den Mauern brachen in Jubel aus.

Carlos dagegen zog sein Schwert und schritt auf die verhexten Magier zu. Diese lagen immer noch verkrampft auf dem Boden und schienen gegen irgendetwas anzukämpfen. Carlos trat über sie. Einer schien ihn zu erkennen, seine Augen wurden groß, er streckte eine verkrampfte Hand leicht in die Höhe. Carlos erstach erst ihn, dann den anderen. Noch im selben Moment, als die beiden tot in sich zusammensanken, ertönten zwei Schreie im Inneren des Schlosses. Dann war alles ruhig.

Doch nur einige Augenblicke später sah er, wie aus dem See eine Gestalt heraussprang. Es war das Fischmonster. Hinter ihm erkannte man eine Hand aus Wasser. Diese Hand bahnte sich ihren Weg durch die Krieger, und bevor auch nur irgendjemand reagieren konnte, war sie schon wieder im See verschwunden. Zusammen mit dem letzten Magier. Carlos fluchte. Ohne zu wissen, was er tat, nahm er einem Bogenschützen neben sich seine Waffen ab, tauchte die Pfeilspitze erst Öl und dann in eine brennende Kerze, zielte und schoss. Wie durch ein Wunder duckte sich der Soldat jedoch, auf den Carlos gezielt hatte, und der Pfeil verfehlte ihn. Stattdessen verschwand er hinter der Mauer.

Carlos kochte vor Wut. Er glaubte, niemanden getroffen zu haben, doch plötzlich ertönte ein Knall. Dieser kam nicht nur aus dem Inneren des Hofes, sondern auch aus dem See. Zwei Körper wurden aus dem Wasser in die Luft geschossen und krachten dann unter lautem Knacken auf den Boden. Es waren der Fischmensch und der Magier, den die Wasserhand mitgenommen hatte. Beide lagen tot vor Carlos. Da erst wusste der König, was die Magier mit Verbindung und Kontrolle über den Geist gemeint hatten. Er hatte mit seinem Pfeil einen der Magier Walters getötet.

ca

„Was ist los? Wieso gibt es keine Gegner mehr, gegen die ich kämpfen kann?", fragte sich Lycia, während sie sich hektisch umschaute. Überall sah sie nur ihre eigenen Männer. „Haben wir tatsächlich schon alle besiegt? Aber das kann nicht sein. Schließlich habe ich Helena noch nicht gesehen. Wo sind also die Krieger hin?"

„Herrin! Achtung! Fliegende Pferde!", schrie einer ihrer Waldwächter. Lycia blickte auf.

Tatsächlich, über ihr schwebten knapp dreißig geflügelte Pferde und hielten auf sie zu. Lycia gab ihrem Ross die Sporen, duckte sich hinter ihren Schild, bis sie den Schutz einiger Bäume erreicht hatte, unter denen auch schon andere Krieger Zuflucht gesucht hatten.

„Bogenschützen alarmieren!", befahl sie ihren Männern.

Einer ihrer Reiter stürmte los, um die Bogenschützen zu holen, doch er schaffte es nicht weit, denn ein Pfeilhagel flog auf ihn zu. Er wurde durchlöchert. Während sich Lycia umschaute, bemerkte sie drei ihrer eigenen Truppen, die von links und rechts auf sie zuritten. Doch bevor sie sie erreicht hatten, versperrten ihnen die feindlichen Reiter den Weg und verwickelten die Soldaten in einen Kampf.

Hinter Lycia brachte ein Soldat ungläubig hervor: „Wo kommen die alle her?"

Die gleiche Frage hatte sich auch Lycia gestellt, doch sie konnte sie nicht beantworten. Stattdessen mussten sie es nehmen, wie es war.

„Attacke!", schrie sie und ritt los in Richtung Haralds Truppe.

Es war schwierig, sich einen sicheren Weg zu den Reitern zu bahnen, denn von oben wurden sie immer noch mit Pfeilen beschossen, während vor ihnen die Feinde eine Gasse bildeten, aus der weitere Bogenschützen traten. Es schien aussichtslos zu sein. Hinter sich hörte sie Männer schreien. Je näher sie den feindlichen Reihen kam, desto lauter wurden die Kampfgeräusche. Schwerter prallten auf Rüstungen, Männer schrien, Pfeile surrten und Lycia war mittendrin. Sobald sie die ersten Feinde erreicht hatte, schlug sie mit dem Schwert auf jeden ein, der sich auch nur in ihre Nähe begab. Doch keine Chance. Es waren zu viele. Sie würde es nicht schaffen. Sie würde Walter wohl nie wiedersehen.

☙

Helena schaute lächelnd auf das Kampfszenario unter sich. Sie beobachtete, wie Lycia versuchte, sich zu einer Gruppe ihrer Krieger durchzukämpfen. Doch sie würde scheitern. Plötzlich bemerkte Helena in ihrem Augenwinkel einen grellen Blitz. Er war aus dem Inneren des Schlosses gekommen. Offenbar war es Carlos gelungen, die Magier auszuschalten. Damit würden sie es leichter haben, die Burg zu stürmen. Auch wenn sie immer noch nicht wusste, wie sie den See überwinden und die Mauern erklimmen sollten.

Gleichzeitig fragte einer der Männer, die sich neben ihr befanden: „Sollen wir versuchen, die Burg mit unseren fliegenden Pferden zu stürmen?"

„Nein! Aber ihr könnt Carlos sagen, dass sich das Problem Lycia bald erledigt hat. Außerdem sagt ihm, dass er versuchen soll, die Bogenschützen von den Mauern zu holen. Denn erst wenn sie nicht mehr da sind, können wir ungehindert in das Schloss eindringen. Schließlich geht nur von uns Gefahr aus."

„Jawohl, Herrin!", antwortete der Mann und flog davon.

☙

„Nein!", schrie Walter und kniete sich neben Maria. Diese lag leblos im Hof. Die letzte Magierin war gestorben.

Jetzt würde dieser Kampf nur noch von der Stärke und Anzahl der einzelnen Krieger abhängen. Keiner der vier konnte mehr magische Attacken starten. Dies war zugleich Vorteil als auch Nachteil. Ohne magischen Druck im Nacken würde er nachts besser schlafen können. Aber leider konnten sie nun auch dem Feind keine Angriffe mehr entgegenbringen.

„Mein König! Ein fliegendes Pferd!", schrie einer der Bogenschützen von der Mauer herunter.

Walter sah ein letztes Mal auf Maria, dann sagte er: „Verbrennt die Körper! Wir wollen keine Krankheiten in unseren Reihen."

Er ging hinauf auf die Mauern. Der Reiter in der Luft schien sich nicht auf einen Angriff vorzubereiten, stattdessen flog er in Richtung Carlos. „Ein Bote", schoss es Walter durch den Kopf.

Plötzlich hörte er aus dem Hofinneren einen Schrei. Als er sich umdrehte, erkannte er einen Blitz aus grellem weißem Licht, welcher genau dort entstanden war, wo Maria und die anderen toten Magier gelegen hatten. Einige Augenblicke später war alles vorbei. Walter drehte sich wieder um.

„Bogen hoch! Pfeile bereit!" Er wartete noch einen Moment, bis das Pferd nah genug war, dann gab er den Befehl. „Feuer!"

Die Pfeile surrten. Es gab ein lautes Wiehern und das Tier stürzte vom Himmel. Als es am Boden auftraf, war es tot, sein Reiter jedoch lebte noch. Nur von einem Pfeil war er an der Schulter getroffen geworden.

„Erschießt ihn!", befahl Walter, während der Mann versuchte, sich bei Carlos in Sicherheit zu bringen.

Tatsächlich schaffte er es auch, dem König noch etwas zu sagen, bevor der zweite Pfeilhagel ihn endgültig tötete. Zwar hatte Walter nicht verstanden, was der Mann Carlos zugerufen hatte, dennoch war er sich sicher, dass es etwas mit Lycia zu tun haben musste.

In der Ferne konnte Walter den schrecklichen Kampf ausmachen, den sich Lycias und Helenas Streitmächte lieferten.

☙

Carlos wusste, dass Helena recht hatte, sie mussten die Bogenschützen als Erstes beseitigen. Doch wie sollte er das tun? Schließlich waren seine Bogenschützen schon die ganze Zeit damit beschäftigt, doch ohne großen Erfolg. Trotz des einen oder anderen toten Feindes hatten Walters Kämpfer nämlich einen entscheidenden Vorteil: die mehrere Meter hohe Mauer. Es würde schwierig werden, ohne Magier diesen Wall zu bezwingen. Dennoch mussten sie es versuchen. Es blieb ihnen auch gar nichts anderes übrig.

Plötzlich hielt Carlos inne. Die einzige Chance, die er noch sah ... aber nein. Es wäre zu gefährlich. Oder doch nicht? Sie mussten es versuchen. Selbst wenn die Hälfte seiner Streitmacht dabei draufging, mussten sie es versuchen!

„Holt das Katapult!"

Zwar hatte er es die ganze Zeit über im Hinterkopf behalten, doch war es ihm zu gefährlich erschienen, denn schließlich mussten seine Männer dafür so nahe an den See heran, dass sie eine leichte Beute für die gegnerischen Bogenschützen wären. Doch das spielte jetzt keine Rolle mehr. Einige Zeit später war die Maschine endlich herbeigebracht worden.

„Wir müssen es versuchen. Los!", befahl Carlos und sie wurde in Stellung gebracht. „Feuer!", schrie er.

Der erste Stein wurde losgeschossen. Noch bevor er die Mauer erreicht hatte, fielen einige seiner Krieger von Pfeilen durchbohrt zu Boden. Doch es hatte sich gelohnt.

☙

Blut floss ihr über die Hände. Sie hatte viele getötet. Zu viele. Es kam ihr vor, als hätte sie bereits ihr ganzes Leben lang nichts anderes getan, als Köpfe abzuschlagen, Rücken aufzuschlitzen und Herzen zu durchstoßen. Es war kein schöner Tag. Es war der Tag des Krieges. Der Tag des Kampfes. Der Tag des Blutes.

Lycia hielt inne und löste ihre verkrampfte Hand. Sie wusste, dass ihr nichts anderes übrig blieb. Sie musste kämpfen, musste töten. Ansonsten würde sie selbst sterben. Dann würden sie und Walter sich nie mehr lieben können. Nie mehr würde sie ihn wiedersehen.

Ein harter Gegenstand traf sie am Kopf und es wurde für einen kurzen Moment dunkel. Als sie wieder zur Besinnung kam, stand ihre erbittertste Feindin über ihr, ein Schwert in der Hand.

Helena lachte. Sie hätte nie gedacht, dass es so einfach sein würde, Lycia niederzustrecken. Als diese einen Augenblick lang nicht aufgepasst hatte, war Helena zu ihr geflogen, aus kurzer Höhe lautlos vom Rücken ihres Pferdes gerutscht und hatte im Fall Lycia mit der flachen Seite ihres Schwertes am Hinterkopf erwischt, woraufhin diese bewusstlos zusammengebrochen war. Die Klinge in der Hand hatte die Königin des Berges sich über ihr aufgebaut. Nun, da Lycia aufgewacht war, konnte Helena ihren Sieg kaum fassen.

„Ich hätte nie gedacht, dass es so einfach sein würde, dich umzubringen."

„Wo sind meine Männer?" Lycia fasste sich an den Kopf. Wie lang war sie bewusstlos gewesen?

„Tot, verwundet oder geflohen." Helena wusste, dass das nicht stimmte. In Wahrheit kämpften sie noch, aber um Lycia völlig zu zerstören, war es ihr egal, Lügen zu erzählen.

Doch ihre Gegnerin musste geahnt haben, dass sie die Unwahrheit sprach, denn sie antwortete: „Lügnerin! Meine Männer fliehen nicht. Sie kämpfen. Wir sind die Waldwächter und lassen uns nicht so einfach niederringen!" Wie um ihren Worten gerecht zu werden, ergriff Lycia ihr Schwert, wehrte einen Schlag der überraschten Helena ab und sprang auf.

„Nicht schlecht. Ich hätte nicht gedacht, dass du so hartnäckig bist. Du hast dich schließlich von Walter dazu überreden lassen, diesen bescheuerten Plan durchzuführen. Wobei ich wirklich sagen muss, erst war er ziemlich gut. Doch nun ist es vorbei mit dir und deinem Walter, denn Carlos wird ihm schon zeigen, was mit Leuten passiert, die sich uns widersetzen!"

„Dass ich nicht lache! Carlos kann Walter doch gar nichts zeigen, schließlich ist er nicht gerade der Hellste. Er handelt einfach nur nach Muskelkraft."

Das war Helena zu viel. Sie sprang auf Lycia zu und wollte ihr das blaue Schwert durch das Herz stoßen, doch die jüngere Frau wich aus und schlug nun ihrerseits zu. Sie verfehlte Helena nur knapp, welche sich erschrocken duckte und mit einem Schwung versuchte, ihrer Kontrahentin ein Bein abzutrennen. Doch vergebens, denn ihre Gegnerin sprang hoch und fügte der herumwirbelnden Helena einen tiefen Schnitt am Rücken zu. Diese heulte auf, erhob sich sofort und versuchte, Lycia mit gezielten Attacken ihres blauen Schwertes zu verwirren, bevor sie einen Schlag gegen ihr Gesicht ansetzte. Dieses Mal traf sie. Auch wenn es nur ein Kratzer war, wusste Helena, dass Lycia die Folgen noch lange spüren würde, denn sie hatte ihre Klinge vor der Schlacht noch einmal in die Giftmischung getaucht, welche ihre Magier zubereitet hatten. Schon bald würde sich die Haut der jungen Königin an der Wunde beginnen aufzulösen. Dann würde sie nichts mehr zu grinsen haben.

„Mehr hast du nicht zu bieten?", zischte Lycia höhnisch.

☙

„Haltet die Stellung! Haltet die Stellung!", schrie Walter immer wieder über die Trümmerteile der Mauer hinweg. Zwar hatten Carlos' Männer mittlerweile aufgehört, sie mit Steinen zu beschießen, doch herrschte immer noch ein großes Durcheinander, denn herabstürzende Felsen und Mauerteile hatten einige Soldaten erwischt und viele der Krieger hatten ihre Posten verlassen. „Bringt die Frauen und Kinder in den inneren Hof!", befahl Walter.

Während er weitere Anweisungen erteilte, stellten sich Bogenschützen am Rande des Sees auf, wo durch das Katapult ein großes Loch entstanden war.

„Mein Herr!", rief einer der Schützen plötzlich. „Sie haben Flöße, mit denen sie den See überqueren wollen."

„Was?", erwiderte Walter völlig verblüfft. Er rannte zu dem Loch und blickte auf den See. Tatsächlich bestiegen gerade einige Dutzend Leute Flöße und kamen langsam auf das Schloss zugepaddelt. Mit großen Schilden versuchten sie, sich zu schützen. „Bogen hoch! Feuer frei! Zielt auf die Krieger auf den Flößen!", schrie Walter.

Nachdem er sicher sein konnte, dass die Bogenschützen Carlos' Männer einige Zeit aufhalten würden, schritt er hinüber zu zwei Generälen und ihren Offizieren.

„Eure Männer sollen in Formation gehen! Wir werden nicht mehr lange auf den ersten Schwerthieb warten müssen." Die Männer nickten und eilten davon, um alles in die Wege zu leiten.

Walter selbst winkte seine Leibwächter zu sich und zog sein Schwert. „Sollen sie nur kommen", sagte er grimmig.

☙

Carlos war zufrieden. Zwar waren einige seiner Krieger bei dem Angriff mit dem Katapult ums Leben gekommen, doch hatte es sich gelohnt. Sie konnten nun endlich mit ihren Flößen übersetzen. Auch dieses Manöver war schwer durchzuführen, denn obwohl die Hälfte der Mauer eingestürzt war und viele der feindlichen Soldaten unter sich begraben hatte, waren seine Männer nun leichte Beute für die restlichen Bogenschützen, welche sich am Loch der Mauer postiert hatten. Doch auch dieses Hindernis würde er schnell zu beseitigen wissen.

„Bogenschützen! Erschießt diese armseligen Würmer und verschafft unseren Kriegern eine sichere Fahrt!", befahl Carlos.

Immer wieder jagten seine Soldaten ihre Pfeile in die feindlichen Körper. Walters Männer erwiderten sofort das Feuer und so wurde der Druck auf die herannahenden Soldaten verringert. Nach einiger Zeit waren auf beiden Seiten nur noch wenige Bogenschützen übrig, was aber unter anderem daran lag, dass die ersten Männer bereits das Schloss erreicht hatten und sich nun einen Weg durch die Reihe der Schützen kämpften. Auch Carlos sah nun seine Chance, unversehrt hinüberfahren zu können.

Während er sich auf einem der Flöße postierte, bemerkte er, dass sich eine Staubwolke aus dem Süden näherte. Sofort wusste Carlos, dass dies Helena mit ihrer Streitmacht war. Der Sieg war ihnen gewiss.

☙

Lycia erkannte, dass Helena mit ihren Kräften am Ende war. Der Schnitt an ihrem Rücken schien ihr jegliche Kraft zu rauben. Noch ein, zwei Schläge, dann würde sie zu Boden sacken. Die Königin der Waldwächter holte aus und stach zu. Ihre Gegnerin konnte diesen Schlag zwar abwehren, allerdings flog ihr bei dieser Aktion das Schwert aus der Hand, sodass Lycia nun mit einem einzigen Hieb alles beenden konnte, doch stattdessen hielt sie inne.

„Na los! Töte mich! Du hast gewonnen. Töte mich und alle werden dir zujubeln."

„Nein! Wenn ich dich jetzt töte, wird dieses Land angreifbar. Ich lasse dich am Leben, damit wir allen Attacken etwas entgegenzusetzen haben. Wie du in deiner Rede einmal betontest, nur zusammen können wir gewinnen. Eine Rüstung ist nur dann perfekt, wenn alle Platten ineinandergreifen. Das waren deine Worte! Also, stellst du dich mit Walter, Carlos und mir gegen unsere Feinde in der Zukunft oder wirst du weiterhin versuchen, unseren Frieden zu zerstören? Denn wenn das so ist, werden Walter und ich dich und Carlos doch töten müssen. Auch wenn wir uns dadurch selbst verwundbar machen. Stell dich auf unsere Seite, auf die Seite des Friedens. Entscheide dich!"

Helena war beeindruckt von Lycias Sichtweise. Doch konnte und wollte sie es nicht zugeben. Sie musste stark bleiben. „Niemals! Niemals würde ich mich euch anschließen! Ihr werdet nicht gewinnen, schließlich haben Carlos und ich die stärkeren Krieger auf unserer Seite."

„Da wär ich mir nicht so sicher!"

„Was? Was sagst du da?"

„Wenn du dich umschautest, würdest du bemerken, dass der Großteil deiner Männer und Frauen besiegt ist. Viele sind tot oder verletzt. Ein Zweifrontenkrieg war unklug von dir, da haben dir auch deine geflügelten Reiter nichts gebracht! Meine Krieger sind schon lange nicht mehr hier. Sie sind bereits auf dem Weg zum Schloss, um Walter zu unterstützen, und werden dafür sorgen, dass Carlos genauso scheitert wie du. Du hast also keine große Wahl."

Helena war erschüttert. Sie hatte es bisher noch gar nicht bemerkt, aber tatsächlich lagen hauptsächlich ihre Krieger tot oder verwundet im Staub. „Nein! Nein! Das kann nicht sein! Wir ... wir ..." Sie brach weinend zusammen und wusste nicht mehr, was sie tun sollte. Dann fasste sie einen Entschluss. Sie würde sich niemandem beugen. Das hatte sie jeden Abend ihrem Vater geschworen. Jeden Tag bis zu seinem Tod hatte sie ihm vor dem Schlafengehen gesagt, dass sie, wenn sie mal groß wäre, keinen Kampf aufgeben würde. Sie würde sich niemals irgendjemandem unterwerfen. Wenn sie also nun das tat, was Lycia von ihr verlangte, würde sie das Andenken ihres Vaters beschmutzen.

„Nein!", schrie Helena. „Ich werde dich nicht enttäuschen, Vater!" Mit diesen Worten sprang sie auf, zog währenddessen ihr blaues Schwert aus dem Dreck und ging auf Lycia los. Diese war völlig überrascht, konnte jedoch noch rechtzeitig ausweichen. Helena holte erneut aus. Auch wenn es ihr letzter Kampf werden würde, sie würde niemals aufgeben.

❦

Walter kämpfte. Er schlug auf jeden Feind ein, der ihm zu nahe kam, doch es wurden immer mehr. Seine wenigen Bogenschützen hatten sich mittlerweile auf die Mauer des inneren Hofes zurückgezogen und beschossen Carlos' Männer von dort.

Walter entledigte sich gerade eines Gegners, schuf sich so eine kleine Atempause und hob den Kopf. Dort, am Eingang zur Burg, stand er. Der Mann, dem er das alles zu verdanken hatte. Er würde ihn hier vor aller Augen umbringen müssen, um sein Volk retten zu können. Doch wie? Zwischen ihm und Carlos standen noch mehrere Hundert Krieger. Er würde sie unmöglich alle besiegen können. Und falls er es doch irgendwie hindurchschaffte, würde er so erschöpft sein, dass es ein Leichtes für Carlos wäre, ihn zu töten.

Trotzdem musste er es versuchen und einfach schaffen, auch für Lycia. Er dachte an sie, obwohl er noch nicht einmal wusste, ob sie überhaupt noch lebte. Doch diesen Gedanken durfte er jetzt auf keinen Fall zulassen, sonst wäre er durch die Sorge um sie zu abgelenkt. Es war die letzte Chance, noch etwas an der Situation zu ändern. Er musste sie nutzen. Egal, was es ihn kosten würde.

❦

Carlos sah zu, wie seine Männer nach und nach vorrückten. Sie waren in der Überzahl. Doch ob es wirklich klug war, alle Männer in das Schloss zu schicken, konnte Carlos zu diesem Zeitpunkt noch nicht sagen.

Er wusste einfach nicht, ob Walter noch ein Ass im Ärmel hatte oder ob Lycia mit ihrer Streitmacht ihm noch in den Rücken fallen würde. Dann wäre Carlos mit seinem Heer eingekesselt. Obwohl es im Moment gut aussah, sagte ihm irgendetwas, dass es noch schwierig werden würde, den Sieg davonzutragen.

„Aber warum?", fragte er sich. Schließlich gab es Verstärkung in Form von Helenas Kriegern, die sich um Lycias Armee kümmerten, oder etwa nicht?

In diesem Moment ertönte ein Alarmhorn von außerhalb der Mauern. Carlos schaute sich um und sah, wie einige seiner Krieger Anstalten machten, ihre Schwerter fallen zu lassen, und sich auf die Flöße retten wollten. Nachdem der König entdeckt hatte, was sie so erschrecken ließ, war auch er überrascht. Es waren nicht Helenas Reiter, die sich näherten, sondern Lycias. Aber wie kamen die hierher? War seine Frau etwa tot?

Er suchte die Reihen ab, die sich bereits am Ufer des Sees postiert hatten, konnte aber nirgends deren Königin entdecken. Wieso war Lycia nicht bei ihren Kriegern? Oder war sie es doch und er hatte sie übersehen? Und wo war Helena? Fragen über Fragen, die Carlos ängstigten.

Doch er hatte jetzt keine Zeit, darüber nachzudenken. Denn ehe er sich versah, flogen auch schon Pfeile auf ihn zu. Er duckte sich hinter einem Stück Mauer, um nicht getroffen zu werden. Das war für die Männer hinter ihm das Todesurteil. Denn diese, völlig überrascht von den heranfliegenden Pfeilen, schafften es nicht mehr, sich rechtzeitig in Sicherheit zu bringen. Sie fielen tot zu Boden. Blut quoll aus ihren Wunden und vermischte sich mit dem bereits gefallener Freunde und Feinde. Erst jetzt bemerkte Carlos, dass der komplette Schlosshof in Rot getaucht war. Carlos schüttelte seine Fassungslosigkeit ab, sobald er einen Mann erblickte, der sich mit einer solchen Energie durch seine Krieger kämpfte, dass Carlos auf Anhieb wusste, wer es sein musste.

In diesem Moment konnte er nicht entscheiden, was ihn mehr beunruhigen sollte. Lycias Krieger oder Walter, welcher sich ganz offensichtlich einen Weg zu ihm bahnte. Zum ersten Mal in seinem Leben spürte Carlos etwas, was er noch nie zuvor gefühlt hatte. Todesangst.

Immer und immer wieder wich Lycia Helenas Hieben aus. Sie nutzte eine Atempause und pfiff durch die Finger. Sofort kam ihr treuer Hengst angaloppiert. Ohne Vorwarnung stieß sie Helena von sich und bestieg ihr Pferd. Während ihre Kontrahentin noch einen Augenblick im Staub liegen blieb, ritt Lycia, so schnell ihr Hengst sie tragen konnte, in Richtung Schloss. Vereinzelte feindliche Krieger, die ihr den Weg versperren wollten, tötete sie mit nur einem Schlag.

Nachdem sie sicher sein konnte, nicht mehr angegriffen zu werden, schaute sie sich um und beschloss, einen Umweg zu reiten, um eine bessere Übersicht zu erhalten. Sie hielt auf dem Hügel, auf dem sich ihre Bogenschützen zu Beginn postiert hatten. Überall lagen Leichen. Weite Teile des Landes waren rot getränkt. Es sah schrecklich aus. Doch Lycia wusste, dass es notwendig gewesen war, um Helena und Carlos die Augen zu öffnen. Sie machte sich selbst keine Vorwürfe. Hätten Walter und sie sich nicht gewehrt, wären sie jetzt tot, ihre Völker in Gefahr und die gesamte Insel dem Untergang geweiht.

„Wenn alles überstanden ist, werde ich noch einmal mit Walter darüber sprechen", dachte sie.

Sie erkannte auch das Schloss. Ihr stockte der Atem, als sie sah, dass ein Großteil der Mauer niedergerissen worden war. Noch erschrockener war sie, als sie einen kurzen Blick in das Innere des Hofes werfen konnte. Es wimmelte dort von Kriegern. Scheinbar hatte Carlos doch einen Weg gefunden, um die Mauern des Schlosses und den See zu überwinden. Sie hoffte nur, dass es Walter gut ging und er sich tapfer hielt. Sie entdeckte ihre eigenen Reiter, welche sich einen erbitterten Kampf mit den am Ufer zurückgebliebenen Männern Carlos' lieferten und zugleich die Feinde im Schloss unter Beschuss nahmen.

Während sie ihrem Pferd die Sporen gab, überlegte sie, wem sie helfen sollte, ihren Reitern oder Walter. Beide schienen in Gefahr zu sein. Da bemerkte sie ein braunes Floß, das bereits halb im Wasser dümpelte. Carlos' Männer waren nicht dazu gekommen, es zu besteigen. Fest davon überzeugt, dass ihre Männer es schaffen würden, entschied sie sich, zuerst Walter zu helfen.

„Keine Angst, Walter. Hilfe ist schon unterwegs!"

Helena spuckte aus. Schon wieder hatte Lycia sie in den Staub geworfen, doch auch dieses Mal nicht getötet. Sie verzog das Gesicht vor Schmerzen. Ihr gesamter Körper schien zu pochen. Obwohl sie sich sicher war, nie mehr aufstehen zu können, blickte sie auf, als sie Pferdegetrappel hörte.

Lycia ritt davon. Doch weshalb? Sie hatte angekündigt, sie umzubringen, falls sie sich nicht ergab. War das eine leere Drohung gewesen? Wenn ja, kannte sie nun Lycias Schwachstelle. Trotzdem gingen Helena ihre Worte nicht aus dem Kopf. Sie überlegte sich, ob Lycia nicht vielleicht doch recht hatte, wenn sie sagte, dass sie nur zusammen Frieden stiften könnten. Doch immer und immer wieder rief sie sich ihr Gelübde gegenüber ihrem Vater in Erinnerung. Er hätte mit Sicherheit nicht gewollt, dass seine einzige Tochter sich einmal eingestehen musste, etwas Falsches getan zu haben.

Nein! Sie, Helena, würde es niemals zulassen, dass ihr Vater eine schwache Tochter bekommen hatte. Nur für ihn würde sie weiterkämpfen.

Sie blickte sich um. Die Überlebenden ihrer Streitmacht hatten sich bereits wieder gesammelt. Helena schleppte sich zu ihnen. Alle waren verletzt, viele von ihnen schwer. Jene, die noch laufen konnten, hatten bereits begonnen, Pferde zusammenzutreiben. Die Männer und Frauen sahen Helena erwartungsvoll entgegen, jeder bereit, erneut für seine Königin in die Schlacht zu ziehen. Helena war stolz auf sie.

„Alle, die noch kämpfen können, nehmen sich ein Pferd und reiten mir nach. Der Rest wird zurückgelassen", schrie sie über die Ebene hinweg.

Eine Handvoll Männer und Frauen begaben sich zu den Pferden. Einige weitere folgten ihnen. Am Ende hatten sich einige Dutzend Reiter und Fußsoldaten um Helena herum postiert.

„Was sollen wir tun?", fragte einer von ihnen. Zwar hatte er eine tiefe Schnittwunde an seinem rechten Arm, dennoch fühlte er sich verpflichtet, seiner Herrin zu folgen.

„Wir werden zurück zum Schloss reiten und den Kampf zu unseren Gunsten wenden. Carlos und seine Männer hoffen schließlich darauf, dass wir ihnen zu Hilfe eilen. Ohne uns werden sie es nicht mehr lange schaffen. Wir müssen sie unterstützen, wenn wir unseren Untergang verhindern möchten. Also Angriff!" Die letzten Worte schrie Helena, so laut sie konnte.

Während sie an der Spitze ihrer übrig gebliebenen Krieger in Richtung Schloss ritt, überlegte sie sich eine neue Strategie. Die letzte hatte fast ihrer gesamten Streitmacht das Leben gekostet.

*

Während sich Walter einen Weg durch die Feinde kämpfte, immer darauf bedacht, nicht zu viel Zeit zu vergeuden, ertönte ein Alarmhorn.

„Na endlich!", dachte er erleichtert.

Wie um seine Hoffnungen zu bestätigen, erschienen einige Augenblicke später Lycias Reiter am Ufer und stürzten sich mit viel Elan auf die Krieger von Carlos. Bogenschützen postierten sich am Rand und nahmen die Feinde im Schloss ins Visier. Endlich würde sich alles zum Guten wenden, das hoffte er zumindest. Obwohl er mittlerweile eine ganz gute Sicht auf Lycias Reiter hatte, konnte er die Königin selbst nicht ausmachen.

Nachdem er sich durch die letzten Meter und auch vom letzten Gegner freigekämpft hatte, stand er schließlich vor Carlos. Dieser packte sein Schwert fester, als er Walter erkannte, und kam auf ihn zugelaufen. Auch Walter schritt ihm entgegen, allerdings vorsichtiger, da er wusste, dass sein Gegner ausgeruhter war. Trotz der körperlichen Überlegenheit Carlos', schaffte es Walter, seinen ersten Schlägen elegant auszuweichen und ihm seinerseits einige Schnitte zuzufügen.

Nach einigen Minuten bemerkte er, wie Lycia mit einem Floß durch das Loch in der Mauer auf ihn zukam. Spätestens in diesem Moment wusste Walter, dass sich alles bessern würde. Weitere Soldaten stürmten heran und verwickelten ihn in einen Kampf. Auch Carlos wurde abgelenkt. In der Zwischenzeit näherte sich Lycia dem Schloss und hastete auf Walter zu. Dieser entledigte sich seiner Gegner und sah ihr entgegen. Doch noch bevor er sie begrüßen konnte, spürte er etwas Kaltes und Eisernes seinen Rücken entlangfahren.

An Lycias Gesichtsausdruck erkannte er, dass es Carlos gewesen sein musste, welcher ihm mit seinem Schwert den halben Rücken aufgeschlitzt hatte. Erst in diesem Augenblick spürte Walter den Schmerz. Er verzog sein Gesicht und sank auf die Knie. Über ihm stand Carlos. Sein Schwert ließ er auf Walters Schädel niedersausen. Doch bevor es ihn berührte, wurde es von einer anderen Klinge aufgehalten. Walter erkannte, dass er Lycia sein Leben zu verdanken hatte, doch nur ein paar Augenblicke später wurde alles dunkel um ihn herum und er sank zu Boden. Eine Weile spürte er noch das Beben der Erde unter sich, dann wurde er auch schon in tiefe Schwärze gezogen und nahm nichts mehr um sich herum wahr.

Carlos schäumte vor Wut. Er hätte es beinahe geschafft. Um Haaresbreite wäre er diesen Walter losgeworden, doch auf einmal war Lycia da gewesen und hatte den tödlichen Schlag abgefangen. Nachdem der Kriegsherr sie erkannt hatte, war er jedoch beruhigter gewesen. Er konnte auch erst diese Frau beseitigen und sich danach um Walter kümmern. Doch eine Sache ängstigte ihn: Wenn die junge Königin hier war, wo war dann seine Frau?

„Wo ist Helena?", fragte er.

„Keine Angst, sie ist noch am Leben, wenn Ihr das wissen wolltet. Allerdings ist sie am Ende ihrer Kräfte. Beendet diesen Kampf und kümmert Euch um Eure Frau", antwortete Lycia, während sie sich mit ihm einen Schlagabtausch lieferte.

„Natürlich werde ich diesen Kampf beenden, indem ich Euch töte. Dann habe ich nicht nur unsere Schlacht, sondern den gesamten Krieg um diese Insel gewonnen."

Genauso wie schon bei Helena versuchte Lycia, auf Carlos einzureden. „Wenn Ihr nicht auf mich oder Walter hören wollt, kann ich das verstehen. Aber hört wenigstens auf Eure Frau. Wie sie einmal sagte, eine Rüstung ist nur dann perfekt, wenn alle Platten ineinandergreifen. Deshalb stellt diesen Kampf ein, denn nur zusammen können wir es schaffen, diese Insel zu verteidigen. Wenn wir uns zusammentun, kann uns nichts und niemand besiegen. Der Frieden wäre für alle Zeit gewährt."

„Nein! Ich würde mich niemals mit Euch zusammentun. Schließlich bin ich der Stärkste von uns allen. Nur ich kann Euch alle besiegen. Ich habe als Einziger die Kraft, es mit allen aufzunehmen. Ich bin der einzige wahre Herrscher über diese Insel."

„Das stimmt nicht ganz. Ihr könnt uns zwar alle einzeln besiegen, aber würden wir Euch gemeinsam angreifen, wäret Ihr machtlos."

Lycia war davon überzeugt, dass sie Carlos überreden konnte, doch noch bevor er ihr antwortete, spürte sie einen brennenden Schmerz an ihrer Wange. Als sie die Stelle berührte, wo Helena sie geschnitten hatte, fühlte sie rohes Fleisch. Die Haut hatte sich einfach aufgelöst. Ein Angstschauer überkam sie. Sie sah Carlos lächeln und wusste, dass er ihre Angst gespürt hatte.

„Was ... was ist das?", fragte sie den König.

Dieser lächelte noch breiter und erwiderte: „Das war eine giftige Schwertspitze."

„Was? Aber was für ein Gift?"

Darauf antwortete Carlos nicht und auch sein Lächeln verging ihm plötzlich. Er drehte sich zu seinen Kriegern um. „Rückzug! Wir ziehen uns zurück!"

Nachdem Carlos losgerannt war, drehte sich Lycia erstaunt um und beobachtete, wie ihre Soldaten durch das Loch in der Mauer hereinströmten. Zum ersten Mal an diesem Tag war Lycia froh, bewaffnete Männer zu sehen. Nachdem sie ihren Kriegern zugelächelt und Carlos aus dem Schloss verschwunden war, brach auch Lycia zusammen. Mittlerweile hatte sich die Hälfte ihrer Haut auf der Wange aufgelöst, sodass nur noch rotes Fleisch zu sehen war. Das Letzte, was sie noch mitbekam, war, dass ihre Krieger erschrocken auf sie zuliefen.

※

Helena erreichte das Schloss in dem Moment, in dem Carlos und seine Männer mit den Flößen angelegt hatten. „Was ist los?", fragte sie ihn.

„Walter und Lycia sind außer Gefecht gesetzt. Aber die restlichen Krieger hätten uns zertreten, wären wir noch länger dort geblieben."

„Was ist denn mit den beiden?"

„Wieso, bist du etwa besorgt?"

„Nein! Ich will nur wissen, ob sie tot sind."

„Walter habe ich den Rücken aufgeschlitzt und Lycia hat dank deines Schwertes keine Haut mehr auf der Wange." Während er dies berichtete, lächelte er sie an.

Zwar lächelte auch Helena zurück, dennoch fühlte sie sich schlecht dabei, die verwundeten Könige zurückzulassen. Innerlich hoffte sie, dass die beiden überleben würden. Obwohl sie diesen Gedanken Carlos vorenthalten wollte, bemerkte sie seinen argwöhnischen Blick, den er ihr verstohlen zuwarf.

Rotes Meer

Schon seit Wochen waren sie unterwegs. Noch immer war kein Land in Sicht. Dondrodis verzweifelte. Er und sein Begleiter waren mit Sicherheit längst vom Kurs abgekommen, doch er wagte nicht, diese Vermutung auszusprechen. Schließlich war sein Begleiter ein Magier, der immer den richtigen Weg fand. Das behauptete er zumindest von sich. Manchmal hatte Dondrodis sich gewünscht, nie zu dieser Mission aufgebrochen zu sein. Denn obwohl er wusste, dass alles dem Wohl seines Volkes diente, war er nicht sicher, ob es auch zu seinem eigenen Besten wäre.

„Wie weit ist es noch?", fragte er seinen Begleiter. Dieser schüttelte nur mit dem Kopf zum Zeichen, dass er jetzt nicht gestört werden sollte. Dondrodis ließ sein Haupt sinken. Ihn hatte der Mut verlassen. „Ich hoffe nur, dass wir es noch rechtzeitig schaffen", murmelte er.

Der Magier runzelte verärgert die Stirn. Dondrodis entschied, besser erst einmal nichts mehr zu sagen. Er beschäftigte sich nur mit seinen eigenen Gedanken. Hoffentlich war es noch nicht zu spät, denn als er vor drei Tagen das letzte Mal in seine Glaskugel geschaut hatte, waren seine schlimmsten Befürchtungen sogar noch übertroffen worden. Er hatte eigentlich gehofft, dass die vier Völker sich nur verbal streiten würden, doch sie waren bereits einen Schritt weiter. Helena und Carlos hatten sich erkannt und erneut geheiratet. Das war das erste Vorzeichen des Krieges, welchen Dondrodis verhindern wollte und musste. Wenn er die Insel nicht erreichte, bevor der Kampf seine ersten Opfer forderte, würde es sehr schwer für ihn werden, den Krieg noch aufzuhalten.

Als er vor wenigen Stunden die Glaskugel befragt hatte, hatte er sich jedoch übergeben müssen, so erschrocken war er darüber gewesen, was er gesehen hatte. Die Schlacht hatte nicht nur schon begonnen, sondern war sogar schon in der zweiten Phase.

Den Untergang Lefferts konnte man in drei Stufen einteilen: Die erste Phase war der Kampf an sich. Könnte Dondrodis diesen aufhalten, wäre es leichter, Frieden zu schaffen. Die zweite glich einer Ruhe vor dem tödlichsten aller Stürme. In dieser zweiten Phase würden die Könige neue Kräfte sammeln, bevor sie sich in der dritten und letzten Stufe endgültig umbringen würden. Das hatte er, Dondrodis, gesehen.

Es gab nur einen einzigen Weg, dieses Unheil zu beseitigen. Er musste die Insel noch vor dem übernächsten Morgen erreichen. Ansonsten wäre alles verloren. Wenn er es nicht schaffte, wären die Könige tot, die Insel blutüberströmt, sodass die Berge nicht mehr weiß, sondern rot wären. Der See würde nicht mehr aus Wasser, sondern aus Blut bestehen. Die Blätter der Bäume des Waldes würden sich rot färben und zu guter Letzt würde der Vulkan ausbrechen. Es würde jedoch keine Lava herauskommen, sondern das Blut all jener, die gefallen waren. Es würde die komplette Insel überschwemmen, sodass sich auch das Meer rot färben und vergiftet sein würde. Diese Katastrophe musste er verhindern. Wenn er es nicht schaffen sollte, würde nicht nur er, sondern auch sein Volk keine großen Überlebenschancen haben. Er hoffte einfach nur, dass er nicht zu spät käme.

Immer wieder schaute er sich um, doch er sah nichts außer Wasser und Nebel. Dondrodis nahm die Glaskugel in die Hand und sprach die magischen Worte: „Sphaera sapiens!"

Sofort leuchtete die Kugel auf, dann erschien ein Bild. Dondrodis war erschrocken. Die Insel war schon jetzt ein einziges Schlachtfeld. Sie mussten sich wirklich beeilen. Er flüsterte noch ein paar Worte, dann zeigte ihm die Kugel Walters Schloss. Die Burg lag in Trümmern. Der komplette vordere Hof war übersät mit Leichen. Überlebende schafften sie beiseite. Dort, wo keine toten Körper lagen, sammelte sich das Blut in großen Lachen. Es war schrecklich, was Dondrodis sah.

Wieder flüsterte er etwas, sodass er kurze Zeit später die Fläche zwischen dem Wald und dem See erkennen konnte. Auch hier lagen, wo man nur hinsah, Leichen. Teilweise besaßen diese Körper nicht einmal mehr einen Kopf. Bei anderen fehlten Arme oder andere Körperteile. Dondrodis musste schlucken, um sich nicht erneut zu übergeben.

Sein Begleiter drehte sich um. „Was hast du gesehen?"

„Blut, überall Blut und Leichen. Es ist schon so weit fortgeschritten. Wir müssen uns wirklich beeilen. Wenn wir die Insel nicht binnen zwei Tage erreichen, kann ich nichts mehr tun", antwortete Dondrodis, während er die Glaskugel wieder einpackte.

„Vielleicht gäbe es doch noch eine Möglichkeit, schneller dort zu sein."

„Welche?", fragte Dondrodis mit neuem Mut.

„Ich könnte meine letzten Kraftreserven benutzen, um das Boot schneller zu machen. Allerdings würde ich diesen Zauber wohl nicht überleben." Dondrodis verließ der neu gefasste Mut genauso schnell, wie er gekommen war. Der Magier sah die Enttäuschung in Dondrodis Gesicht. Er hatte keine Angst vor dem Sterben, doch Dondrodis wollte seinen Begleiter nicht opfern. „Wir sind noch etwa drei Tage entfernt von der Insel. Zumindest, wenn man den Wellen glauben möchte."

„Den Wellen? Was sollen die dir denn über die Entfernung sagen?"

„Ich habe eine Gabe, die mich mit ihnen auf besondere Weise kommunizieren lässt. Diese hier sind noch relativ klein, weshalb ich unsere Entfernung auf etwa drei Tage schätze. Wenn ich meine gesamten Reserven verbrauchen würde, könnten wir morgen da sein. Da ich weiß, wie wichtig diese Aufgabe für unser Volk ist, werde ich es tun und damit mein Leben aufs Spiel setzen. Dieses Opfer will ich gerne bringen. Ich habe nur eine Bitte an dich. Wenn du jemals nach Hause kommen solltest, sag meiner schwangeren Frau und meinem Kind, dass ich sie liebe und auf sie warten werde. Tust du das für mich?"

Dondrodis stockte einen Moment. Dann antwortete er: „Aber kannst du den Zauber nicht kurz vor ... vor dem ... Ende stoppen?"

„Wenn das ginge, würde ich dich nicht um diesen Gefallen bitten. Wenn ein Magier erst einmal seine Reserven angezapft hat, kann er sich nicht mehr von dem Zauber lösen, so lange bis sie aufgebraucht sind. Also erfüllst du mir diesen letzten Wunsch?"

Der Magier wartete ab. Er unterstand dem ausdrücklichen Befehl Dondrodis', und wenn dieser nicht seine Erlaubnis gab, würde er sein Opfer nicht bringen können. Es lag an seinem Begleiter. Dieser warf ihm einen verzweifelten Blick zu, entschied sich aber dann für das Unausweichliche.

„Natürlich. Ich werde die Botschaft deiner Frau und deinem Kind überbringen, sobald ich nach Hause komme und dem König alles über unsere erfolgreich erfüllte Mission erzählt habe. Ich verspreche es dir. Und ... danke."

Der Magier nickte, dann trat er an den Bug und begann zu sprechen. Nach einiger Zeit wurde das Boot schneller, weshalb Dondrodis nicht mehr verstand, was der Magier murmelte. Was er jedoch sah, ließ ihn erschrecken. Zwar wurden sie immer schneller, allerdings verließ den Zauberer mit jeder Minute, die er sang, mehr und mehr seine gesunde Hautfarbe. Er wurde immer blasser. Nach einiger Zeit begann er zu schrumpeln. Je länger der Spruch wirkte, desto älter und kränker sah der Magier aus.

Dondrodis wollte sich gar nicht vorstellen, wie der Mann wohl aussehen würde, wenn er kurz vor dem Tode stand. Schon jetzt verurteilte er sich dafür, dem Magier diesen Zauber nicht ausgeredet zu haben. Dondrodis verwünschte und verfluchte sich. Doch es half alles nichts mehr.

Er entschied sich dafür, den Blick während der restlichen Zeit von dem Mann abzuwenden. Erst wenn er wieder zu Hause war, würde er sich dafür bestrafen, dass er es zugelassen hatte, dass eine Familie auseinandergerissen wurde. Sein Befehl hatte dafür gesorgt, dass eine junge Frau und Mutter das Kind nun ohne väterlichen Rat erziehen musste. Er war dafür verantwortlich, dass das noch ungeborene zweite Kind ohne Vater aufwachsen würde. Doch wenn es am Ende dazu beitrüge, dass ein ganzes Volk überlebte, dachte Dondrodis, wäre es vielleicht doch nicht so schlimm. Nichtsdestotrotz würde er sich dafür bestrafen müssen. Allerdings kannte er keine andere Vergeltung als den Tod für eine solch schreckliche Entscheidung.

Lycia erwachte. Sie lag in einem weichen Bett. Über ihr stand eine unbekannte Frau. Sie hatte weiße Kleidung an und tupfte Lycias Stirn mit einem nassen Lappen ab.

„Endlich seid Ihr erwacht. Wir hatten uns schon große Sorgen um Euch gemacht."

„Wie lange liege ich hier schon? Was ist überhaupt passiert?"

„Ihr liegt hier schon seit einem ganzen Tag. Man hat Euch zu mir gebracht, nachdem Ihr im vorderen Hof zusammengebrochen wart. Ihr hattet einen Schnitt mit einer giftigen Klinge abbekommen. Diese Wunde und die Erschöpfung haben Euch ohnmächtig werden lassen. Hätte ich Euch nicht sofort versorgt, wärt Ihr jetzt wahrscheinlich tot."

„Wo bin ich hier denn?"

„Ihr seid im Krankenflügel des Seeschlosses."

„Und Walter, äh, ich meine König Walter, was ist mit ihm?"

„Er liegt ein Zimmer weiter. Keine Angst, es geht ihm den Umständen entsprechend gut. Nun ja, wenn man davon absieht, dass er einen sehr tiefen und langen Schnitt am Rücken hat. Aber es ist nicht lebensgefährlich. Der König hat aber so viel Blut verloren, dass er bewusstlos wurde. Wir konnten ihm Flüssigkeit einflößen, die er zum Glück auch getrunken hat. Zwar ist er noch nicht wach, allerdings hat sich sein Zustand bereits gebessert. Wenn Ihr zu ihm wollt, so müsst Ihr Euch noch einen Moment gedulden. Ich müsste Euch erst noch ein neues Tuch um Eure Wange binden."

„Natürlich möchte ich zu ihm."

Lycia wartete ab, bis die Pflegerin ihr einen neuen Verband angelegt hatte, dann ging sie zu Walter. Dieser lag seitlich in einem Bett. Er atmete schwer und seine Augenlider zuckten. Offenbar hatte er einen schlechten Traum. Lycia hoffte, dass es ihm bald schon besser gehen würde. Nach einiger Zeit kam eine andere Pflegerin herein und brachte Lycia etwas zu essen. Diese bedankte sich und brach sich sofort ein Stück von dem Brot und Käse ab.

☙

Dondrodis erwachte am nächsten Tag. Während er sich verblüfft umschaute und bemerkte, dass der Magier verschwunden war, sah er auch, dass das Boot auf Land zusteuerte. Erst jetzt fiel ihm ein, dass sein Begleiter mit großer Sicherheit tot war. Er hatte seine Reserven aufgebraucht und das Ziel erreicht: Dondrodis würde es rechtzeitig zur Insel schaffen.

Während er die restlichen Lebensmittel aufaß, bemerkte er etwas Seltsames. Das Wasser des Meeres war nicht mehr blau. Es färbte sich bereits blutrot. Scheinbar stand das Land kurz vor dem Untergang. Dondrodis musste sich beeilen, es würde ihm nicht mehr viel Zeit bleiben.

Während er die Ruder in die Hand nahm, um das Boot auf den Strand zuzusteuern, überlegte er, wie er nun weiter vorgehen sollte. Zwar hatte er unterwegs viel Zeit gehabt, um darüber nachzudenken, allerdings hatte er den perfekten Plan noch nicht gefunden. Nun jedoch musste er sich binnen weniger Augenblicke für die beste Strategie entscheiden, um alle vier Könige davon zu überzeugen, ihm zuzuhören. Er war so gut wie auf der Insel angekommen, dennoch lag der schwierigste Teil noch vor ihm. Jetzt würde alles von seinem Geschick abhängen. Vorher hätte er sich noch herausreden können, indem er die Schuld an seinem Versagen dem Wetter oder dem Boot hätte geben können.

Dondrodis straffte sich. All diese Gefahren waren überwunden und sein Begleiter hatte sogar sein Leben geopfert. Wenn jetzt etwas schieflaufen würde, wäre es seine Schuld. Er musste alles dafür tun, damit genau dieses Scheitern nicht eintrat. Ansonsten würde alles zugrunde gehen, wofür er dieses Risiko eingegangen war.

Die letzten Atemzüge, dann war er angekommen. Sein Boot blieb im Sand stecken und er stieg aus. Er musste sich beeilen, nahm seinen Beutel aus dem Boot und ging los.

౿ౕ

Helena erwachte. Sie drehte sich um und blickte Carlos an. Der neue Tag würde hoffentlich Besseres bereithalten als der gestrige. Auch wenn sie hoffte, dass Walter und Lycia in der Nacht schlimme Qualen erlitten hatten, wollte sie nicht, dass einer der beiden starb. Irgendetwas in Helena hatte sich verändert. Nach dem Kampf mit Lycia war ihr klar geworden, dass diese recht hatte. Zwar wollte sie es nicht zugeben, aber sie würde sich Lycia beugen müssen, wenn sie überleben und Frieden auf der Insel herstellen wollte. Allerdings durfte sie das gegenüber Carlos niemals zugeben. Wenn er es jemals erfahren würde, wäre Helena tot. Er würde sie, seine eigene Frau, ohne mit der Wimper zu zucken, umbringen. Da kannte der König kein Mitleid, das wusste sie. Deswegen würde sie sich in seiner Gegenwart weiterhin wie bisher verhalten.

Carlos erwachte neben ihr. Er lächelte sie an. „Na, gut geschlafen?"

„Ja, und du?" Zwar hatte Helena die halbe Nacht wach gelegen, allerdings musste sie ihn anlügen. Sie konnte ihm ja schlecht sagen, dass sie sich um ihre Feinde gesorgt hatte.

„Nein. Ich habe schlecht geträumt. Die ganze Zeit hatte ich Bilder von sterbenden Männern im Kopf. Ich konnte diese Szenen einfach nicht loswerden."

Helena sah ihn mitfühlend an. „Du armer ..." Mitten im Satz hielt sie inne. Eine andere Stimme hallte plötzlich in ihrem Kopf wider. Die vertraute, aber dennoch fremde Stimme eines Kindes.

„Helena! Helena!"

„Wer ist da?", dachte sie.

„Ich bin es, Skatar, das Werkind. Ich möchte dir etwas sagen."

„Was denn?"

„Ich möchte dir von deiner Bestimmung und Aufgabe erzählen."

„Meiner Bestimmung?"

„Ja. Schon als kleines Kind warst du auserwählt, einmal eine wichtige Rolle auf dieser Insel zu spielen. Und jetzt ist es so weit, du musst etwas tun, ansonsten werden du und alle anderen qualvoll sterben."

„Was muss ich tun?" Helena dachte an Lycia. Sie hatte bereits beschlossen, dem Wohle aller zu dienen.

„Du musst Carlos davon überzeugen, im Laufe des Tages zum großen Felsen zu reiten. Dort wird ein Mann auf euch warten. Walter und Lycia werden auch da sein."

„Leben die beiden?"

„Ja, sie leben noch, auch wenn es bei Walter knapp war. Carlos hätte ihn beinahe umgebracht. Dann wäre alles verloren gewesen. Dein Mann hat sich als äußerst stur erwiesen. Wenn er sich nicht mit den anderen verbündet, ist das Schicksal Lefferts besiegelt. Nur du kannst alles zum Guten wenden. Reite mit Carlos zum großen Felsen. Der Mann dort wird euch den richtigen Weg weisen und euch zeigen, was ihr tun müsst, um zu überleben. Wenn ihr sein Angebot ausschlagt oder ihm etwas antut, werdet ihr alle sterben. Tu, was ich sage!"

„Aber wie?", fragte Helena mit lauter Stimme, doch Skatar schien schon verschwunden.

„Was, wie?", fragte Carlos.

„Nichts, nichts. Wir müssen später zum großen Felsen. Dort wird ein Spion auf uns warten, mit dem wir reden müssen. Also lass uns essen gehen. Wir müssen uns stärken."

„Wer sagt, dass wir diesem Spion vertrauen können? Die letzte Botschaft hat uns nur geschadet!"

„Ich. Bitte tu es für mich."

„Also schön. Wir werden dort hinreiten."

Helena atmete tief durch. Sie war erleichtert.

❦

Blut, überall Blut. Walter zitterte im Schlaf. Er fühlte, wie ihm der Schweiß aus allen Poren lief. Oder war es doch Blut? Das Fieber hatte ihn gepackt, doch er konnte sich nicht dagegen wehren. Er war gefangen in einem Albtraum, konnte weder sprechen noch sich bewegen. Bereits zum hundertsten Mal spürte er, wie Carlos ihm den Rücken aufschlitzte.

„Walter. Walter", sprach eine ruhige Stimme. Es war nicht Lycia. Es war jemand anders, ein Kind.

„Wer ist da?", wollte er fragen, doch immer noch konnte er seinen Mund nicht bewegen.

„Du brauchst deine Worte nicht auszusprechen, sondern kannst sie einfach denken. Ich verstehe dich auch so. Mein Name ist Skatar. Ich bin ein Werkind und lebe schon seit vielen Jahren hier. Deshalb weiß ich alles über diese Insel, auch über ihre Zukunft. Ich wusste, dass ihr hierherkommen würdet. Außerdem weiß ich, dass diese Insel bald untergehen wird, zusammen mit dir und deinem Volk. Deswegen will ich dich warnen."

„Aber wovor?", dachte Walter.

„Vor euch selbst. Ihr müsst im Laufe des Tages zum großen Felsen reiten. Dort wird ein Mann auf euch warten. Er wird euch helfen können. Doch dafür müsst ihr tun, was er sagt. Carlos und Helena werden auch dort sein, aber keine Angst. Zwar wird Carlos versuchen, euch umzubringen, doch Helena wird dich und Lycia beschützen. Ihr müsst auf jeden Fall dorthin. Ansonsten wird Leffert bald schon nicht mehr existieren. Vertraut mir und reitet los!"

„Aber wie? Ich kann mich nicht mehr bewegen."

„Steh auf, Walter. Du schaffst es. Ich weiß, dass du es schaffst, denn ich weiß alles!"

Plötzlich war die Stimme fort und mit ihr waren auch das Fieber und die Schmerzen gegangen. Walter spürte, dass er sich wieder bewegen konnte. Er schlug die Augen auf und entdeckte Lycia. Sie saß neben ihm. Er lächelte sie an und sie strahlte zurück.

„Endlich bist du aufgewacht. Ich hatte mir schon große Sorgen gemacht. Wie geht es dir?", fragte sie ihn.

„Besser. Wie geht es dir? Was ist mit deinem Gesicht passiert? Wo ist Carlos hin?" Unruhig erhob er sich halb aus dem Bett und zuckte aufgrund eines leichten Ziehens im Rücken zusammen.

Lycia drückte ihn sanft an der Schulter, damit er sich wieder beruhigte. Dann versuchte sie, seine Fragen zu beantworten. „Er ist geflohen. Mir geht es gut. Na ja, außer dass sich dank Helena die Haut meiner Wange fast komplett aufgelöst hat und diese nur noch aus rohem Fleisch zu bestehen scheint. Aber ansonsten geht es mir gut. Vor allem jetzt, da du wieder wach bist."

Sie beugte sich zu ihm und gab Walter einen Kuss. Er erwiderte ihn, erinnerte sich dann jedoch an etwas, was er geträumt hatte. Eine Stimme. Ein Werkind hatte zu ihm gesprochen. Was hatte es gesagt? „Ihr müsst zum großen Felsen reiten, um den Untergang dieser Insel zu verhindern oder irgend so etwas", fiel es ihm wieder ein.

„Lycia, wenn du wüsstest, was ich alles geträumt habe, während ich Fieber hatte. Das Merkwürdigste dabei war jedoch diese Stimme."

„Eine Stimme?"

„Ja. Ein Werkind hat zu mir gesprochen. Verrückt, nicht?"

„Ein Werkind? Was hat es gesagt?"

„Wieso bist du denn auf einmal so aufgeregt? Ja, ein Werkind, es hat irgendetwas vom Untergang dieser Insel gesagt, wenn wir uns nicht heute Mittag mit Carlos, Helena und einem Mann treffen. Aber das ist doch sowieso nur ein Traum gewesen."

„Nein! Es war kein Traum, sondern Realität! Auch ich habe schon einmal diese Stimme gehört. Damals, nach unserem ersten Treffen am großen Felsen. Das Werkind hatte mir gezeigt, was ich tun musste. Nur dank ihm habe ich dich um Hilfe gebeten und ihm haben wir es auch zu verdanken, dass wir uns getroffen und verliebt haben. Ohne dieses Werkind wäre ich wahrscheinlich noch heute deine Feindin. Also, was hat es genau gesagt?"

Walter war so verdutzt von dem, was er gehört hatte, dass er für einen Moment gar nicht reagierte. Dann jedoch schüttelte er sich kurz und antwortete: „Es meinte, dass wir uns am großen Felsen mit einem Mann treffen sollen. Der Mann würde uns helfen, den Untergang dieser Insel zu verhindern. Aber es würde nur funktionieren, wenn wir auch das täten, was der Mann uns sagt. Wenn nicht, würde diese Insel untergehen. Irgendwie so etwas, glaub ich. Ach ja, und Carlos und Helena werden auch dabei sein. Carlos würde versuchen, uns umzubringen, doch Helena würde dies verhindern. Also, was meinst du? Werden wir dort hinreiten?"

„Natürlich! Ich glaube, dass das Werkind nur das Beste für uns will. Also bereiten wir uns auf das Treffen vor. Was, denkst du, wird dieser Mann von uns verlangen? Ich glaube, er will genau wie das Werkind Frieden zwischen uns stiften." Walter nickte nur.

Eine Pflegerin kam herein und zeigte sich erstaunt über des Königs schnelle Genesung, schaute sich seinen Rücken an und stieß einen überraschten Laut aus. Eine glatte rote Narbe hatte sich gebildet. Die Frau schüttelte verdutzt den Kopf, immerhin sollten alle Magier tot sein, doch Lycia warf Walter nur einen wissenden Blick zu. Skatar.

☙

Skatar lief in Gestalt eines kleinen Jungen zum großen Felsen. Dort angekommen wartete er. Nach einiger Zeit erschien eine Gestalt in einem grauen Umhang. Nebelschwaden schienen diese zu begleiten. Nachdem der Neuankömmling die Kapuze zurückgeschoben hatte, sprang Skatar den Mann an und fiel ihm um den Hals.

„Endlich bist du wieder da! Wo hast du nur all die Jahre gesteckt, Dondrodis? Ich dachte schon, ich würde dich nie mehr wiedersehen. Ich freue mich so sehr!" Dann ließ das Werkind los und verwandelte sich in seine wahre, fast vergessene Gestalt zurück. Zum Vorschein kam ein hochgewachsener, attraktiver Mann. Er sah Dondrodis sehr ähnlich.

„Mein Bruder!", erwiderte Dondrodis. „Ich habe dich auch sehr vermisst. Ich war zu Hause, zumindest eine Zeit lang. Ich bringe frohe und traurige Nachrichten. Mutter und Vater sind ..." Er atmete tief durch, dann fuhr er fort. „... sind letztes Jahr verstorben. Sie lassen dir ausrichten, wie gern sie dich noch einmal gesehen hätten. Aber sie verstehen auch, wie wichtig diese Mission war. Deine Schwägerin schickt dir einen lieben Gruß. Dann habe ich noch Grüße von unserem neuen König für dich auszurichten. Ich denke, du wirst überrascht sein, wer es ist. Ein alter Freund von dir, Eliaas." Dondrodis ließ seinem Bruder kurz Zeit, mit diesen Informationen fertig zu werden, dann fragte er: „Aber wie geht es dir? Hast du die letzten Jahre gut überstanden?"

Skatar schluckte erst einmal. Mit solchen Neuigkeiten hatte er nicht gerechnet. „Mir geht es gut. Ich habe meine Mission, soweit es möglich war, erfolgreich erfüllt. In den letzten Monaten habe ich immer wieder versucht, die vier Könige in die richtige Bahn zu lenken. Leider konnte ich die Schlacht nicht verhindern und so ist die erste Stufe zur Vernichtung Lefferts eingetreten. Aber ich habe ihnen im Geist mitgeteilt, dass sie sich heute hier mit dir treffen müssten, da ansonsten diese Insel unterginge." Skatar zögerte. „Nun, da du hier bist und meine Rolle vorbei ist, habe auch ich eine schlechte Nachricht für dich."

„Welche?"

„Ich werde den nächsten Mond nicht mehr erleben. Damals habe ich dem König versprochen, dass ich nach meiner erfolgreich erfüllten Mission den Weg des Lichtes gehen werde. Heute Abend ist es so weit. Ich habe den Zauber bereits gewebt. Schon gleich werde ich dich wieder verlassen müssen, lieber Bruder. Aber ich verspreche dir: Ich werde auf dich warten, bevor ich den letzten Schritt gehe. Dann endlich wird unsere Familie wieder vereint sein."

Dondrodis war entsetzt und fassungslos. „Aber das kannst du doch nicht tun!"

„Ich muss. Es ist meine Pflicht. In gewisser Weise ist es ein Teil meiner Mission. Ich werde dich vermissen. Richte deiner Frau meine Grüße aus. Sag ihr, sie hat in dir einen großartigen Mann gefunden." Skatar drehte sich um.

Bevor er einen Schritt gegangen war, sagte Dondrodis mit fester Stimme: „Im Namen des Königs bestätigte ich hiermit, dass du deine Aufgabe erfolgreich beendet hast, und erteile dir die Erlaubnis, deinen zukünftigen Weg selbst zu wählen."

Ein letztes Mal drehte sich Skatar um und lächelte ihm zu. Dann verwandelte er sich wieder in das kleine Kind und verschwand im Wald. Dondrodis wischte sich eine Träne aus dem Augenwinkel. Kurz darauf drehte er sich um und verschwand im Nebel hinter dem großen Felsen. Dort wartete er auf die vier Könige.

❧

Carlos und Helena bestiegen ihre Pferde. Der König nickte seiner Frau zu, dann ritten sie los. Während sie den Vulkan hinter sich ließen, bekam Carlos ein merkwürdiges Gefühl. Irgendetwas stimmte nicht. Irgendetwas war heute anders als sonst. Er wusste selbst nicht, was es war. Noch nicht.

Carlos bemerkte den Nebel, welcher sich über das Land gelegt hatte. Sie hielten vor der Nebelbank. Ein Schauder überkam ihn und seine Nackenhaare sträubten sich. Sein Pferd wieherte. Auch Helena erging es nicht besser. Ihr Ross scheute. Dann plötzlich, ohne Vorwarnung, erklang ein Schrei aus dem Dunst. Die Pferde stiegen auf die Hinterbeine und warfen Carlos und Helena zu Boden. Dann stürmten sie davon, hinein in die Schwaden. Einige Augenblicke später war alles wieder ruhig.

„Was war das?", fragte Helena ängstlich.

Carlos spürte, wie sie zitterte, doch es war nicht kalt. Ganz im Gegenteil, die Sonne schien. Dennoch, auch er selbst fühlte diese unangenehme Kälte. Offensichtlich ging sie von dem Nebel aus. Zwar wollte Carlos Helena seine Angst nicht offenbaren, ein leichtes Zittern in seiner Stimme konnte er allerdings nicht unterdrücken. „Ich finde, wir sollten umdrehen und zurückgehen. Irgendetwas stimmt mit diesem Nebel nicht."

Helena jedoch schüttelte den Kopf. „Wir müssen. Ansonsten wird etwas Schlimmes geschehen."

„Na schön. Aber wenn dieser Mann nicht da ist, gehen wir sofort zurück." Helena nickte und ging voran in den Nebel. Carlos folgte ihr. Bereits nach wenigen Schritten sah er sie nicht mehr. „Helena?", fragte er in die Stille hinein. Keine Antwort.

Angstschweiß lief ihm den Rücken hinunter. Plötzlich ertönte eine Stimme, so laut, dass Carlos dachte, jemand würde direkt neben ihm stehen: „Ihr seid gekommen. Danke dafür, dass Ihr dem Werkind vertraut und Euch auf die Suche nach mir gemacht habt. Keine Angst, Ihr seid nicht allein. Ihr vier Könige hört mich, da Ihr inzwischen den Nebel betreten habt. Bevor ich mich jedoch zeige, müsst Ihr jeweils ein Gelübde ablegen. Beginnen wir mit Euch, König Carlos. Sprecht mir nach: Ich, König Carlos, König des Feuers, werde mich Euch beugen und Euer Wort erhören!"

„Niemals!", schrie Carlos. Plötzlich spürte der König, wie er gegen einen harten Gegenstand prallte. Es war eine steinerne Wand. Er wandte sich nach links, doch kaum hatte er sich gedreht, spürte er auch dort eine Barriere. Er drehte sich im Kreis und bemerkte, dass ihn von allen Seiten eine unnachgiebige Mauer umgab. Aber wie war er hier hineingekommen?

„Ihr werdet nicht eher freigelassen, bis Ihr Euch mir unterstellt und Euer Gelübde abgelegt habt. Wenn Ihr dies nicht tut, werdet Ihr ersticken. Also sprecht mir nach: Ich, König Carlos, König des Feuers, werde mich Euch beugen und Euer Wort erhören!"

„Wer seid Ihr?"

„Das tut nichts zur Sache. Ihr werdet es noch früh genug erfahren." Carlos wusste, dass die Person es ernst meinte. Er legte das Gelübde ab. Kurze Zeit später ertönte die Stimme erneut. Dieses Mal waren es zwei einzelne Worte: „Lumen. Rubicundus."

Plötzlich sah Carlos einen roten Schimmer am Boden.

„Folgt ihm! Er wird Euch zu mir bringen."

Walter sah die Hand vor Augen nicht. Nachdem er die Stimme mit Carlos hatte sprechen hören, wusste er, dass das Werkind recht hatte und er sich dem fremden Mann beugen musste. Als Nächstes wandte sich die Stimme an ihn selbst.

„Walter, sprecht mir nach. Ich, König Walter, König des Wassers, werde mich Euch beugen und Euer Wort erhören!"

Walter wiederholte das Gelöbnis sofort.

Dann vernahm er zwei Worte: „Lumen. Venetus."

Ein blauer Schimmer zeigte ihm den Weg.

Auch Lycia sprach die Worte umgehend nach. „Ich, Königin Lycia, Königin der Erde, werde mich Euch beugen und Euer Wort erhören!" Kurz darauf sprach die Stimme erneut zwei Worte, woraufhin sich ein grüner Schimmer am Boden bildete. Lycia folgte ihm. Sie hoffte, Walter bald wieder in den Arm nehmen zu können.

„Ich, Königin Helena, Königin der Luft, werde mich Euch beugen und Euer Wort erhören!"

„Lumen. Caesius." Ein hellblaues Glühen zeichnete sich auf dem Boden ab, welchem Helena folgte.

„Nun folgen alle ihrem Weg. Dieser wird euch zusammenführen. Er wird euch in die richtige Richtung lenken." Dondrodis endete und seine Stimme verklang.

Nach einem weiteren kurzen Zauber löste sich der Nebel auf und er erblickte die vier Könige, während er sich noch im Nebel des Felsens im Verborgenen hielt. Sie alle standen vor dem großen Stein in einem Kreis. Sich selbst konnten sie offenbar nicht sehen. Nun war es an der Zeit, ihnen endlich alles zu offenbaren. Wahrscheinlich würden sie sich von ihm und dem Schicksal betrogen fühlen. Doch er musste es tun, es ihnen sagen und ihnen somit den richtigen Weg weisen.

Ansonsten würde es kein gutes Ende nehmen für diese Welt. Es war an der Zeit. Nebel tauchte den Felsen in Finsternis. Dondrodis ließ ihn zurückweichen und trat aus seinem Versteck hervor. Er sah, wie sie ihn erschrocken betrachteten.

Das Erbe der Grauen

Skatar wartete. Immer und immer wieder schaute er in den Himmel. Dann endlich sah er es: Ein Strahl aus weißem Licht kam vom Himmel gen Boden. Der Elf nahm all seinen Mut zusammen und sprach die magischen Worte. Als er geendet hatte, veränderte der Strahl seine Richtung und flog nun direkt auf ihn zu. Ein letztes Mal schaute er sich um. Er war allein am Strand. Es war sein letzter Tag auf dieser Welt. Er war froh, seinen Bruder noch einmal gesehen zu haben, bevor er nun seinen letzten Weg antreten würde. Trauer erfüllte ihn. Er beklagte nicht, mit seinem Leben abzuschließen, allerdings hätte er gerne mehr Zeit mit seinem Bruder verbracht. Einige Augenblicke später schlug der weiße Strahl vor ihm im Sand ein und verwandelte sich in eine Treppe. Skatar wischte sich eine Träne von der Wange. Dann bestieg er die erste Stufe. Immer mehr Stufen ging er empor. Als die Treppe über den Wolken endete, betrat Skatar einen langen, großen, breiten Gang. Sofort verschwand die Treppe unter ihm. Er folgte dem Korridor. Links und rechts waren mehrere Türen eingelassen. Sie alle waren aus dem schönsten und edelsten Holz gefertigt. Skatar wusste, dass sein Ziel am Ende lag. Es fiel ihm aber immer schwerer, geradeaus zu gehen, je näher er seinem Bestimmungsort kam. Der Gang spürte, dass er noch zu jung war.

Nach einiger Zeit hörten die Türen links und rechts auf. Stattdessen waren nun immer wieder mehrere Sätze in der magischen Sprache an die Wand geschrieben. Skatar las einen davon.

Der Weg des Lichtes öffnet sich nur für die, die reinen Herzens sind. Er offenbart sich nur denen, die für eine gute Sache freiwillig von den Lebenden Abschied nehmen.

Skatar ging weiter und ein anderer Satz gewann seine Aufmerksamkeit.

Dies sind die letzten Schritte, bevor du die Hallen des Lichtes erblicken wirst. Wenn du noch nicht bereit dafür bist oder noch auf jemanden warten möchtest, wähle die richtige Tür. Denn sonst gibt es kein Zurück.

Skatar schluckte. Er konnte sich nicht entscheiden. Zwar wollte er endlich nach so vielen Jahren seine Eltern wiedersehen, allerdings hatte er seinem Bruder versprochen, auf ihn zu warten. Er hatte das Ende des Ganges erreicht. Vor ihm lagen drei Türen. Welche sollte er nehmen?

Am Ende entschied er sich. Als er eintrat, umgab ihn ein weißes Licht. Da wusste er, dass dies die richtige Tür war.

༜

Lycia erschrak. Die Gestalt, die aus dem Nebel hervortrat, hatte einen grauen Umhang an, unter ihrer Kapuze zeichneten sich große Ohren ab. Als das Wesen die Kapuze herunternahm, offenbarte es ein wunderschönes Gesicht, das so gar nicht zu dem Nebel passen wollte. Doch Lycia spürte, dass dieser Mann eine gefährliche und zugleich mächtige Aura besaß. Er hob den Kopf, sodass sie sein Gesicht noch besser erkennen konnte.

Zum Vorschein kam ein abgerundetes Antlitz. Der Mann hatte schneeweiße Haut, lange, spitze Ohren und einen schmalen, fein geschnittenen Mund. Seine Lippen waren blassrot. Die Augen waren klein, aber von einer klaren grünen Farbe. Wenn sie nicht solche Angst gehabt hätte, wäre Lycia bei dem Anblick sofort verliebt gewesen. Doch sie wusste, dass diese Schönheit täuschen konnte, genauso wie auch Helenas Schönheit sie zum Narren gehalten hatte.

Walter stolperte einen Schritt zurück. Die Gestalt hatte etwas Magisches an sich, doch nicht etwa wie die Zauberer, die er kennengelernt hatte. Nein, dieser Mann, oder was es auch immer war, war kein menschliches Wesen. Trotzdem verfügte die Gestalt über große Kräfte. Es war unheimlich, so einem Wesen gegenüberzustehen.

Carlos lachte auf. Die anderen drei Könige schauten ihn erschrocken an. „Vor so einem Wesen sollen wir uns in den Staub werfen? Dass ich nicht lache! Ich werde mich so einer Gestalt niemals beugen."

Das Geschöpf lächelte. Dabei entblößte es kleine, spitze Zähne. „Nur zu, Carlos, beleidigt mich, fordert mich heraus. Doch Ihr werdet merken, dass Ihr Euch nicht bewegen könnt, ebenso wie alle anderen. Ihr werdet mich nicht angreifen, denn indem Ihr Euer Gelübde abgelegt habt, konnte ich Euch in meinen Zauber einweben. Doch ich bin nicht hier, um Euch zu drohen oder zu schaden, aber Ihr werdet mir zuhören. Falls Ihr dennoch der Meinung seid, Euch wehren zu müssen, oder denkt, ich meine es nicht ernst, so werde ich Euch belehren müssen."

Carlos lächelte gefährlich. „Ach ja, und wie? Wollt Ihr uns etwa verhexen?"

„Nun ja, wenn Ihr es so formuliert." Die Gestalt schnippte mit ihren Fingern. Urplötzlich verschwand Carlos.

„Wo ist mein Mann? Was habt Ihr mit ihm getan?", keuchte Helena vor Entsetzen.

„Er ist sicher verwahrt. An einer Stelle, wo er uns zuhören muss, aber sich selbst nicht einmischen oder einfach gehen kann. Nicht wahr, Carlos?" Die Gestalt schaute nach hinten.

Die drei Könige reckten sich, um etwas sehen zu können. Helena keuchte auf, auch Walter und Lycia waren sprachlos. Carlos war nicht komplett verschwunden: Sein Körper war mit dem großen Felsen verschmolzen und nur sein Kopf blickte aus dem Gestein heraus. Sein Gesicht war leichenblass und man sah ihm den Schrecken deutlich an.

„Wenn Ihr Euch gegen meinen Zauber wehrt, werdet Ihr merken, dass der Stein Euch erdrücken wird."

„Bitte, lasst mich hier raus", flehte Carlos die Gestalt an. „Ich tu alles, was Ihr sagt, bitte." Tränen stiegen ihm in die Augen.

Dondrodis lächelte. Endlich hatte er Carlos da, wo er ihn haben wollte. „Gut. Ich brauche Euch hier bei mir." Dann klatschte er einmal in die Hände und Carlos erschien wieder dort, wo er zuvor gestanden hatte. Dennoch konnte immer noch keiner der vier Könige seine Beine bewegen.

Dann wandte sich Dondrodis an alle Könige. „Mein Name ist Dondrodis. Ich komme vom Volk der Grauen, besser bekannt als die Elfen. Ich bin hier, um Frieden unter Euren Völkern zu schaffen. Wenn Ihr Euch weiterhin bekriegt, wird dieses Land bald untergehen. Von Eurem Streit wird nicht nur Leffert betroffen sein, denn wenn diese Insel fällt, ist nicht nur Euer, sondern auch mein Volk so gut wie tot. Es besteht eine enge Verbindung zwischen dem Volk der Menschen und dem Volk der Elfen. Ich bin gekommen, um dieses Schicksal zu verhindern. Ihr werdet und Ihr müsst mich anhören. Wie Euch Skatar bereits berichtet hat, wird sich mit mir das Blatt wenden. Ich werde Euch helfen, Frieden zu stiften."

„Aber wieso tut Ihr das?", fragte Helena.

„Hast du gerade nicht zugehört?", fuhr Carlos sie an. „Er muss es tun, da sonst auch das Volk der Elfen untergehen würde. Aber eine Frage habe auch ich: Was ist das für eine Verbindung zwischen dem Volk der Menschen und dem der Elfen?"

Dondrodis nickte. „Dies werde ich Euch zu gegebener Zeit erzählen. Aber zuerst werde ich Euch etwas anderes zeigen." Er nahm seinen Beutel und griff hinein. Als er seine Hände wieder herauszog, hatte er die Glaskugel in der Hand.

Lycia blickte den Elf verwundert an. Während Dondrodis magische Worte sprach und ein Bild in der Glaskugel entstand, lag ihr eine Frage auf der Zunge. Allerdings wartete sie damit, bis der richtige Zeitpunkt kam.

„Dies ist Eure Insel", erklärte Dondrodis und deutete auf das entstandene Bild in der Kugel. „Diese Insel ist jedoch nicht mehr das unberührte Land, das sie einmal war, denn Eure Kämpfe haben sie verändert. Wie Ihr sehen könnt, färben sich die Blätter des Waldes bereits rötlich. Habe ich recht, Lycia?" Es war eine rhetorische Frage und Lycia, überrascht von der plötzlichen Anrede, nickte nur. Dann wandte sich Dondrodis an Walter. „Das Wasser des Sees ist auch nicht mehr blau. Es wird von Tag zu Tag trüber."

„Ja, das stimmt", antwortete Walter.

„Auch die Berge werden immer dunkler und scheinen von einem roten Schimmer überzogen", sagte er zu Helena. Sie nickte nur. Dann wandte er sich an Carlos. „Und der Vulkan rumort im Inneren. Ein Ausbruch ist nicht mehr weit entfernt, doch hat das Magma nicht mehr die leuchtenden Farben des Feuers, sondern nur noch ein schweres, dunkles Rot."

„Ja. Meine Magier konnten es mir nicht erklären."

„Dann tu ich es", sagte Dondrodis. „Durch Eure Kämpfe wird so viel Blut vergossen. Dieses ist verantwortlich für die farblichen Abnormitäten. Leffert ist eine magische Insel. All das Blut, welches auf ihr im Zorn vergossen wird, saugt die Insel in sich auf und gibt sie ab an alles, was auf ihr wächst, gedeiht und was aus ihr entstanden ist. Deshalb bin ich hier. Wenn noch mehr Blut vergossen wird, dauert es nicht mehr lange, bis die Insel untergeht und im Meer versinkt. Schon jetzt ist sie etwas gesunken. Vor der Insel färbt sich das Meer bereits rot." Nachdem Dondrodis geendet hatte, konnte sich Lycia nicht mehr zurückhalten.

„Aber was hat das alles mit dem Werkind zu tun?"

„Was ist ein Werkind?", fragte Carlos.

Erst jetzt wurde Dondrodis bewusst, dass alle außer dem Feuerkönig schon einmal mit Skatar gesprochen hatten. „Ein Werkind ist ein Wesen, das sich in alle Personen verwandeln kann, welchen es schon einmal in die Augen gesehen hat. Nun zu Eurer Frage, Lycia. Skatar, so heißt das Werkind, ist auch ein Elf. Um genauer zu sein, ist er mein Bruder." Er bemerkte die Überraschung in den Gesichtern der Könige, dennoch sprach er weiter. „Er ist mein Bruder und hatte von unserem früheren König die Aufgabe bekommen, auf diese Insel aufzupassen. Deshalb sah er sich auch dazu verpflichtet, Euch immer wieder in die richtigen Bahnen zu lenken."

„Aber warum sollte er auf diese Insel aufpassen?", fragte Walter.

„Weil früher ein König auf Leffert gewohnt hat, welcher Krieg gegen sein eigenes Volk geführt hatte, um ihm zu zeigen, dass er der mächtigste Mensch war. Damals stand die Insel kurz vor ihrem Untergang. Wir schafften es, den König zu töten, die Überlebenden in Sicherheit zu bringen und alle Spuren zu tilgen. Mein Bruder sollte diese Insel bewachen und verhindern, dass noch einmal so viel Blut vergossen werden würde wie damals. Diese Aufgabe hat er dank Eurer Sturheit und Torheit nur mühsam erfüllen können. Doch er hat Schlimmstes verhindert, weshalb er nun in Frieden ruhen kann." Dondrodis unterdrückte eine Träne.

Nach einer kurzen Pause sah er Carlos an. „Nun zu Eurer Frage, was das Volk der Menschen mit dem Volk der Elfen zu tun hat.

Vor langer Zeit kamen viele Schiffe über das Meer auf unsere Insel. Diese Schiffe hatten merkwürdige und vor allem unterschiedliche Flaggen gehisst. Keiner von uns hatte jemals so viele bunte Flaggen gesehen. Auf den Kähnen befanden sich Menschen und nicht nur ein paar, nein, es waren Hunderte. Mehr sogar noch, Tausende. Ihre Zahl überstieg die unsere deutlich. Am Anfang dachten wir, sie wollten nur kurz bleiben, um ihre Vorräte aufzufrischen, denn bisher waren immer nur Händler vorbeigekommen. Doch es war anders, als wir vermuteten. Sie kamen von ihren Schiffen und lagerten am Strand. Wir dachten uns nichts dabei.

Eine Streife bemerkte erst später, dass die Menschen begonnen hatten, unsere heiligen Bäume zu fällen und Häuser daraus zu bauen. Als unser König den ihrigen sofort darauf aufmerksam machte, dass diese Bäume uns heilig waren, zeigte sich dieser bestürzt und wollte wissen, was sie im Wald zu beachten hätten. Unser König erkannte darin die guten Absichten der Menschen und gestattete ihnen, auf der Insel zu leben. Dann berichtete er alles, was es über den Wald zu wissen gab, in der Hoffnung, die Menschen würden andere Materialien benutzen, um daraus ihre Häuser zu bauen. Doch es kam alles viel schrecklicher.

Eines Morgens alarmierte eine Patrouille unser Volk. All unsere heiligen Bäume, die wir eigenhändig gepflanzt hatten, um unseren Kindern die Natur näherzubringen, waren abgeholzt worden. Als unser König zu den Menschen ritt, um sie zu fragen, warum sie das getan hätten, antworteten diese, es wäre eine Warnung. Sie drohten uns. Wir sollten uns ein anderes Land suchen, in dem wir leben könnten. Doch unser König sagte ihnen, dass wir schon seit Jahrzehnten auf dieser Insel lebten und deshalb auch nicht wegziehen würden. Außerdem hing unser Überleben von etwas Bestimmtem ab, denn unsere Vorfahren hatten dieser Insel etwas Besonderes gegeben. Der menschliche König wollte wissen, was das wäre. Leider erzählte unser Herrscher ihm von unserem magischen Schatz, den wir auf dieser Insel aufbewahrten. Er glaubt, dass die Menschen die Elfen dann verstehen und wieder wegsegeln würden. Doch auch dieses Mal irrte er sich.

Als wir einige Tage später den Geburtstag unseres Königs feiern und ihm deshalb ein ganz besonderes Geschenk machen wollten, brauchten wir diesen magischen Schatz. Doch im Versteck bemerkten wir, dass dieser gestohlen worden war. Um es Euch zu erklären, warum das so schlimm für uns war: Elfen bestehen aus Energie. Das soll heißen, dass wir nur so lange leben, bis unsere Energie aufgebraucht ist. Wenn wir beispielsweise zu viele oder zu starke Zauber benutzen, verbrauchen wir mehr von unserer Kraft, als wenn wir einfachere Sprüche benutzen. Der magische Schatz ist eine Überlebenssicherheit für uns, denn er besteht aus mehreren Energievorräten, aus denen wir uns in schlechten Zeiten etwas nehmen konnten. Gleichzeitig kann dieser magische Schatz nur existieren, solange ein Elf auf dieser Insel lebt. Einmal im Jahr, wenn unser König Geburtstag hat, nehmen wir einen kleinen Teil von diesem Schatz, um mit einem großen Zauber etwas Wundervolles zu erschaffen.

Wir waren schockiert, als wir bemerkten, dass er gestohlen worden war! Sofort informierten wir unseren König, welcher mit einem Gefolge aus hundert Elfenkriegern aufbrach, um die Menschen zu fragen, ob sie sich den Schatz genommen hätten. Doch so weit kam unser König nicht. Noch bevor er die Siedlung der Menschen, die inzwischen zu einer Stadt angewachsen war, erreicht hatte, wurde er mit seinem Gefolge überfallen. Einige der Elfenkrieger konnten fliehen. Der Rest wurde niedergemetzelt. Keiner von ihnen überlebte. Nicht einmal unser König. Die geflohenen Elfenkrieger kehrten zurück und erzählten uns, was passiert war. Daraufhin brach ein Krieg aus zwischen den Menschen und den Elfen. Der neu gewählte König forderte uns dazu auf, jeden Menschen umzubringen, dem wir begegneten.

Doch eines Tages passierte etwas Unglaubliches. Wir waren gerade dabei, ein Stück des Waldes zurückzuerobern, welches uns die Menschen wenige Tage zuvor abgenommen hatten, als einer von unseren Kriegern ein junges Mädchen in den Kriegswirren entdeckte. Es war keine Elfe. Viele der Krieger wollten es töten, um dem Menschenkönig zu zeigen, dass wir vor nichts zurückschrecken würden. Doch ein junger Elfenkrieger warf sich vor das Mädchen und beschützte es. Er nahm es mit sich. Wie sich herausstellte, war das Mädchen die Nichte des Menschenkönigs. Der junge Elfenkrieger brachte sie zu unserem König, welcher ganz begeistert war. Er dachte, der junge Elf hätte das Kind entführt, um den Menschenkönig zu erpressen.

Als der König dem Elf diese Absicht unterstellte, wurde dieser wütend und erstach den Herrscher. Kurz darauf starb auch der junge Elf. Seiner Familie sagte man, er wäre im Kampf mit einem Menschen getötet worden. In Wahrheit ist er hinterhältig von treuen Anhängern des ermordeten Königs niedergestochen worden. Das Mädchen jedoch brachten sie nicht um. Stattdessen quälte man es. Elfen ließen es laufen, um es zu jagen. Immer wenn die Elfen das Kind gefangen hatten, fügten sie ihm einen Schnitt am Arm zu.

Nach einiger Zeit, es waren mittlerweile viele Jahre vergangen und das Mädchen war zu einer jungen Frau gereift, verliebte sich ein Elf in sie. Allerdings war die Liebe zwischen einem Elf und einem Menschen nicht gestattet. Trotz aller Gefahren erwiderte die junge Frau seine Gefühle. Einige Monate später gebar sie ein Kind. Es war weder Elf noch Mensch. Der Junge war ein Mischwesen. Er beherrschte die Magie ebenso wie ein Elf, allerdings war er äußerlich wie ein Mensch. Unser König war zwar nicht erfreut, allerdings akzeptierte er den Sprössling, denn der Junge lernte schnell, mit seiner Magie umzugehen. Gleichzeitig brachte seine Mutter ihm bei, sich wie ein Mensch zu verhalten.

Als der Junge alt genug war, starb der Menschenkönig. Da die Frau des Königs ihm jedoch keinen eigenen Sohn geboren hatte, und es auch sonst keine Nachkommen gab, suchte man dringend einen Thronfolger. Da die Frau die Nichte des Königs gewesen war, brachte man sie und ihren Sohn zu den Menschen. Trotz des Hasses zwischen Elfen und Menschen war der Junge der einzige mögliche Thronfolger. So wurde er von der Frau des Königs zusammen mit seiner Mutter in die Herrscherfamilie aufgenommen. Als er dann auf dem Thron saß, seine Mutter immer an seiner Seite, erließ er ein Gesetz, das ab sofort Frieden zwischen den Menschen und den Elfen herstellte. Jeder, der sich ihm widersetzte, sollte Qualen zu spüren bekommen.

So herrschte lange Zeit Frieden zwischen den Völkern. Dann starb die Mutter des jungen Königs. Seine geliebte Mutter verloren zu haben, brachte ihn dazu, sich selbst zu erdolchen. Da er keine

Nachkommen hatte, erlosch die Blutlinie endgültig und es wurde vorerst kein neuer König eingesetzt. Stattdessen sollte der Anführer der Elfen auch über die Menschen regieren. Dies ging auch viele Jahre gut.

Eines Tages jedoch kam ein junger Mann in die Stadt und behauptete, ein verschollener Nachkomme des alten Königs zu sein. Die Menschen glaubten ihm und er wurde zum neuen König gekrönt. Kaum auf dem Thron brach er den Frieden zwischen den Völkern, indem er die Elfen jagen ließ. Obwohl so lange Waffenstillstand zwischen uns geherrscht hatte, folgten die Menschen ihm, da sie tief in ihrem Herzen nach der alleinigen Macht auf der Insel gierten. Kurz darauf starb der Elfenkönig und unser jetziger Herrscher wurde gekrönt. Dieser beauftragte mich, Menschen zu suchen, welche uns nicht bekämpfen würden. Diesen Menschen sollte ich von unserem Volk erzählen. Wenn sie sich einig wären, uns zu unterstützen, sollte ich ihnen etwas schenken. Deswegen meine Frage an Euch: Helft Ihr uns?"

Zögernd sahen sich die vier Könige gegenseitig an, bis ein gemeinsames „Ja" hervorkam.

Als Dondrodis dies vernahm, beugte er sich hinunter und holte vier große Diamanten nacheinander aus seinem Beutel, zeigte sie den Königen und legte sie in eine Kuhle am Felsen. Jeder der Diamanten besaß eine andere Farbe. Der linke war feuerrot. Der nächste war himmelblau. Ein weiterer war von einem saftigen Grün und der letzte war in einem dunklen Blau gehalten. In jedem dieser vier Diamanten schien sich etwas zu bewegen und ein jeder strahlte eine Präsenz aus, als wären die Steine am Leben.

„Was ist das?", fragte Helena. Sie hatte so etwas noch nie zuvor gesehen. Natürlich kannte sie Diamanten, doch diese hatten etwas Besonderes an sich. Sie schienen von innen heraus zu glühen. Außerdem pulsierten die Edelsteine. Egal was es war, es machte Helena Angst.

„Dies sind die vier Diamanten der Elemente. Sie werden auch das Erbe der Grauen genannt. Diese Edelsteine sind magisch. Jeder von Euch wird einen bekommen. Feuer, Erde, Wasser, Luft. Ihr alle bekommt das Element, welches zu Euch passt." Dondrodis klatschte einmal in die Hände.

Helena spürte, dass sie sich wieder bewegen konnte, und sah sich um. Scheinbar hatte Dondrodis auch die anderen von dem Bann befreit, denn alle streckten ihre Beine.

Dondrodis spürte, dass die vier Könige Angst vor den Diamanten hatten. Er verstand sie. Auch ihm war bei den ersten Malen etwas mulmig gewesen, als er die Steine in die Hand genommen hatte. Doch mittlerweile fühlten sie sich ganz normal an. Das Pulsieren nahm er fast nicht mehr wahr.

Dondrodis atmete tief aus. Bis hierher hatte sein Plan gut funktioniert. Jetzt musste er die Könige nur noch davon überzeugen, dass sie die Diamanten annahmen. Er beugte sich über die vier Edelsteine. Dann sprach er die Worte, welche die Magie in deren Innerem erweckten.

Bevor er sich umdrehte, flüsterte er ihnen noch zu: „Nun ist Eure Zeit gekommen."

Die vier Elemente

"Jeder dieser Diamanten verkörpert ein Element", sagte Dondrodis erneut und winkte die vier Könige heran. Dann tippte er die Edelsteine nacheinander an. "Der rote besitzt die Magie des Feuers. Er steht für Mut und verleiht einem Stärke. Der grüne verkörpert das Element Erde. Mit ihm besitzt man die Kraft des Bodens und des Waldes. Der himmelblaue gibt einem die Kraft, über Himmel und Luft zu bestimmen. Zu guter Letzt der dunkelblaue. Er symbolisiert die Magie des Wassers. Die Aufgabe der Steine ist es, für jeden Herrscher fünf Menschen auszuwählen. Diese Auserwählten werden, sobald sie die Diamanten berühren, dessen jeweilige magische Kraft erhalten. Um jeweils fünf Menschen zu bestimmen, werdet Ihr, nachdem ich Euch je einen Edelstein gegeben habe, diesen in Eurem Thronsaal aufstellen. Dann werdet Ihr jeden Mann und jede Frau aus Eurem Volk den Diamanten berühren lassen. Nur bei jeweils fünfen von ihnen wird der Stein aufleuchten. Dies sind die Auserwählten."

"Aber wie soll ein Diamant denn bitte entscheiden, ob er den Richtigen auswählt? Schließlich ist es immer noch nur ein Stein", warf Carlos ein.

Dondrodis fand, dass seine Frage berechtigt war, weshalb er antwortete: "Dieser Diamant ist nicht nur irgendein Stein. Er hat von uns Elfen magische Kräfte bekommen."

"Aber woher hattet Ihr so viel Kraft?", warf Lycia ein.

Dondrodis schmunzelte: "Fragt Ihr Euch nicht, was mit dem magischen Schatz geschehen ist, nachdem der Junge König der Menschen geworden war?" Die vier nickten. "Der Schatz wurde den Elfen zurückgegeben. Unser damaliger König beschloss, die Kraft des Schatzes auf fünf Diamanten aufzuteilen. Dies sollte dafür sorgen, dass der Schatz besser versteckt und nicht mehr gestohlen werden konnte. Sicher fragt Ihr Euch jetzt auch, wo der fünfte Diamant ist. Dieser ist im Besitz unseres Königs. Es ist der weiße, der auch als Stein des Lichtes bezeichnet wird. Dieser Diamant muss auf unserer Insel bleiben, da wir ohne ihn nicht existieren können."

Er wandte sich direkt an Carlos. „Diese Diamanten, welche ich Euch nun geben werde, werden die Auserwählten nicht nur zu Magiern machen, sondern auch ihr Inneres verwandeln. Sie werden zwar noch immer wie Menschen aussehen, aber Elfen sein. Nur diese Verwandlung garantiert, dass die Diamanten ihre magischen Kräfte entfalten können. Dabei entscheidet der Stein allein, wen er wählt. Nur durch die Berührung kann er erkennen, welche Persönlichkeit vor ihm steht. Das heißt also, dass er merkt, ob der Berührende beispielsweise ein mutiger oder schüchterner Mensch ist. Dadurch kann der Stein entscheiden, wen er erwählt, denn um ein Magier zu werden, benötigt man nicht nur Stärke oder Mut, nein, es muss alles passen. Die Auserwählten müssen von allem etwas besitzen. Deswegen ist es extrem wichtig, dass Ihr auch jeden aus Eurem Volk den Diamanten berühren lasst. Es ist dabei egal, ob es Adelige oder Bauern sind. Es kann wirklich jeden treffen. Ist deine Frage damit beantwortet?"

Carlos nickte.

„Gut. Wenn der Diamant die fünf Menschen für sein Reich ausgesucht hat, werden diese sowohl dafür sorgen, dass es zu keinem weiteren Krieg kommen wird, als auch dafür, dass die Insel vor Angriffen geschützt ist. Niemand wird die Magie besser beherrschen als die Auserwählten – niemand außer uns Elfen. Das Volk der Grauen will sichergehen, dass unser Stamm in Sicherheit ist und ein Teil von uns auch anderswo existiert. Selbst falls es unser Volk irgendwann nicht mehr geben sollte." Dondrodis warf ihnen allen einen ernsten Blick zu. „Mit diesem Geschenk geht auch eine große Bürde einher. Ihr müsst auf die Diamanten aufpassen und sie mit Eurem Leben verteidigen. Sollten die Elementsteine in die falschen Hände geraten, ist unser aller Schicksal besiegelt. Zwar muss man alle fünf Diamanten besitzen, um unbesiegbar zu werden, doch würden schon diese vier ausreichen, um eine Katastrophe von gewaltiger Auswirkung herbeizuführen."

Walter zeigte sich besorgt. „Aber könnten dann nicht die Auserwählten diese Macht ausnutzen?"

Der Elf schüttelte den Kopf. „Neben den Auserwählten werden auch die vier Diamanten für Frieden auf Leffert sorgen, denn sie sind mit einem speziellen Zauber belegt. Dieser Zauber sorgt dafür, dass jeder Gedanke an einen Krieg gegen einen anderen Diamantträger sofort aus dem Kopf gelöscht wird. Soll heißen, dass niemand böse oder gar tödliche Absichten gegen einen anderen Auserwählten hegen kann."

„Wäre es dann nicht einfacher, diese Leute oder Auserwählte, wie Ihr sie genannt habt, zum König zu krönen?", warf Lycia ein und Walter nickte. Scheinbar hatte auch er den gleichen Gedanken gehabt. Carlos und Helena sahen Lycia jedoch erschrocken und entrüstet an.

„Es ist schon überraschend, wie ähnlich sich die Paare sind", dachte Dondrodis.

Laut sagte er: „Nein. Zwar werden die Auserwählten eine große Macht haben, dennoch werden sie Eure Herrschaft respektieren. Wenn jedoch einer von ihnen König werden würde, wäre die Macht zu gewaltig. Gier würde ihre Sinne blenden und den Zauber des gegenseitigen Friedens vernebeln. Es gibt nichts Schlimmeres, als einen menschlichen Magier als König zu haben. Die Macht würde ihm zu Kopf steigen, sodass er immer mehr davon zu haben verlangte und dafür alles tun würde. Nein, Ihr müsst die Herrscher Lefferts bleiben. Nach Eurem Tod muss ein Blutsverwandter von Euch den Thron besteigen." Eindringlich musterten klare grüne Augen jeden Herrscher. Dann fuhr der Elf fort: „Nun jedoch ist es an der Zeit, Euch die Diamanten zu überreichen."

Er machte einen Schritt zur Seite. „Lycia, tretet bitte vor."

Lycia tat wie ihr geheißen. Die Steine in der Kuhle des Felsens begannen, stärker zu glühen. Dondrodis wartete einen Moment, bevor er die Verteilung erklärte.

„Der Diamant, welcher bei Eurer Berührung anfängt zu zittern, ist der richtige für Euch und Euer Volk."

Lycia trat vor, zögerte einen Moment und berührte dann den grünen Diamanten. Dieser begann sofort zu zittern. Dondrodis lächelte.

„Der Diamant des Elementes der Erde. Er wird den Auserwählten die Fähigkeiten geben, Boden und Wald zu beherrschen. Es wundert mich auch nicht, dass dies der richtige Stein für Euch ist, denn er steht für Klugheit. Dies ist zweifellos Eure hervorstechendste Eigenschaft."

Lycia nahm den Stein, der warm und freundlich in ihrer Hand pulsierte, und trat zurück. Dann wandte sich der Elf an Helena.

„Nun seid Ihr an der Reihe. Wenn Ihr Euch kurz Zeit nehmt, um Euch die übrig gebliebenen Diamanten anzuschauen, werdet Ihr die richtige Entscheidung sofort fällen können."

Helena blieb vor dem Felsen kurz stehen und griff dann nach dem himmelblauen Stein, welcher erzitterte. Auch dieses Mal lächelte Dondrodis.

„Warum habt Ihr Euch für diesen Elementstein entschieden?"

„Er ist der schönste von allen."

„Dies ist auch eine seiner Eigenschaften. Sein zweiter Name ist auch *Der Schöne*. Doch in gleichem Maße, wie er schön ist, ist er auch stark. Er wird Euren Auserwählten die Macht geben, Himmel und Licht zu beeinflussen."

Helena trat einen Schritt zurück.

„Walter, wenn ich Euch bitten darf?"

Walter trat vor und legte seine Hand, ohne zu zögern, auf den roten Diamanten. Dieser begann jedoch nicht zu zittern, weshalb der König beim zweiten Versuch die Hand auf den blauen Diamanten legte. Dieser reagierte.

„Das hatte ich mir gedacht", sagte der Elf. Walter blickte ihn fragend an. „Ich wusste, dass Ihr Euch zuerst für den roten entscheiden würdet. Zweifellos seid Ihr der jüngste von allen Anwesenden und damit fehlt Euch auch die Lebenserfahrung. Auch der blaue Diamant wird *Der Junge* genannt, denn er war der letzte, der erschaffen wurde. Habt Ihr das verstanden?" Walter nickte zögerlich. Dondrodis erklärte ihm freundlich weiter: „Wie der See Eurem Schloss Kraft gab, wird auch dieser dunkelblaue Diamant seinem Träger Kraft über das Wasser schenken." Walter ergriff den Stein, lächelte über dessen Wärme und trat zurück.

„Als Letztes bitte ich Euch, König Carlos, den roten Diamanten zu nehmen. Dieser Diamant steht nicht nur für das Element Feuer, sondern auch für Mut und Stärke. Zwar hat Euch Euer Mut in der letzten Zeit etwas im Stich gelassen, allerdings muss ich sagen, dass es gut so war. Jetzt werdet Ihr Eure alte Tapferkeit jedoch wieder zurückbekommen."

Carlos nickte und tat etwas, was er wohl noch nie getan hatte. Er verbeugte sich. Dann sagte er: „Wir sind es, die sich bei Euch bedanken müssen. Ihr habt uns wieder etwas gegeben, was unser Leben lebenswert macht, den Frieden. Ohne Euch und diese vier Diamanten würden wir uns noch immer bekämpfen. Wir haben also Euch zu danken."

Dondrodis verbeugte sich ebenfalls kurz vor Carlos. „Ich bin überrascht. Eine solche Geste habe ich nicht erwartet und bedanke mich dafür."

Auch die anderen drei Könige traten nun einen Schritt vor und verneigten sich vor Dondrodis. Dieser musste eine Träne unterdrücken, denn noch nie zuvor hatte sich jemand vor ihm verbeugt.

&

„Es ist geschehen. Es ist passiert. Die Diamanten wurden aktiviert. Jetzt wissen wir, wo sie sich befinden. So lange habe ich nun schon auf diesen Moment gewartet. Endlich erfüllt sich mein größter Wunsch! Endlich werde ich der Herrscher über die Welt sein! Gebt allen Kriegern Bescheid, wir werden noch heute aufbrechen. Wir werden diese Insel suchen und die Diamanten werden uns gehören. Schon bald werden wir das mächtigste Heer der gesamten Welt haben! Diese Elfen dachten wohl, dass sie uns einfach so überlisten können. Aber sie haben nicht mit meiner Klugheit, Weisheit und meinem Verstand gerechnet. Schon bald werde ich diesen Elfen zeigen, wer der Stärkste ist. Mit den vier Diamanten besitze ich die komplette Macht und Magie der Elfen. Sie werden nicht die geringste Chance haben, gegen mich zu siegen. Lasst uns aufbrechen!"

&

„Meine Aufgabe habe ich erfüllt. Nun ist es Eure Pflicht, sie weiterzuführen. In Euren Händen haltet Ihr die letzte Hoffnung der

Elfen. Nur wenn Ihr Eurem Volk den Frieden und das Vertrauen schenkt, das es verdient, hat das Volk der Elfen eine Chance zu überleben. Es liegt an Euch", sagte Dondrodis zum Abschied, als sie am Strand angelangt waren.

Die vier Könige hatten ihn bis zu seinem Boot begleitet. Dort hatten zu Carlos und Helenas Überraschung ihre Pferde auf sie gewartet. Nun war die Zeit gekommen, dass Dondrodis zurück nach Hause segelte. Dafür würde ihm nicht viel Zeit bleiben denn mit jedem Tag, den er keinen Diamanten in seiner Nähe hatte, würde seine Energie immer mehr schwinden, während er mittels Zauberkraft seinen Weg nach Hause finden musste. Wenn er es nicht schaffte, rechtzeitig wieder Energie vom weißen Stein zu bekommen, würde es ihm wie seinem magischen Begleiter gehen und er könnte sein Versprechen jenem und seinem Bruder gegenüber nicht halten. Dondrodis konnte nur hoffen, dass kein Sturm aufkommen würde.

Ein letztes Mal atmete er tief durch, dann verabschiedete er sich von Lycia, Walter, Helena und Carlos. Er drehte sich um. Vor ihm lag das große, weite Meer. Mit frischen Vorräten ausgerüstet stieg er in sein Boot. Dann nahm er die Ruder in die Hand und Carlos und Walter stießen ihn ab, hinaus auf das weite Meer, das inzwischen nur noch einen rötlichen Schimmer hatte.

Es war ein schöner Tag. Die Sonne strahlte so hell wie noch nie. Er hatte es geschafft. Sein König würde stolz auf ihn sein.

Lycia winkte zum Abschied. Mit der anderen Hand hielt sie ihren Diamanten fest umklammert. Nach dem ersten kurzen Schrecken über das Pulsieren in ihrer Hand hatte sie bemerkt, dass der Stein aufgehört hatte zu leuchten. Dondrodis hatte recht. Jetzt lag es an ihnen, den Frieden auf dieser Insel herzustellen. Es war die Zeit gekommen, dass sie das Schicksal in die richtige Richtung lenkten. Ein letztes Mal schaute sie hinaus auf das Meer. Dondrodis war mittlerweile in weiter Ferne. Man konnte ihn nur noch schemenhaft erahnen.

Lycia drehte sich zu den anderen Königen um. „Nun ist es so weit. Lasst uns zurück zu unseren Völkern gehen, damit die Menschen die Steine berühren." Die anderen nickten.

Carlos stieg auf sein Pferd. Bevor er losritt, wandte er sich noch einmal an Walter. „Es tut mir wirklich leid, was ich dir angetan habe. Wenn ich könnte, würde ich es rückgängig machen. Aber das geht nicht."

Lycia sah, dass Carlos es ehrlich meinte. Auch Walter verstand das und lächelte. „Ich muss mich in diesem Fall ebenfalls von Herzen entschuldigen. Doch wir dürfen nicht Vergangenes unsere Zukunft entscheiden lassen, denn schließlich waren wir damals noch Feinde. Nun sind wir Verbündete. Wir werden uns nie mehr gegenseitig bekämpfen."

Carlos nickte und verabschiedete sich mit erhobener Hand von allen. Dann gab er seinem Ross die Sporen und ritt los. Auch Helena nickte allen zu, bestieg ihr Flügelpferd und flog davon. Einzig Walter und Lycia hatten keine Pferde, auf denen sie davonreiten konnten.

„Was wirst du nun tun?", fragte sie.

„Wir werden die Toten bergen und ihnen die letzte Ehre erweisen. Sie haben es verdient, in den Hallen des großen Nen cam aufgenommen zu werden. Danach werde ich das Volk von dem Diamanten testen lassen. Was wirst du tun?"

„Ich werde dasselbe tun. Auch unsere gefallenen Krieger haben das Recht darauf, bald in allen Ehren beerdigt zu werden. Die Hinterbliebenen sollten ihnen diesen Respekt erweisen und um sie trauern dürfen."

Walter nickte ihr zu. Dann küssten sie sich. Hinter ihnen neigte sich die Sonne dem Horizont entgegen. Es würde bald schon Abend werden.

Die Diamantenkrieger

Helena saß auf ihrem Thron. Der gestrige Abend hatte der Trauer gegolten. In Würde hatte man sich von gefallenen Freunden verabschiedet. Dieser Tag jedoch war für Hoffnung reserviert. Schon Hunderte hatten seit dem frühen Morgen den Diamanten berührt. Noch nicht ein einziges Mal hatte er geleuchtet. Helena hoffte, dass bald etwas geschehen würde, ansonsten würde sie wahrscheinlich verzweifeln.

„Der Nächste!", befahl Helena. Eine junge Frau trat herein. Ihrer Kleidung nach zu urteilen, war sie eine einfache Bürgerin. „Berührt den Diamanten!", sagte die Königin gelangweilt.

Die Frau ging hinüber zu dem hellblauen Stein und berührte ihn zögerlich. Plötzlich leuchtete er auf. Helena traute ihren Augen nicht.

„Die Hand nicht wegnehmen!", befahl sie sofort.

Die Frau hatte den Kopf in den Nacken gelegt und schien sie nicht zu hören. Aber das war auch nicht notwendig. Aus dem Inneren des Diamanten strömte Licht, das die Frau umschloss. Diese schaute sich ganz erschrocken um. Das Leuchten zog immer engere Kreise um die Frau. Auf einmal bewegte es sich nicht mehr. Es hatte eine Art zweiten Körper geformt, mit welchem es die Auserwählte einschloss. Dieser Körper hatte die gleiche Farbe wie der Diamant. Dann war das Licht verschwunden und der Edelstein hörte auf zu glühen.

Die Frau stand immer noch an der gleichen Stelle, doch sie sah ganz und gar nicht mehr aus wie vorher. Sie hatte nicht mehr ihre gewöhnliche Kleidung an, sondern trug nun eine himmelblaue Rüstung. In der Mitte des Brustpanzers prangte ein Wappen. Dieses zeigte einen Adler.

Helena konnte ihre Freude nicht unterdrücken. Sie erhob sich von ihrem Thron und ging auf ihre Untertanin zu. „Wie ist Euer Name?"

Die Frau blickte sie an. Ihre Augen waren durch einen Helm kaum sichtbar, trotzdem erkannte Helena eine bläuliche Iris.

„Mein Name war noch nie von Bedeutung, deswegen legte ich ihn vor langer Zeit ab. Doch jetzt erinnere ich mich wieder, ich besaß einmal einen Namen. Doch um Euch, meine Königin, zu schützen, werde ich ihn für mich behalten."

Helena runzelte die Stirn. „War diese Frau schon immer so seltsam oder hat es etwas mit ihrer Verwandlung zu tun?", fragte sie sich im Stillen. Laut sagte sie: „Wie soll ich Euch dann nennen?"

„Ich denke, dass Ihr mich einfach nur *Blaues Auge* nennen solltet. Denn dies ist meine Eigenschaft. Ich sehe in jeden Menschen hinein. Meine Augen erlauben es mir, eine Person zu ergründen. So kann niemand mehr ein Geheimnis besitzen, ohne dass ich davon weiß." Helena sah die Frau erschrocken an. Diese erkannte offenbar die Angst ihrer Königin, denn sie ergänzte: „Seid unbesorgt, meine Königin. Euren Geist werde ich nie durchschauen. Ihr seid eine zu mächtige und wichtige Person. Mein Respekt Euch gegenüber ist zu groß. Außerdem seid Ihr meine Königin. Ich werde meine Fähigkeiten niemals gegen Euch einsetzen. Ihr habt mein Wort. Eher würde ich mich erdolchen." Dann kniete sie sich vor Helena hin. „Hiermit unterstelle ich mich Eurem Befehl. Euer Wort ist mein Wort. Euer Feind ist mein Feind. Erlaubt mir, mich um den Frieden der Insel zu kümmern." Sie schaute Helena fragend an.

Diese antwortete: „Ich erlaube es Euch."

„Erlaubt mir ebenfalls, heute bei Euch zu bleiben, bis auch der letzte Auserwählte seine Fähigkeit bekommen hat."

Helena zögerte einen Moment mit ihrer Antwort, denn sie war sich nicht sicher, ob diese Frau die Auswahl nicht vielleicht beeinflussen konnte. Doch dann entschied sie sich und sagte: „Ich erlaube es Euch."

Ihre neue Kriegerin nickte, stand wieder auf und begab sich in eine der hinteren Ecken des Saals. Dort wartete sie, während Helena sich wieder auf ihrem Thron niederließ und ihren Wachen befahl, den nächsten potenziellen Auserwählten hereinzuholen.

Wieder dauerte es einige Zeit, bis der Diamant ein zweites Mal zu leuchten begann. Dieses Mal traf es einen weißhaarigen Mann. Er gehörte zwar schon zu den Alten, war aber offenbar genau der Richtige für den Diamanten. Auch dieses Mal umhüllte den Auserwählten ein Licht. Nachdem die Verwandlung abgeschlossen war, stand kein alter Mann mehr vor Helena, nein, vielmehr war es ein stattlicher Krieger. Der Mann trug die gleiche Rüstung wie die Frau.

„Nennt mir Euren Namen", forderte die Königin.

Der Mann ging vor ihr in die Knie. „Früher einmal hatte ich einen Namen. Dieser Name bedeutete meinen Eltern viel. Doch durch mein fortgeschrittenes Alter vergaß ich ihn. Nun brauche ich ihn nicht mehr. Stattdessen könnt Ihr mich *Der Weise* nennen, denn durch den Diamanten bin ich zwar wieder zu einem jungen Mann geworden, die Erfahrung und Weisheit meines früheren Alters habe ich allerdings behalten."

„Nun gut, Weiser. Erhebt Euch als der zweite Auserwählte, als ein Friedensbringer. Durch Eure Weisheit werden viele Eure Entscheidungen respektieren."

„Dies stimmt. Nichtsdestotrotz bleibt Ihr die Klügste unseres Volkes. Wenn man meine Weisheit respektiert, so wird man Eure vergöttern", erwiderte der Mann. Nachdem er sich erhoben hatte, stellte er sich zu der ersten Auserwählten.

„Auch ich hatte vor nicht allzu langer Zeit einen Namen. Doch ich war zu jung, um ihn mir zu merken, weshalb ich nun einen neuen Namen besitze", antwortete der junge Mann, welchen der Diamant als Drittes ausgewählt hatte, auf Helenas Frage.

„Mein Name ist nun *Junger Adler*. Ich bin flink wie ein Adler im Sturzflug. Ich erkenne die Gefahren schneller als all unsere Feinde und werde Euch mit meiner Schnelligkeit vor allen Gefahren schützen. Erlaubt mir, Euch beizustehen", sagte Junger Adler, nachdem er auf das linke Knie gesunken war.

Helena neigte den Kopf. „Nun gut, Junger Adler. Erhebt Euch als der dritte Auserwählte, als ein Friedensbringer. Durch Eure Schnelligkeit werden Eure Gegner die Flucht antreten. Wenn sie Euch sehen, werden sie fliehen, doch es wird umsonst sein. Ihr werdet unsere Feinde das Fürchten lehren."

„Dies stimmt. Dennoch seid Ihr diejenige, welche am schnellsten mit dem Schwert umgeht. Ihr habt Eurem Gegner den Kopf abgeschlagen, noch bevor dieser sein Schwert gezogen hat." Helena neigte erneut den Kopf. Dann stellte sich der junge Mann zu den anderen beiden.

✧

Vor Carlos' Augen verwandelte sich bereits zum fünften Mal jemand aus seinem Volk. Damit waren alle Auserwählten gefunden. Nach jedem Mal war das Leuchten des Diamanten schwächer geworden, bis es nach dem letzten Mal komplett erlosch.

Die neuen Magier knieten sich vor ihren König. Dann begann einer zu sprechen. „Unser König! Nun sind wir fünf und haben uns Euch verpflichtet. Unsere Hauptaufgabe ist es, den Frieden auf dieser Insel herzustellen und zu wahren. Aus diesem Grund verlassen wir Euch fürs Erste, denn wir müssen uns mit den anderen Auserwählten treffen, um uns mit ihnen zu beraten."

Carlos nickte und sagte: „Ich hoffe, dass Ihr es schafft, den Frieden auf dieser Insel zu verteidigen."

Während die fünf Auserwählten den Thronsaal verließen, dachte Carlos daran, was für Menschen die Magier vor ihrer Verwandlung gewesen waren. Einer war Schmied, ein anderer Krieger in Carlos' Streitmacht gewesen. Als Drittes war eine junge Magd ausgewählt worden. Die vierte Verwandlung hatte einen Küchenjungen getroffen. Als Letztes war eine alte Frau zur Magierin geworden. Es waren einfache Leute ausgesucht worden, keine Adligen. Menschen, denen man unter normalen Umständen wohl nie so eine Aufgabe zugeteilt hätte.

Doch jetzt war der König froh, auf Dondrodis gehört zu haben, denn sonst wären die fünf vom König Auserwählten nie zu Magiern geworden. Wie Dondrodis prophezeit hatte, dass es jeden treffen konnte, war es am Ende auch eingetreten. Carlos hoffte nun, dass es auch den anderen gelungen war, die Auserwählten so schnell zu finden.

✧

Walter saß noch immer auf seinem Thron. Bisher waren vier der fünf Auserwählten gefunden worden. Noch immer fehlte einer oder eine. Er seufzte. „Wie viele Menschen warten noch?", fragte er James.

Dieser ging aus dem Saal in den Gang und blickte sich um. Als er wieder hereinkam, sagte er: „Noch zwanzig, mein König."

„Ich hoffe nur, es wird noch jemanden von ihnen treffen." So viele seines Volkes waren in den letzten Schlachten gestorben. Was, wenn einer von ihnen der Auserwählte gewesen war? Er hatte vergessen, Dondrodis danach zu fragen.

Walter blickte auf. Ein Junge war in den Thronsaal gekommen. Er konnte gerade einmal sechzehn Jahre sein. „Berühr den Stein!", befahl Walter.

Der Junge streckte die Hand aus und griff nach dem Diamanten. Sofort begann dieser zu leuchten. Walter stutzte. Eigentlich hatte er inzwischen mit jedem Berufszweig gerechnet, nachdem ein Wirt, ein Offizier, eine Mutter und eine Magd auserwählt worden waren, doch schockte es ihn, dass es diesmal einen Jungen traf. Immerhin schien dieser noch zu jung, um überhaupt je ein Schwert in den Händen gehalten zu haben. Nachdem der erste Schreck langsam abgeklungen war, wandte er sich an den Jungen.

„Damit bist du also nun der letzte der fünf Auserwählten." Walter winkte die restlichen Magier zu sich und sprach dann weiter: „Ihr habt nun unser Schicksal in Eurer Hand. Wenn Ihr es nicht schafft, den Frieden zu bewahren, schafft es niemand. Ich respektiere Eure Aufgabe und Stellung, dennoch bleibe ich Euer König. Was heißt, dass Ihr eigenständige Entscheidungen treffen könnt, solange ihr dies in Absprache mit mir tut. Wenn Ihr Euch nicht daran haltet, werde ich Euch bestrafen müssen."

Die Auserwählten nickten nur kurz.

Dann sprach Walter weiter: „Kniet nieder. Hiermit erteile ich Euch sämtliche Befugnisse, um den Frieden des Landes zu bewahren. Ihr untersteht niemandem außer mir. Erhebt Euch nun als Auserwählte, als Beschützer des Friedens. Erhebt Euch und erfüllt Eure Aufgabe." Dondrodis hatte sie diese Worte gelehrt.

Walter betrachtete die menschlichen Elfen, während sie aufstanden. Es waren tatsächlich früher völlig normale Leute gewesen. Sie hätten sich wahrscheinlich niemals träumen lassen, irgendwann einmal eine so bedeutende Rolle zu spielen. Doch nun war es so weit. Walter schenkte diesen fünf Menschen sein vollstes Vertrauen. „Sie müssen es einfach schaffen", dachte er.

ఒ

„Königin Lycia! Hiermit schwören wir Euch ewige Treue. Niemals werden wir Euch verraten. Immer werden wir Eure Entscheidungen respektieren und akzeptieren. Niemals würden wir es wagen, Eure Herrschaft infrage zu stellen", sagten die fünf Auserwählten gleichzeitig.

Lycia erhob sich von ihrem Wurzelthron und sprach zu ihren Untergebenen. „Ihr seid wahrhaftig Auserwählte. Kommt mit mir. Ich werde dem Volk nun diese frohe Botschaft verkünden."

Einige Minuten später stand Lycia auf einer Erhöhung im unterirdischen Königreich. Alle hatten sich versammelt, um ihrer Königin zuzuhören. Keiner von ihnen wusste, was es mit dem Stein auf sich gehabt hatte und was Lycia nun verkünden würde.

„Es gibt viele Aufgaben im Volk der Waldwächter. Es gibt Krieger, Handwerker, Waffenschmiede, Knappen, Köche und viele andere. Verbunden sind wir alle durch einen wichtigen Aspekt. Ohne diese einzelnen Aufgaben könnten wir nicht überleben. Krieger verteidigen uns, doch ohne einen Waffenschmied könnten sie das nicht tun. Ohne einen Handwerker hätte der Waffenschmied aber keine Werkzeuge, um Waffen herzustellen. Ohne einen Koch könnte der Handwerker nichts zu essen bekommen. Ihr seht, es ist ein Kreislauf. Natürlich gibt es noch viel mehr solcher Verbindungen zwischen all diesen Aufgaben. Auch ich könnte nicht Königin sein, wenn ich kein Volk hätte. Doch dieses Volk ist zum Tode verurteilt, wenn es keinen Frieden auf dieser Insel gibt. Deshalb trafen sich alle Herrscher dieser Insel gestern am großen Felsen mit einem Fremden. Dieser Fremde war ein Elf. Er überreichte uns je einen Diamanten. Dieser Stein würde fünf Menschen aus einem Volk auswählen, unabhängig von ihrer Stellung. Diese Auserwählten würden magische Kräfte bekommen, doch nicht nur irgendwelche, nein, es wären elfische Kräfte. Zugleich verändert der Diamant das

Innere des Auserwählten und er wird zu einem Elf. Dies tat er, um sicherzugehen, dass die Ära der Elfen niemals enden würde, denn dieses Volk ist vom Aussterben bedroht. Solange diese Diamanten existieren, können auch die Elfen bestehen.

Viele von euch haben den Diamanten berührt, ohne dass etwas passierte. Doch fünf wurden auserwählt. Sie verwandelten sich. Es waren vorher normale Bürger so wie jeder von euch. Einer von ihnen war Krieger in meinem Heer, ein anderer Handwerker. Der dritte war Waffenschmied. Die letzten waren ein Knappe und eine Küchenmagd. Sie alle sind nun mit magischen Kräften ausgestattet. Zusammen mit den anderen Auserwählten der drei Völker werden sie dafür Sorge tragen, dass der Frieden auf dieser Insel bewahrt wird. Außerdem werden sie uns verteidigen, falls jemand uns von außen angreift. Jeder Feind, der es versucht, wird zurückgeworfen werden. Zusammen mit den anderen Auserwählten sichern sie den Fortbestand der Elfen. Sie sind die Diamantenkrieger.

Bejubelt also mit mir diesen großen Tag. Heute ist unser aller Schicksal zu einem guten Ende gekommen. Feiert nicht nur diesen Tag, sondern auch die Elfen, welche uns diese Diamanten schenkten. Würdigt auch die Diamantenkrieger, die so viel für uns tun werden.

☙

„Herr! Herr! Wir haben ein Problem! Unsere Schiffe, sie sind ... sie sind ..."

„Was sind sie?", schrie er seinen Boten an. Der Herrscher hatte bereits die Rauchschwaden gesehen und befürchtete Schlimmstes. Der Mann vor ihm zitterte. Offensichtlich fürchtete er die Strafe, die drohte, wenn er seinem Herrn die Botschaft übermitteln würde. „Rede oder du wirst tatsächlich schlimme Qualen erleiden. Also sprich!" Scheinbar hatte er die richtigen Worte gefunden, denn der Mann überschlug sich fast, so schnell redete er plötzlich.

„Unsere Schiffe sind komplett abgebrannt. Nicht ein einziges ist übrig geblieben. Nur mit großer Mühe konnten wir verhindern, dass auch die Hafenanlage verbrannte. Das heißt, wir können heute unmöglich in See stechen." Der Bote schlotterte.

„Wann denkst du denn, könnten wir erneut in See stechen?" Seine Stimme klang erstaunlich ruhig.

Der Bote schaute überrascht zu seinem Herrn. „Also, wenn Ihr erneut die gleiche Anzahl an Schiffen haben wollt, dann etwa zwölf Jahre."

„Was?", schrie der König. Der Mann duckte sich, denn sein Herr hatte sein Schwert gezogen und versucht, ihm den Kopf abzuschlagen. „Du wagst es, mir eine solche Mitteilung zu machen? Dafür werde ich dich persönlich bestrafen! Wachen!"

Kurze Zeit später traten zwei in komplett schwarze Rüstungen gekleidete Männer herein. Sie schauten ihren Herrn fragend an. Dieser deutete auf den mittlerweile am Boden liegenden und jammernden Boten. Die zwei Wachen packten den Mann und zerrten ihn hinaus. Der König stand in seinem Thronsaal und fluchte.

„Da stecken bestimmt diese Elfen dahinter!", zischte er.

Er würde sie das Fürchten lehren. Ihr König würde dafür sterben. Das schwor er sich. Dann trat er an das Fenster und schaute hinaus auf sein Königreich. Noch immer konnte man die Rauchschwaden der verbrannten Schiffe sehen. Es war schon das zweite Mal, dass diese Elfen innerhalb kurzer Zeit den Hafen attackiert hatten. Beim ersten Mal waren nur die Wachen und der Hafenmeister ermordet und ein Boot gestohlen worden. Man hatte keine Hinweise auf den Täter gefunden, doch er wusste einfach, dass es dieses Pack gewesen war. Doch dieses Mal waren sie eindeutig zu weit gegangen. Er würde während der Bauphase die Anzahl der Wachen deutlich erhöhen müssen, denn einen erneuten Gegenschlag wollte er auf jeden Fall verhindern. Doch im Moment waren es wirklich schlechte Aussichten. Er wollte diese Elfen endlich vernichten! Doch dafür benötigte er die Diamanten. Je länger sie hier verweilen mussten, desto schwieriger würde es werden, die Diamanten zu finden und um sie zu kämpfen.

☙

Lycia, Walter, Carlos und Helena saßen vereint an der großen Tafel in Walters Schloss und aßen. Nie hätte sich Helena träumen lassen, dass dies einmal passieren würde. Nur dank Dondrodis war es möglich. Sie speisten zum ersten Mal gemeinsam und unterhielten sich darüber, wie man das Schloss wieder aufbauen konnte. Der Krieg hatte großen Schaden hinterlassen, und auch wenn man nichts mehr rückgängig machen konnte, so hatten alle vier Herrscher beschlossen, dies nicht die Zukunft bestimmen zu lassen. Aus diesem Grund und als Zeichen des Friedens und der Übereinkunft wollte man Walters Schloss gemeinsam aufbauen.

Bevor auch der vierte und der fünfte Diamantenkrieger in Helenas Reihen ausgewählt worden war, es waren zwei Frauen gewesen, hatte sie zusammen mit den restlichen Kriegern die Toten geborgen. Nachdem man alle Leichen aufgesammelt hatte, waren sie auf die Spitze des Berges geschafft worden, wo sie zu Ehren des großen Himmelsgottes verbrannt worden waren. Auch Carlos hatte ihr erzählt, dass er den Gefallenen die letzte Ehre erwiesen hatte und als Zeichen des Respekts ihre Körper, wie es der Brauch war, dem Vulkan übergeben hatte. Wie Helena wusste, beteten alle aus seinem Volk zu dem Feuergott, welcher die Gestalt eines Vulkans besaß. Wenn man die Toten der Hitze des Vulkans anvertraute, symbolisierte dies die Aufnahme in das Reich des Feuergottes. Damit sollte die Zeit des Krieges vorbei sein.

Helena seufzte.

Die anderen blickten sie fragend an.

„Ist irgendetwas?", fragte Lycia.

Helena schüttelte den Kopf. Sie war sich einfach nicht sicher, ob es das wirklich schon gewesen war. Sie hatte immer noch ein merkwürdiges Bauchgefühl, wenn sie an die Zukunft dachte. Irgendetwas würde noch passieren. Da war sich Helena sicher.

Walter aß gerade ein Hühnchen, als ihm etwas einfiel. „Weiß eigentlich irgendeiner von euch, was bei dem ersten Treffen der Diamantenkrieger beredet wurde?" Durch die Beerdigung und die ersten Aufräumarbeiten hatte er noch keine Zeit gefunden, mit seinen Kriegern zu sprechen.

Carlos nickte. „Sie haben sich darüber beraten, wie sie es anstellen wollen, dass der Frieden bewahrt wird. Sie haben sich erst einmal darauf geeinigt, dass man abwarten muss. Solange nichts passiert, kann man nicht konkret handeln. Allerdings haben sie etwas vereinbart, wofür unsere Genehmigung gefragt ist."

„Was denn?", fragte Lycia überrascht, die nach der Auswahl der Krieger sofort zu Walter geritten war.

„Sie wollen eine Mauer um die Insel bauen. Diese soll verhindern, dass wir überraschend angegriffen werden. Außerdem soll jeder von uns Wachen stellen, welche auf der Mauer patrouillieren. Wir sollten bald eine Entscheidung bekannt geben."

„Eine Mauer um die komplette Insel? Aber wie sollen wir dann Fischerboote auf das Meer schicken?", fragte Helena.

„Dafür soll am Strand ein Tor entstehen, wo die Fischer hinaus- und hereinfahren können. Ich persönlich finde diese Idee fantastisch, denn so müssen wir uns keine großen Sorgen machen."

„Aber wenn das Tor die ganze Zeit offensteht, ist an dieser Stelle eine große Anzahl an Wachen nötig oder wie haben sie sich das vorgestellt?", warf Walter ein.

„Das Tor kann nur von innen geöffnet werden und schließt sich sofort wieder, sobald man die Ketten loslässt. Somit kommt niemand von außen herein, außer er hat die Erlaubnis der Wachen. Trotzdem hast du recht, Walter. Es ist eine große Anzahl an Wachen nötig. Allerdings wollten die Auserwählten die Bewachung des Tores übernehmen, sodass wir weniger Wachen stellen müssen. Es wird immer ein Diamantenkrieger aus jedem Volk am Tor Wache stehen. Dies ist die Überlegung der Auserwählten. Für die Umsetzung benötigen sie allerdings unsere Zustimmung. Also was sagt ihr?"

Helena überlegte einen kurzen Augenblick. Dann übernahm sie das Wort. „Auch ich finde die Überlegung nicht schlecht. So hätten wir zumindest keine große Angst, dass wir eines Morgens nicht mehr aufwachen."

Carlos lächelte ihr zu. Auch Walter fand, dass die Idee gar nicht so schlecht klang. Nur Lycia schien davon nicht völlig überzeugt zu sein.

„Aber woher wollen wir die ganzen Steine nehmen? Bei Walters Schloss können wir die Steine benutzen, welche noch verwendbar sind. Aber diese Mauer benötigt wahrscheinlich tausendmal so viele Steine."

„Die Diamantenkrieger würden die Steine aus den Bergen herauszaubern. Deiner Festung würde dabei natürlich nichts passieren", beruhigte Carlos Helena, welche ganz erschrocken dreingeblickt hatte.

Lycia hatte weiterhin Bedenken, ergab sich jedoch der Mehrheit. „Na gut. Ihr habt mich überredet. Sollen die Auserwählten diese Mauer bauen. Ich hoffe nur, es klappt auch alles. Wenn auch nur irgendetwas schiefgeht, wisst ihr, wer es euch prophezeit hat", antwortete sie. Somit waren sich also alle einig, dass die Mauer gebaut werden sollte.

Alle stießen auf die Neuentwicklung mit ihrem Wein an und nahmen einen Schluck. Nur Helena zögerte. Sie war sich sicher, dass sie es jetzt verkünden wollte. Selbst Carlos hatte sie es noch nicht gesagt aus Angst vor seiner Reaktion. Doch nun, da alles gut zu werden schien, wollte sie es endlich preisgeben.

„Ich möchte euch allen etwas sagen. Etwas, was ich selbst dir bisher verschwiegen habe, lieber Carlos." Dieser blickte Helena nur stirnrunzelnd an. Sie redete jedoch einfach weiter. „Ich erwarte ein Kind!"

Walter verschluckte sich an seinem Wein und hustete lautstark. Lycia sprang auf und klopfte ihm auf den Rücken. Als es ihm wieder besser ging, sagte er: „Herzlichen Glückwunsch! Wie lange weißt du es schon?"

„Erst seit einigen Tagen", antwortete Helena. Dieses Mal war es Carlos, der sich verschluckte.

„Und da hast du gekämpft? Was hast du dir dabei gedacht? Was hättest du denn getan, wenn das Kind gestorben wäre?"

„Dann hätte es ja keiner mitbekommen."

„Ach ja?", schrie ihr Mann erzürnt.

Helena merkte, dass er über die Bekanntgabe nicht erfreut war. Doch sie hätte das Geheimnis nicht noch länger für sich behalten können. Dazu war es einfach zu wichtig gewesen.

Der einsame Elf

Dondrodis hatte es tatsächlich geschafft. Es war seltsam. Um die Insel zu finden, hatte er fast zwei ganze Wochen gebraucht. Den Rückweg dagegen hatte er in weniger als einer Woche geschafft. Scheinbar wollte die Insel nicht, dass man sie fand, und half einem dabei, sie schnell wieder zu verlassen. Die ganze Fahrt über hatte er Rückenwind gehabt, sodass er doppelt so schnell wie vorher gewesen war. Ihm war es nur recht, schließlich freute sich Dondrodis darauf, seine Familie wiederzusehen.

Doch neben all der Zufriedenheit hatte er ein mulmiges Gefühl. Irgendetwas stimmte nicht. Doch was? Er war sich nicht sicher. Es schien, als würde nichts Gutes auf ihn zu warten. Als Dondrodis nah genug war, um den Hafen sehen zu können, bemerkte er Rauchschwaden am Himmel. Es roch nach Verbranntem. Scheinbar hatte es ein Feuer gegeben. Je näher der Elf kam, desto größer wurde seine Besorgnis.

„Wo sind bloß all die Schiffe hin?", fragte er sich. Eigentlich wimmelte es im Hafen doch immer nur so von ihnen. Jetzt war kein einziges davon zu sehen. Dondrodis versuchte, sich zu beruhigen. „Wahrscheinlich sind sie einfach nur wieder irgendeine Insel in der Umgebung ausplündern", dachte er sich.

Nichtsdestotrotz war er vorsichtig. Er hatte schon oft davon gehört, dass Schiffe urplötzlich hinter einem Felsen auftauchen konnten, ohne dass man sie vorher bemerkt hatte, und von denen wimmelte es in dieser Gegend nur so. Aber selbst als der Elf einige dieser Felsen passiert hatte, konnte er keine Schiffe in der Nähe ausmachen.

Dondrodis schaute in den Himmel. Die Sonne stand schon tief. Nicht mehr lange und es würde dunkel werden, dann würden nur noch wenige Wachen patrouillieren. Erst wenn es so weit war, würde er den Hafen ansteuern, schließlich wollte er nicht den Menschen in die Hände fallen. In der Dunkelheit war die Gelegenheit günstiger. Vor allem hatte der Hafen mit nur zwei Wachen und einem Hafenmeister eine Schwachstelle. Deshalb würde Dondrodis auch auf direktem Wege den Hafen ansteuern und sich nicht heimlich anschleichen. Er ruderte das Boot hinter einen kleineren Felsen. Von diesem Versteck aus hatte der Elf einen guten Blick auf die Stadt. Außerdem würde er jedes andere Schiff sofort entdecken.

Der Hafenmeister unterhielt sich mit den Wachen und ging dann zurück zu seinem Posten auf dem Steg. Dieser bestand nur aus einfachen Brettern, die notdürftig zusammengezimmert waren. Er war froh, dass die Anzahl der Soldaten erhöht worden war, so fühlte er sich deutlich sicherer. Er dachte an das Schicksal seines Vorgängers und schauderte. Diesen Elfen war wirklich alles zuzutrauen. Doch diesen Abend schien es ruhig zu bleiben. Kein einziges Schiff war bisher eingelaufen. Er blickte hinaus auf das Meer und hielt inne. Hatte er zu viel Bier getrunken oder kam dort tatsächlich ein kleines Boot näher? Er rieb sich die Augen und schaute erneut auf das Wasser. Seine Augen spielten ihm keinen Streich. Es kam wirklich ein Boot auf den Hafen zugefahren.

„Wahrscheinlich nur ein Fischer, der zu später Stunde noch etwas fangen wollte", sagte er zu sich selbst.

Doch als der Kahn näher gekommen war, musste der Hafenmeister stutzen. Es war nirgends ein Fischernetz zu sehen. Auch kam es ihm merkwürdig vor, dass sich auf dem Boot nur eine einzige Person befand.

„Wachen! Wir kriegen Besuch", rief er an die Soldaten gewandt. Diese schauten sich daraufhin nur halbherzig um. Sie hatten ihren Posten hinter den verkohlten Resten der Hütte aufgeschlagen, wo sie Schutz vor dem Nachtwind fanden.

Der Kommandant der Zehn-Mann-Truppe befahl: „Ihr zwei kümmert euch darum."

Die zwei ausgewählten Wachen traten zum Hafenmeister. Sie schauten mürrisch drein. Offenbar wollten sie wieder liebend gern zurück zu ihren Kameraden und weitertrinken.

„Na los! Schlaft nicht ein!", blaffte der Hafenmeister die beiden an. Diese bedachten ihn daraufhin mit zornigen Blicken. Als das Boot nahe genug war, schrie der Hafenmeister: „Wer da? Woher kommt Ihr? Was wollt Ihr hier?"

Die Gestalt hob den Kopf etwas. Ihr Gesicht konnte der Hafenmeister wegen der Kapuze und Dunkelheit dennoch nicht erkennen. „Ich komme von weit her. Mein Bruder bat mich, seiner Frau etwas zu bringen."

„Wie heißt diese Frau? Welchen Beruf hat sie?", rief der Hafenmeister. Dieses Mal sagte die Gestalt jedoch nichts. „Hey! Bist du taub?"

Die Wachen zogen ihre Schwerter. Das Boot dockte am Steg an und ein Wachposten vertäute es mit den zugeworfenen Seilen. Die Gestalt stieg aus.

Als der Mann vor dem Hafenmeister stand, fragte dieser erneut: „Wie heißt Ihr, mein Herr?"

„Mein Name spielt keine Rolle!", antwortete der Mann.

Der Hafenmeister brummte, dann winkte er die Wachen zu sich. „Ich denke schon. Ansonsten muss ich Euch verhaften lassen."

Noch bevor der Hafenmeister oder die beiden Wachen etwas tun konnten, hatte Dondrodis sein Schwert gezogen und alle drei getötet. Dem Hafenmeister stand das Entsetzen noch ins Gesicht geschrieben. Dann bückte sich Dondrodis und warf die drei Toten ins Meer.

Als er sich auf den Weg machen wollte, hörte er plötzlich Stimmen, die von der verbrannten Hütte kamen. Scheinbar waren heute mehr Wachen unterwegs. Er schlich näher und schätzte die Anzahl auf neun weitere. Dem Gestank nach zu schließen, waren sie bereits angetrunken. Es würde ein Leichtes werden, die Wachen zu töten und dann in den nahegelegenen Wald zu verschwinden.

Noch bevor Dondrodis jedoch einen weiteren Schritt unternehmen konnte, sagte eine der Wachen: „Es ist verdächtig ruhig geworden. Schaut ihr doch mal nach, wo die anderen bleiben." Ein Stöhnen war zu hören. „Na los! Oder soll ich euch den Haien zum Fraß vorwerfen?", fuhr die gleiche Stimme fort.

Daraufhin hörte Dondrodis zwei Paar Füße näher kommen. Der Elf ging einen Schritt zurück, in den Schatten der verkohlten Balken, um von den beiden Näherkommenden vorerst unentdeckt zu bleiben. Kurze Zeit später standen die Männer vor ihm.

„Wo sind die denn hin?", fragte der eine.

Der andere zuckte die Schultern und lallte zurück: „Wahrscheinlich ersoffen. Ist mir aber auch egal. Komm, lass uns zurückgehen."

Dies war das Schlagwort, auf welches Dondrodis gewartet hatte. Der Elf sprang auf die beiden Betrunkenen zu und schnitt dem ersten von ihnen die Kehle durch. Dem zweiten stieß Dondrodis sein Schwert durch die Brust. Allerdings konnte er dabei nicht verhindern, dass dem sterbenden Mann ein Schrei entfuhr. Sofort hörte Dondrodis Stimmengewirr und Fußgetrappel. Einige Sekunden später standen auch schon weitere sechs Wachen um ihn herum.

„Ein Mann fehlt", schoss es ihm durch den Kopf.

Der Elf murmelte etwas. Ein Wasserstrahl schoss unter den Füßen zweier Wachen hervor. Der Steg zerbarst und die Männer wurden einige Meter hochgeschleudert, bevor sie laut krachend erst zurück auf den Steg und dann ins Wasser fielen. Währenddessen schaffte es Dondrodis, einen weiteren Soldaten zu töten, indem er ihm das Schwert in die Magengegend rammte. Doch noch bevor er sich um die letzten Krieger kümmern konnte, die sich weitaus besser verteidigen konnten, als es den Anschein gemacht hatte, strömten weitere Soldaten auf den Steg. Scheinbar hatte der letzte Mann Alarm ausgelöst.

Dondrodis verließ der Mut. Es kamen immer mehr Krieger. Er würde es nicht schaffen können, sie alle zu besiegen. Wieder murmelte er etwas. Das Wasser begann zu brodeln und eine riesige Welle kam auf den Steg zu. Dondrodis sprang hoch und landete auf etwas, das einmal Teil des Hauses des Hafenmeisters gewesen sein musste. Die Welle krachte auf den Steg. Viele der Soldaten wurden samt dem provisorischen Holzsteg weggespült, als die Welle verebbte. Doch noch immer standen mehr als fünfzig bewaffnete Männer am Ufer.

Dondrodis klatschte einmal in die Hände und rief dann elfische Worte in den nahe gelegenen Wald. Nachdem seine Stimme zwischen den Bäumen verklungen war, sprang er hinunter zum Ufer und kämpfte. Er kämpfte und tötete, wich aus und stieß zu. Doch der Strom an neuen Soldaten wollte einfach nicht abreißen.

Plötzlich verspürte Dondrodis einen harten Schlag an seinem Hinterkopf und brach bewusstlos zusammen.

„Sehr schön! Dafür werdet Ihr belohnt werden", sagte Richard. Er klatschte einmal. Ein Diener kam herein. „Gebt dem Offizier eine Goldmünze!", befahl der König. Geistesabwesend strich er sich über die linke Wange. Der Diener verneigte sich und verließ den Saal. Einige Augenblicke später kam er erneut herein und übergab den Goldtaler an den Offizier.

„Danke, Euer Gnaden!", sagte dieser und verließ den Raum. König Richard setzte sich auf seinen goldenen Thron und rief: „Wachen!" Kurz darauf öffnete sich eine Seitentür in dem großen Thronsaal. Vier Krieger kamen herein. Der König deutete auf die am Boden liegende Gestalt. „Richtet eure Schwerter auf ihn! Wenn er aufwachen sollte, haltet ihn fest, sodass er nicht entkommen kann."

Die Soldaten taten wie befohlen. Sie zogen ihre Schwerter und richteten sie auf die Gestalt. Dann standen sie still.

Dondrodis kam langsam wieder zu Bewusstsein. Zwar waren seine Sinne noch getrübt, dennoch merkte er sofort, dass man ihn offenbar nicht in ein Verlies gebracht hatte, denn dafür war es eindeutig zu warm. Als er sich aufrichten wollte, spürte er, dass ihm jemand Schwertspitzen in den Rücken drückte. Langsam ging er auf die Knie und hob den Kopf. Um ihn herum standen in Schwarz gekleidete Krieger. Sie ließen eine Lücke frei, sodass er nach vorne schauen konnte. Auf einem Thron saß ein Mann. Er erkannte diesen Mann, noch bevor er auch nur ein Wort gesagt hatte.

„Ihr seid es, Richard!", spuckte der Elf aus.

„Ja, ich bin es. Aber wie du weißt, bevorzuge ich König Richard, Dondrodis."

Der Elf lachte spöttisch auf. „Niemals würde ich Euch einen König nennen. Ihr seid kein König, höchstens ein Königsverräter!"

„Hüte dich, Elf! Ansonsten werde ich dir deine Zunge herausschneiden lassen." Der König stand von seinem Thron auf und kam langsam auf Dondrodis zu, der sichtlich erbleicht war. Der Elf erinnerte sich noch gut an die erste Begegnung mit diesem Mann.

Es war in einem Herbst gewesen, als der damals noch junge Schüler Dondrodis im Wald gespielt hatte und plötzlich von mehreren Soldaten der Menschen überrascht worden war. Sein Lehrer hatte ihm damals bereits den Unsichtbarkeitszauber beigebracht, doch einer der Soldaten hatte ihn wohl gesehen, bevor er vollends verschwunden gewesen war. Er war gefangen genommen und zu Richard gebracht worden, der schon zu dieser Zeit König gewesen war. Dieser grausame Mensch war schon damals bekannt dafür gewesen, Elfen zu foltern, um herauszufinden, wo sie den magischen Schatz versteckt hatten.

Auch Dondrodis war vom König befragt worden, doch der junge Elf hatte das Versteck damals selbst noch nicht gekannt. Richard hatte ihn trotzdem gefoltert. Doch einmal war der König unaufmerksam gewesen. Dondrodis hatte sich unbemerkt ein Messer greifen können und dem König die Wange mit einem tiefen Schnitt aufgeschlitzt. Seit diesem Tag besaß Richard eine Narbe auf seiner linken Wange.

„Ich werde Euch niemals etwas verraten!", bestimmte Dondrodis mit eiserner Stimme.

Richard lächelte. „Das habe ich mir fast gedacht. Ich habe auch nicht vor, dich etwas zu fragen. Vielmehr werde ich deinen Geist durchleuchten. Du weißt es vielleicht noch nicht, aber ich besitze inzwischen magische Kräfte. Diese habe ich gewonnen, nachdem ich einen Trank aus Elfenblut zu mir genommen habe. Jetzt fließt elfisches Blut durch meine Adern. Daran kannst selbst du nichts ändern."

Dondrodis war erschrocken. Er hatte von dieser Art der Schwarzen Magie gehört, doch nie gedacht, dass jemand genug Boshaftigkeit im Herzen tragen konnte, um sie tatsächlich auszuführen. Zwar wusste er, dass Richard grausam sein konnte, doch dass er Elfen auf diese Art opferte und dabei seine eigene Seele zerstörte, nur um magische Kräfte zu bekommen, das hätte er selbst von ihm nicht erwartet. Der König der Menschen schien um jeden Preis die Elfen auszulöschen wollen.

Dondrodis hatte gehofft, dass irgendjemand seinen Hilfezauber gehört hatte. Jetzt war er sich jedoch nicht mehr ganz so sicher, ob irgendeiner von ihnen kommen sollte, um ihn zu befreien.

„Das glaube ich nicht. Ihr könnt nicht so grausam sein!", schrie Dondrodis. Richard lachte bösartig.

„Da sieht man es mal wieder. Du bist zu weichherzig, willst in jedem Wesen immer nur das Beste sehen. Doch nicht jeder Mensch, Elf oder Zwerg hat auch eine gute Seite. Nimm mich zum Beispiel. Ich habe nur eine Seite. Die dunkle." Dondrodis schüttelte den Kopf.

„Jeder hat eine gute Seite. Man muss sie nur erkennen und benutzen. Selbst Ihr könntet noch ein guter König werden."

„Ich bin bereits ein guter König. Ich werde mein Volk von einer ewigen Plage befreien! Und du wirst mir dabei helfen." Dondrodis senkte den Kopf. Richard kam näher und raunte ihm scheinbar vertraut zu: „Falls du es noch nicht bemerkt haben solltest, Elf. Du bist ganz alleine. Niemand ist bisher gekommen, um dich zu befreien. Alle haben zu viel Angst vor mir. Seit du in meinen Händen bist, ist dein Schicksal als einsamer Elf besiegelt." Dann wandte er sich an seine Wachen. „Sperrt ihn in das Verlies und gebt ihm nichts zu essen. Ich werde mich persönlich um seine Folterung kümmern."

⁂

Lycia hatte heute Morgen staunend zugesehen, wie die Diamantenkrieger begonnen hatten, die Mauer zu errichten. Sie arbeiteten sich Stück für Stück weiter. Es hatte zwar erst ein kleiner Teil gestanden, dennoch wollten die Auserwählten bis zum Sonnenuntergang die Mauer fertiggestellt haben. Lycia hoffte nur, dass es auch klappte. Mehrmals hatten die Könige den Diamantenkriegern bereits angeboten, ihnen Arbeiter zu schicken, welche ihnen helfen sollten. Doch immer wieder hatten die Auserwählten dieses Angebot ausgeschlagen. Schließlich müssten sie für den Frieden auf dieser Insel sorgen, hatten sie immer wieder gesagt. Außerdem wären ihnen die nichtmagischen Menschen nur im Weg.

Lycia war mit einigen ihrer Männer weiter zu Walter geritten, denn auch dort wollten sie eine neue Mauer bauen. Eine Handvoll Steinmetze hatte sich mit den Königen über den Wiederaufbau unterhalten. Da die Mauer ursprünglich durch Wasser und Magie errichtet worden war, war es schwierig, die eigentlich glatte Wand so wiederherzustellen, dass sie nicht an den Bruchkanten wieder locker wurde. Man brauchte dazu richtig geformte Steinquader in der passenden Größe.

Es war bereits Mittag, bisher hatten sie es jedoch nicht geschafft, alle noch zu gebrauchenden Steine von den ungeeigneten zu trennen. Bis sie damit fertig sein würden, wäre es vermutlich bereits abends. Nach einer kurzen Pause arbeiteten sie weiter. Alle außer Helena, die dafür kräftige Männer geschickt hatte, waren gekommen, um mit anzupacken. Carlos hatte sogar noch einige Krieger mitgebracht, welche halfen. Zu Beginn waren die Männer sich noch skeptisch und misstrauisch begegnet, doch dies hatte sich gelegt, als sie gesehen hatten, wie ihre Könige zusammenarbeiteten. Lycia war verblüfft, wie schnell sie sich alle vertragen hatten.

„Lycia! Kannst du mir bitte mal behilflich sein?" Sie drehte sich um. Walter deutete auf einen mittelgroßen Felsbrocken. Alleine war der wohl zu schwer für ihn.

„Ja, ich komme", antwortete sie ihm und lief hinüber. Zusammen schafften sie es, den Stein hochzuheben und ihn gemeinsam zu einem großen Gesteinshaufen zu tragen.

„Danke!", schnaufte Walter, nachdem sie den Stein abgelegt hatten.

„Scheinbar gibt es nur noch wenige Brocken, die man zum Wiederaufbau gebrauchen kann", sagte Lycia und deutete auf den kleinen Haufen links von sich.

Auf dem Hügel lagen gerade einmal drei größere Steine. Die Steinmetze arbeiteten derweil, um aus den unnützen Brocken brauchbares Material zu meißeln. Lycia seufzte. Es waren zu viele Steine und zu wenig ausgebildete Männer. Diese Arbeit würde viel Zeit beanspruchen und viele der Steine würde man nicht mehr nehmen können. Wohin sollte man diese bringen?

„Wenn wir zu wenige Steine haben, können wir die Diamantenkrieger immer noch um ihre Hilfe bitten", meinte Walter. Lycia stimmte ihm zu. Allerdings bereitete es ihr große Sorgen, dass sie so viele Steine aus dem Berg herauszaubern wollten.

„Es muss doch noch einen anderen Weg geben", überlegte sie. Dann fiel ihr eine Möglichkeit ein. Sie wollte sich an Walter wenden, doch dieser war bereits wieder bei der Arbeit. Sie eilte zu ihm und erzählte ihm von ihrer Idee. Walters Augen strahlten. Offenbar fand auch er ihre Idee gut.

„Ich reite sofort los!", sagte Lycia.

Walter nickte. „Soll ich dich begleiten?"

„Nein, du musst hierbleiben und den Aufbau regeln." Walter stimmte dem zu, ließ Lycia jedoch nur widerwillig alleine reiten. Zwar konnte sie keiner Gefahr mehr ausgesetzt sein, dennoch fühlte er sich besser, wenn er sie in sicherer Begleitung wusste. Während man Lycias bereits versorgtes Pferd wieder sattelte und zäumte, drehte Walter sich um und ging zu einem seiner Krieger.

„Sattel dein Pferd und reite mit Königin Lycia! Pass auf, dass ihr nichts passiert, sonst werde ich dich persönlich dafür bestrafen!", befahl Walter dem Mann. Dieser ließ den Stein, den er in der Hand gehalten hatte, fallen und rannte zu seinem Pferd. Man hatte Lycia bereits ihren Hengst gebracht und sie war schon aufgebrochen. „Macht den Weg frei!", schrie Walter den anderen Arbeitenden zu. Diese hoben erstaunt den Kopf und wichen dem Reiter aus, der im vollen Galopp der Königin hinterhereilte. Aus dem Augenwinkel sah Walter Carlos auf sich zulaufen. „Was gibt es?", fragte er ihn.

„Wieso hast du einen Reiter losgeschickt? Gibt es irgendwo ein Problem?"

„Nein, aber Lycia wollte zu den Auserwählten reiten. Ich habe ihr einen meiner Männer hinterhergeschickt. Nur zu ihrer eigenen Sicherheit."

„Es wird ihr schon nichts passieren", sagte Carlos, drehte sich wieder um und ging los. Dann fiel ihm offensichtlich noch etwas ein, denn er blieb stehen und fragte: „Was möchte Lycia eigentlich bei den Diamantenkriegern?"

„Sie hatte eine grandiose Idee, wie wir die kaputten Steine noch benutzen können."

„Und wie?"

„Die Auserwählten könnten die Steine für den Bau der großen Mauer verwenden und so nach ihren Anforderungen formen, dass diese nochmals benutzt werden können. So brauchen sie nicht so viel von den Bergen zu nehmen."

„Das ist in der Tat ein grandioser Einfall", pflichtete ihm Carlos bei. Walter nickte.

Lycia ritt auf die Berge zu. Hinter sich hörte sie weiteres Hufgetrappel. Sie drehte sich um. Ein Krieger Walters kam auf sie zugeritten.

„Was gibt es?", rief Lycia ihm zu.

„Mein Herr schickt mich."

„Was sollst du mir ausrichten?"

„Nichts."

„Wie, nichts? Was tust du dann hier?"

„Ich soll Euch begleiten und aufpassen, dass Euch nichts passiert."

„Ich brauche keinen Aufpasser. Reite zurück!"

Das Gesicht des Soldaten verdüsterte sich. „Ich fürchte, ich werde Euch begleiten müssen. Wenn ich dies nicht tue und Euch etwas passiert, hat König Walter angedroht, mich zu bestrafen."

Lycia musste lächeln. Das war typisch Walter. „Also schön! Aber spute dich. Wir müssen uns beeilen."

Die Augen des Mannes klarten auf. Offensichtlich hatte er schon damit gerechnet, zurückgeschickt zu werden. Lycia wollte dem Mann jedoch unnötige Strafen ersparen. Während sie ritten, sprachen sie kein einziges weiteres Wort. Nach einiger Zeit erreichten sie die Berge. Einer der Diamantenkrieger bemerkte sie und kam ihr und ihrem Begleiter entgegen. Kurz vor dem Mann blieb sie stehen und stieg ab. Der Auserwählte verneigte sich tief.

„Königin Lycia! Es ist mir eine Ehre, Euch zu sehen. Doch wofür habt Ihr diesen Weg auf Euch genommen? Wie Ihr wisst, haben wir Euch und den anderen Königen bereits mitteilen lassen, dass wir keine Hilfe benötigen."

„Ich bin auch nicht hier, um Euch Hilfe anzubieten."

Der Auserwählte schaute sie überrascht an. „Was kann ich dann für Euch tun?", fragte der Diamantenkrieger.

„Ich möchte Euch eine Idee mitteilen, welche mir beim Aufbau der Mauern des Schlosses gekommen ist. Ihr benötigt ja immer noch Steine für die Mauer, habe ich recht?"

Der Mann stimmte ihr zu. „Ich verstehe jedoch nicht ganz ..."

„Bei der Zerstörung der Mauer des Wasserschlosses sind viele Steine zu Bruch gegangen, mehr, als wir zur Reparatur benötigen. Diese Steine könnte man doch anderweitig verwenden, indem man ihnen mittels Magie eine passende Form gibt und sie dann in der Mauer verbaut."

„Ja, das stimmt. Man könnte die Steine sogar noch mehr als nur formen. Mit dem richtigen Zauber könnte man sie auch wieder komplett reparieren."

„Das ist ja noch besser, als ich dachte. Dann könntet Ihr dies also tun, statt die benötigten Baumaterialien aus den Bergen zu nehmen?" An dem Gesicht des Diamantenkriegers konnte Lycia ablesen, dass dieser so langsam ihre Absichten verstand. Dennoch übersah sie auch nicht die Falten auf seiner Stirn. „Was bereitet Euch Sorgen?", fragte die Königin.

Der Auserwählte zögerte einen Moment. Dann begann er zu sprechen. „Wie wollt Ihr die Steine befördern? Sollen Eure Männer die Steine mit Karren zu uns ziehen? Bei allem Respekt, aber das würde viel zu lange dauern."

Daran hatte Lycia überhaupt nicht gedacht. „Wie befördert Ihr die Steine?"

„Wir haben einen Karren verhext, sodass dieser die Steine transportiert und dann wieder zurückkommt, sobald er leer ist. Aber selbst wenn wir einen gleichen Wagen auch bei Euren Steinen einsetzen würden, würde es viel zu lange dauern. Es sind mit Sicherheit viele Steine."

Lycia nickte. „Das stimmt." Sie wandte sich ab und verbarg ihren Unmut. Doch noch bevor sie ihr Pferd wieder bestiegen hatte, hielt der Auserwählte sie zurück.

„Es gäbe vielleicht eine Möglichkeit. Allerdings kann ich für nichts garantieren." Lycia drehte sich hoffnungsvoll um.

„Welche Möglichkeit? Nun sagt schon!"

„Man könnte den Karren auch weglassen und stattdessen die Menschen magisch verstärken, sodass sie mehrere Steine gleichzeitig tragen können. Es gibt mehr Menschen, als dass ein Karren Steine fassen könnte. So könnte man eine menschliche Schlange bilden und alle Steine auf einmal transportieren, ohne dass jemand mehrere Male hin- und herlaufen muss. Allerdings kann ich nicht versprechen, dass es funktionieren wird."

Lycia überlegte einen Augenblick. „Wie lange könnt Ihr diesen Zauber aufrecht halten?"

„So lange wie nötig."

Lycia hatte einen erneuten Einfall. „Könnte man diesen Männern die Kräfte etwas länger lassen, sodass sie auch noch die Mauer des Wasserschlosses schneller aufbauen könnten?"

„Man könnte es. Allerdings werden wir dies nicht tun."

„Warum?", fragte Lycia überrascht.

„Weil wir unsere Kräfte nur einsetzen können, um die Bewahrung des Friedens auf dieser Insel zu gewährleisten. Zwar gehört auch die Sicherheit des Volkes dazu, allerdings nur die des gesamten Volkes und nicht die eines einzelnen. Es tut mir leid. Wirklich. Wenn ich könnte, würde ich den Zauber weiterhin anwenden."

„Das ist in Ordnung, ich danke Euch für Eure Ehrlichkeit. Wann könnt Ihr den Zauber sprechen?"

Der Diamantenkrieger blickte kurz über die Schulter. „Wartet einen Moment." Dann drehte er sich um und ging zurück zu den Bergen. Dort redete er mit einem weiteren Auserwählten. Sie führten ein kurzes Gespräch. Anschließend kam der Diamantenkrieger wieder auf Lycia zu.

„Und?"

„Ich komme mit Euch, damit wir sofort beginnen können."

Lycia freute sich. Sie blickte in den Himmel. Es war ein schöner Tag.

Helena stand auf dem Tor zu ihrer Festung. Sie sah, wie Lycia auf die Berge zugeritten kam.

„Macht mein Pferd bereit!", befahl sie den Wächtern. Einer von ihnen war daraufhin sofort losgerannt und kurze Zeit später kam er mit ihrem Pferd wieder. Gerade als sie aufsteigen wollte, ritten Lycia, ihr Begleiter und einer der Diamantenkrieger wieder davon. Helena gab ihrem Pferd die Sporen. „Na los, Amadeus! Flieg los!", flüsterte sie dem Tier ins Ohr.

Dieses galoppierte aus dem mittlerweile geöffneten Tor und hob ab. Dann flog sie auch schon. Helena lenkte ihr fliegendes Pferd in die Richtung, in welche die anderen verschwunden waren. Sie sah zu, wie Lycia und ihre Begleiter auf Walters Schloss zuritten. Helena flog ebenfalls auf das Schloss zu und benötigte etwas weniger Zeit als die Reiter am Boden, bis sie angekommen war. Zuerst wollte sie direkt auf dem äußeren Hof landen, dort jedoch schien es zu wenig Platz zu geben. Immer noch waren überall Steine zu sehen. Deswegen schwebte sie über den Hof hinweg und landete im fast komplett leeren Innenhof des Schlosses. Dort angekommen rannte ein Diener auf sie zu.

„Königin Helena! Darf ich Euch das Pferd abnehmen?", fragte der Mann, während er sich tief verbeugte.

„Aber natürlich!", antwortete Helena. „Behandle es gut." Der Mann verbeugte sich erneut und führte das Tier zu einem Stall, nachdem sie abgestiegen war.

Während Amadeus versorgt wurde, ging sie auf das Tor zum äußeren Hof zu. Bevor sie auch nur ein Wort gesagt hatte, öffnete sich der Durchgang bereits. Die Wachen mussten sie bereits gesehen haben. Sie schritt hindurch und stand nun mitten im Gedränge. Überall waren Krieger, sowohl Männer als auch Frauen, dabei, Steine zu schleppen, zu bearbeiten oder zu zerhauen. Helena suchte den Hof ab und entdeckte Carlos. Sie lief auf ihn zu. Als dieser seine Frau bemerkte, ließ er einen Stein aus seiner Hand fallen und kam ihr entgegen. Als sie voreinander standen, umarmten sie sich.

„Was tust du denn hier?", fragte Carlos.

„Ich habe es einfach nicht mehr ausgehalten, den ganzen Tag nur herumzusitzen. Und als ich dann noch Lycia zu den Bergen hab reiten sehen, musste ich einfach herkommen. Aber jetzt zu dir. Wie weit seid ihr? Kann ich euch helfen?"

„Lass mal lieber. Wir kommen hier gut zurecht, deine Männer sind uns eine große Hilfe. Zwar werden wir wohl nicht vor morgen Abend fertig sein, allerdings ist dies nur verständlich nach unserem erbitterten Kampf. Flieg du lieber wieder zurück und ruhe dich aus." Helena lächelte ihren Mann an. Wie nett er geworden war. Sie wusste, dass dies an Dondrodis lag. Er hatte sich vorher nicht einmal darum gekümmert, ob sie sich überanstrengte.

„Nein. Ich werde hierbleiben. Schließlich bin ich hierhergekommen, weil ich es allein nicht mehr ausgehalten habe. Also, was kann ich tun?" Carlos seufzte. Helena merkte, dass sie seinen Widerstand gebrochen hatte.

„Also schön. Wenn du unbedingt helfen möchtest, dann gehe zu Walter und frage ihn, was du tun kannst."

Helena zwinkerte ihm zu, dann ging sie hinüber zu Walter. Gerade als sie ihn erreicht hatte, ritten Lycia, ihr Begleiter und der Diamantenkrieger durch das Tor.

„Hallo Walter! Carlos sagte mir, dass ich dich fragen soll, was ich tun kann."

Walter begrüßte sie und schaute sie stirnrunzelnd an. „Ich dachte, du würdest ein Kind erwarten."

„Das tue ich ja auch. Trotzdem möchte ich gerne mithelfen."

„Dir ist doch hoffentlich bewusst, dass du keine Steine transportieren wirst. Aber warte einen kurzen Moment. Da kommt gerade Lycia." Helena wartete, während Walter Lycia entgegenlief. Sie erzählte ihm etwas. Dann kam er wieder auf Helena zu. „Ich hätte doch eine Aufgabe für dich."

Sie blickte ihn freudestrahlend an. „Wirklich? Welche?"

„Der Diamantenkrieger wird einigen Arbeitern größere Stärke geben. Dadurch werden sie Steine zur großen Mauer transportieren können. Aber du weißt ja noch gar nichts von Lycias Idee."

Während Helena von Walter in den Plan eingeführt wurde, kümmerte sich Lycia darum, dass genug Krieger zusammenkamen. Dann begann der Diamantenkrieger damit, die Männer zu verzaubern. Einer nach dem anderen wurde verwandelt. Am Ende waren die Kräfte von dreißig Kriegern magisch verstärkt.

„Jeder nimmt sich jetzt so viele Steine, wie er tragen kann. Dann geht ihr los. Königin Helena wird euch führen. Falls einem von euch plötzlich die Kräfte schwinden, lasst die Steine sofort fallen. Wir wollen schließlich keine Verletzten. Ansonsten bringt ihr die Steine bis zu dem Punkt, den Königin Helena euch nennen wird, um die Steine abzulegen. Sobald ihr dies getan habt, werden euch die magischen Kräfte entschwinden. Ihr kommt dann hierher zurück. Hier werdet ihr zuerst Essen und Trinken bekommen, bevor wir alle gemeinsam weiterarbeiten."

Die Männer nickten einmal, um Lycia zu zeigen, dass sie sie verstanden hatten. Dann gingen die Krieger hinüber zu dem großen Steinhaufen und nahmen so viele Brocken, wie sie tragen konnten. Bereits nach dem achten Mann war der Haufen deutlich kleiner. Am Ende waren sogar so wenige Steine übrig, dass die letzten drei Krieger jeweils nur zwei Brocken tragen mussten.

Helena ritt als Erste aus dem Tor. Ihr folgten die Krieger, jeder mit Steinen beladen. Sie liefen zwar langsam, aber immerhin gingen sie voran. Nachdem sie ungefähr die Hälfte der Strecke absolviert hatten, fragte Helena die Männer: „Schafft ihr es alle? Es ist nicht mehr weit."

Auf die Frage folgte ein einstimmiges Ja. Helena drehte sich in ihrem Sattel wieder nach vorne und ritt schweigend weiter. Wieder einige Zeit später waren sie an den Bergen angekommen. Helena ritt voraus und blieb neben dem Diamantenkrieger stehen, welcher sie bereits erwartete.

Nachdem auch der letzte der Männer seine Steine abgelegt hatte, klatschte der Auserwählte in die Hände. Kurz darauf war ein lautes Stöhnen zu hören und die Männer ließen sich erschöpft zu Boden sinken. Helena blickte den Diamantenkrieger fragend an.

„Sie sind erschöpft, denn sie fühlen sich nun, als hätten sie diese Steine ohne ihre magischen Kräfte getragen. Allerdings dürften sie nach einem Bissen Brot wieder vollkommen fit sein."

„Ich danke Euch", sagte Helena. „Ihr habt uns eine Menge Arbeit erspart. Denn ohne Eure Hilfe hätten wir die Steine kleinhauen und anders verbrauchen müssen." Der Diamantenkrieger verneigte sich vor Helena.

„Immer zu Euren Diensten." Dann begann er mit einer Zauberformel und setzte die zerbrochenen Steine wieder zu großen Quadern zusammen. Als er gerade fertig war, rollte auch schon der magische Karren an. Der Auserwählte schnippte einmal mit den Fingern und sofort schwebten die fertigen Steine auf den Karren, welcher wieder davonfuhr.

Helena begleitete die erschöpften Männer wie besprochen zum Schloss zurück, bevor sie zu der großen Mauer reiten würde, um nachzusehen, wie schnell die Diamantenkrieger vorankamen.

Als Helena am Schloss angekommen war, war es bereits früher Abend und sie berichtete Walter von den Ereignissen. Dann wechselte sie das Reittier, da sie mit ihrem geflügelten Pferd alleine viel schneller vorankommen würde.

Es war bereits spät, als Helena endlich wiederkam. Carlos hatte schon auf sie gewartet. Sie kam in den Thronsaal und sagte zu

Carlos, Walter und Lycia: „Die Diamantenkrieger haben die Mauer fertiggestellt." Dabei breitete sich ein Lächeln auf ihrem Gesicht aus. Carlos lief auf sie zu und umarmte seine Frau. Dann bedeckte er sie mit Küssen. Er war stolz auf sie.

„Wie sieht sie aus?", fragte Walter.

Helena ließ ihren Mann los und drehte sich zu den anderen beiden um. „Sie ist gewaltig. Kein Feind wird sie jemals bezwingen können. Niemand wird uns schaden können, denn die Mauer besteht nicht nur aus Steinen, sondern auch aus Zaubern, vielen Zaubern." Die drei Herrscher nickten anerkennend.

„Komm, setz dich. Wir haben mit dem Essen auf dich gewartet", sagte Carlos.

Daraufhin ließen sich alle an der Tafel nieder und aßen. Den Gästen, die zum Bau der Mauer da waren, hatte man ein Quartier und eine Mahlzeit zugewiesen. Alle vier wussten, dass dieser Tag ein guter war. Heute hatten sie allen zukünftigen Feinden eine große und starke Abwehr vorgesetzt. Niemand würde die Insel so schnell einnehmen können. Da war sich Carlos sicher.

Lycias Traum

Lycia freute sich. Nicht nur der Wiederaufbau der Schlossmauer ging voran, sondern auch der Bau der großen Mauer rund um die Insel war abgeschlossen. Sie hatten sich lange unterhalten. Während des Essens hatten sie Helena immer wieder gefragt, wie die Mauer aussähe, wie hoch sie wäre und andere Sachen. Besonders Carlos hatte Fragen gestellt, die Helena noch nicht einmal beantworten konnte. Alle waren aufgeregt und konnten es kaum erwarten, das großartige Bauwerk selbst zu betrachten.

Carlos und Helena machten sich bald auf den Heimweg. Lycia und Walter hatten die beiden verabschiedet und waren dann Arm in Arm in Walters Schlafgemach gegangen. Dort hatten sie sich lange geküsst. Plötzlich war Walter von James geholt worden. Lycia wartete alleine in dem Raum, in welchem sie schon so viele Nächte mit Walter verbracht hatte. Während sie auf dem Bett saß und über den Tag nachdachte, klopfte es auf einmal an der Tür.

„Herein!", rief Lycia. Die Tür öffnete sich einen Spalt und Walter streckte seinen Kopf durch das Loch. Sie lächelte ihn an. Er lächelte zurück. Dann trat er ein, seine Hände hinter dem Rücken verborgen.

„Na, bequem?", fragte Walter, während er auf Lycia zuging. Diese blickte vom Bett aus zu ihm.

„Ja. Aber was hast du denn da hinter deinem Rücken?"

Walters Lächeln wurde breiter. Dann kniete er sich vor Lycia hin, blickte sie an und sprach: „Lycia. Seit ich dich kenne, bin ich fasziniert von deiner Klugheit, Anmut und Tapferkeit. Ich blickte dich an und dachte, was für eine wunderschöne Frau. Ich sprach mit dir und dachte, was für eine wunderschöne Stimme. Ich roch deine Haare und dachte, was für ein wunderschöner Duft. Lycia, was ich dir sagen möchte, ist, dass du die schönste Frau auf der Welt bist. Selbst Helenas Schönheit verblasst dagegen. Und du bist nicht nur schön, nein, alle bewundern deine Klugheit und lieben dich als Herrscherin. Ich würde alles für dich tun. Ich wünsche mir, dass ich dich umarmen und nie wieder loslassen muss. Aber was ich dir eigentlich damit sagen möchte, ist, dass ich den Rest meines Lebens mit dir verbringen möchte. Ich möchte dich lieben, mit dir leben und gemeinsam mit dir alt werden. Deshalb frage ich dich, Lycia, möchtest du meine Frau werden?"

Während er dies sagte, holte er einen kleinen Ring hinter seinem Rücken hervor. Das Schmuckstück besaß einen blauen und einen grünen Edelstein. Lycia blickte Walter liebevoll an und war für den Moment sprachlos.

„Du kannst natürlich auch Nein sagen. Dann sähe ich mich aber gezwungen, mich sofort aus dem Fenster zu stürzen, denn ohne dich kann ich nicht leben."

Lycia musste lachen. Dann versuchte sie wieder ernst zu werden und sagte: „Walter. Niemals würde ich Nein sagen. Denn ich liebe dich auch."

Walter atmete tief durch. Feierlich nahm er Lycias Hand und steckte ihr den Ring an. Danach setzte er sich zu ihr aufs Bett und küsste sie. Lycia ließ sich nach hinten fallen und erwiderte seine Küsse mit einer solchen Liebe, wie sie sie noch nie gespürt hatte. Walter strich ihr über das Haar und über den Körper. Dann begann er langsam, ihr Kleid hochzuschieben. Lycia fühlte seine Wärme auf ihrer Haut. Während sie sich seiner Liebe hingab, spürte sie ein schönes Gefühl in ihrem Bauch. Nach einigen Minuten waren sie beide entkleidet und hatten sich unter die Decke gekuschelt. So wie Walter sie heute Nacht liebte, hatte er sie noch nie geliebt. Es war einfach nur wunderschön.

Mitten in der Nacht erwachte Lycia schweißgebadet. Neben ihr lag Walter. Seine rechte Hand umklammerte ihre Hüfte. Lycia schob sie beiseite und setzte sich auf die Bettkante. Dann ging sie hinüber zu der Schüssel mit Wasser und wusch sich das Gesicht. Das kühle Nass fühlte sich wohltuend auf ihrer Haut an. Noch immer war ihr heiß. Sie stützte sich an den Seiten der Schale ab und blickte in die schwappende Flüssigkeit. Sie hatte einen schlimmen Traum gehabt. Dieser Albtraum war anders als die anderen gewesen. Er hatte so echt gewirkt. Sie versuchte, sich daran zu erinnern, was genau darin vorgekommen war. Nach einer Weile kam es ihr wieder in den Sinn. Sie hatte ein Verlies gesehen. Darin hatte Dondrodis flach auf dem Boden gelegen, alle viere von sich gestreckt. Er hatte schwer geatmet. Nach einigen Sekunden hatte sich der Elf umgedreht. Lycia sah sein Gesicht noch immer klar vor ihren Augen. Er hatte blutige Wunden an seinen Wangen gehabt. Auch an seinem Hinterkopf hatte sie eine Platzwunde gesehen. Das einst wunderschöne Antlitz war vor Pein verzerrt gewesen.

Doch als wäre dies nicht genug, war nach einigen Augenblicken eine zweite Gestalt in den Raum gekommen. Es war ein Mann, er hatte eine schwarze Rüstung angehabt und Dondrodis etwas gefragt. Dieser hatte sich ein wenig aufgerichtet und geantwortet. Lycia hatte nicht verstanden, über was sich die beiden unterhalten hatten. Scheinbar war der Mann jedoch nicht mit der Antwort zufrieden gewesen, denn er hatte Dondrodis an den Haaren emporgezerrt und ihm mit einem kleinen Dolch tiefe Schnitte in den linken Arm geritzt. Der Elf hatte dabei vor Qualen geschrien. Zwar hatte sie keinen Laut wahrgenommen, dennoch hatte sie das schmerzverzerrte Gesicht gesehen. Als die düstere Person mit der Folterung fertig gewesen war und den Raum verlassen hatte, war Dondrodis in einer Ecke wimmernd zusammengebrochen. Lycia hatte zugesehen, wie er versucht hatte, sich die neuen Wunden mit einem Stofffetzen seiner Kleidung zu verbinden, doch es hatte nicht geklappt.

Dann hatte sich der Traum plötzlich verändert. Anstelle von Dondrodis hatte sie nun die düstere Gestalt alleine in einem großen goldenen Thronsaal sitzen sehen. Der Mann hatte eine lange Narbe auf einer Wange gehabt. Auch hatte sie jetzt eine Krone bemerkt, welche er in den Händen gehalten hatte. Nach dem, was Dondrodis erzählt hatte, war Lycia sich sicher, dass dies der König der Menschen auf der Elfeninsel gewesen war. Nach einigen Minuten hatte sich die große Tür des Thronsaals geöffnet und eine weitere in Schwarz gekleidete Gestalt war erschienen. Die beiden Männer hatten sich kurz unterhalten, dann war die zweite Gestalt auch schon wieder verschwunden. Sie hatte einen großen Beutel da gelassen.

Als der König hineinblickte, hatte Lycia mehrere Folterinstrumente erkannt. Offensichtlich hatte der König vor, Dondrodis weiterzuquälen.

Nachdem der zweite Mann den Thronsaal wieder verlassen hatte, war das Bild nicht zu Dondrodis zurückgekehrt. Nein, im Gegenteil, Lycia hatte auf einmal Leffert gesehen. Es musste Leffert gewesen sein, denn sie hatte eine große Mauer um die Insel herum erkannt. Auch Walters Schloss hatte sie gesehen. Während sie vermutete, dass der Albtraum vorbei war, hatte sie beobachtet, wie sich Tausende Schiffe der Mauer näherten. Ohne jede Vorwarnung hatten die Boote plötzlich angefangen, die Insel von allen Seiten her anzugreifen. Mit großen Kanonen hatte man auf die Verteidigungsanlage geschossen. Der Wall war eingestürzt. Die Diamantenkrieger und Soldaten, welche Wache gestanden hatten, waren von den Mauertrümmern begraben worden. Ein Tumult war ausgebrochen. Tausende Krieger Lefferts hatten sich versammelt und waren auf die Mauer zugestürmt, doch zu spät. Die ersten Schiffe hatten bereits ihre Anker geworfen und angefangen, Beiboote voller Soldaten abzulassen, während die Kanonen der anderen Schiffe die heranstürmenden Verteidiger beschossen. Die ersten Beiboote der Angreifer hatten die Insel erreicht.

Nach und nach waren immer mehr Feinde über den Strand gestürmt und hatten Angriffslinien gebildet. Dann hatte sie Walter, Carlos, Helena und sich selbst mit einer Streitmacht im Rücken auf eine der feindlichen Truppen zureiten sehen. Urplötzlich hatte sie gespürt, dass sie selbst den Platz im Sattel eingenommen hatte und auf die Feinde zugestürmt war.

Lycia stieß ihr Schwert in die Luft und schrie. Doch noch bevor sie die Feinde erreichte, tötete eine Kanonenkugel Helenas fliegendes Pferd. Die Frau selbst stürzte zu Boden und blieb reglos liegen. Carlos begann zu schreien. Es war ein entsetzlicher Laut. Er rannte hinüber zu Helena, doch er konnte nichts mehr für sie tun. Dann eine zweite Salve. Das nächste Mal traf es Walter. Er wurde einige Meter zurückgeschleudert und war sofort tot. Während Lycia weiter versuchte, die feindliche Linie zu erreichen, wurde Carlos von den heranstürmenden Soldaten eines anderen Beibootes eiskalt umgebracht. Die restlichen Diamantenkrieger kamen Lycia zu Hilfe.

Doch noch bevor sie sie erreichten, tötete ein Pfeilhagel zwei von ihnen.

Es war ein grausames Bild. Einer nach dem andern wurde abgeschlachtet. Nicht einer von ihnen überlebte. Lycia erreichte schließlich mit einer geradezu lächerlich kleinen Truppe die feindliche Linie. Sie stürzte sich in den Kampf und traf auf einen Mann, welcher eine Krone trug, und schlug mit dem Schwert nach ihm, sodass ihm seine Kopfbedeckung herunterfiel. Der Mann griff sie seinerseits an. Lycia kämpfte um ihr Leben, doch sie konnte nicht gewinnen. Sie musste mit ansehen, wie der Mann ihr das Schwert aus der Hand schlug. Er ließ seine eigene Klinge auf ihren Kopf sausen.

In diesem Moment war sie schweißgebadet erwacht.

Noch immer war ihr kochend heiß. Sie wusch sich erneut das Gesicht und ließ das kalte Wasser an ihrem nackten Körper hinunterrinnen. Das kühle Nass lief von den Brüsten auf ihren Bauch. Von dort aus rann es weiter bis zu ihren Füßen.

Doch auf einmal fühlte es sich nicht mehr an wie Wasser. Es fühlte sich wie warmes Blut an. Erschrocken blickte sie an sich herunter. Obwohl sie sah, dass es kein Blut war, konnte sie sich nicht komplett davon überzeugen. Tief durchatmend schaute sie wieder in die Schüssel.

Plötzlich berührte eine Hand sie an der Schulter. Lycia fuhr herum. Zu ihrer Erleichterung war es nur Walter. Auch er war offenbar erwacht und stand nun vor ihr. „Was tust du da?"

„Ich habe schlecht geträumt."

„Wieso bist du so nass?", fragte er sie, während er an ihrem Körper hinabblickte.

„Ich musste mich etwas abkühlen."

Er berührte sie an der Schulter. „Komm wieder schlafen. Wir müssen morgen schließlich ausgeruht sein. Oder willst du todmüde Steine tragen?"

Lycia schüttelte den Kopf. Sie war so froh, dass sie Walter hatte. Noch glücklicher war sie darüber, dass sie nun bald heiraten würden. „Walter? Kann ich dir etwas erzählen?"

„Aber klar. Ich habe immer ein offenes Ohr für dich. Was liegt dir denn auf dem Herzen?"

Lycia begann zu sprechen. Während sie Walter von ihrem Traum erzählte, hörte dieser aufmerksam zu. „Und was sagst du dazu?"
„Ich denke, dass es nur ein gewöhnlicher Albtraum war. Jetzt lass uns schlafen. Wir müssen morgen wirklich weitermachen. Also, gute Nacht."
„Gute Nacht." Lycia drehte sich um. Sie starrte noch eine Zeit lang die Wand an. Sie hatte Angst, einzuschlafen und erneut einen derart schlimmen Albtraum zu haben. Während sie wach lag, spürte sie, dass sich Walter eng an sie schmiegte und umarmte. „Hoffentlich träumst du schön", flüsterte Lycia ihm zu, doch Walter antwortete ihr nicht mehr. Stattdessen begann er zu schnarchen.

Am nächsten Morgen erwachte Lycia spät. Die Sonne hatte bereits ihren höchsten Stand erreicht. Sie drehte sich um, Walter lag jedoch nicht mehr neben ihr. An seiner statt lag ein Zettel auf dem Kissen.

Bin bereits unten am Arbeiten. Zieh dich erst einmal in Ruhe an und geh etwas essen. Danach kannst du zu mir kommen.
Walter

Lycia musste sich ein Lachen verkneifen. Dieser Zettel klang typisch nach Walter. Immer schon, seitdem sie ihn kannte, hatte er es verstanden, sie zum Schmunzeln zu bringen. Er hatte einfach eine Art an sich, die Lycia unwiderstehlich fand.

Nachdem sich Lycia angezogen und etwas gegessen hatte, ging sie hinunter in den Hof. Dort arbeiteten bereits viele Männer. Restliche Steine, welche nicht mehr zu gebrauchen waren, lagen am Toreingang. Ansonsten war der Hof frei von jeglichem Schutt. Nur ein kleiner Haufen an nicht kaputten Steinen lag noch am Loch, durch welches Carlos' Männer angegriffen hatten und an welchem nun dieselbigen arbeiteten. Steinmetze besahen sich alles mit kritischem Blick, gaben Anweisungen oder bearbeiteten Steine.

Lycia ging hinüber zu Walter. Dieser drehte sich um und begrüßte Lycia mit einer Umarmung.

„Auch schon wach?", fragte er sie gespielt spöttisch. Lycia verschränkte die Arme und drehte sich um.

Sie vernahm ein leises Stöhnen von ihm, begann zu lachen und sagte über die Schulter: „Warum hast du mich denn nicht geweckt?"
„Du hast heute Morgen so süß geschlafen, da wollte ich dich nicht wecken. Schließlich haben wir es ja auch ohne dich geschafft."
„Dann kann ich ja wieder gehen", sagte sie in einem spielerisch beleidigten Ton und wandte sich zum Gehen.
Walter hielt sie am Arm fest und wirbelte sie herum. „Halt! Ihr habt etwas vergessen, meine Königin."
„Ach ja und was, Eure Majestät?" Ohne auch nur ein Wort zu sagen, küsste Walter sie. Lycia erwiderte den Kuss, bis sie bemerkte, dass Carlos auf sie zugelaufen kam. Sie tippte Walter auf die Schulter. Dieser ließ von ihr ab und drehte sich um.
„Guten Morgen, Walter! Guten Morgen, Lycia!"
„Guten Morgen, Carlos!", erwiderten sie gleichzeitig.
Carlos' Blick wanderte zu Lycias Hand. „Was ist das denn?", fragte er überrascht. Lycia schmunzelte.
Walter antwortete: „Wir werden heiraten."
Carlos klatschte in die Hände und ein Grinsen machte sich auf seinem Gesicht breit. „Herzlichen Glückwunsch! Wann ist es so weit? Helena und ich sind doch wohl auch eingeladen, oder?"
„Wir wissen noch nicht, wann, aber natürlich seid ihr beide eingeladen", lachte Lycia. Dann begannen sie wieder zu arbeiten.

Lycia schaute in den Himmel. Die Sonne schien. Sie dachte an alles, was sie bisher erlebt hatte. Als Letztes erinnerte sie sich noch einmal an den Albtraum. Doch wenn sie eines aus den letzten Monaten gelernt hatte, dann, dass sie sich alle auf eine neue Zeit einstellen mussten. Lycia sah erneut in die Ferne. Obwohl die Sonne schien, sah sie am Horizont in weiter Ferne dunkle Wolken aufgehen. Ein Windstoß blies ihr die Haare aus dem Gesicht. Sie roch Gefahr. Doch was würde auf sie zukommen? Würde sich ihr Traum bewahrheiten oder nur eine Fantasie bleiben? Würden sie Dondrodis jemals wiedersehen? Würden sie tatsächlich für immer Frieden haben und am wichtigsten, wie sah ihre Zukunft mit Walter aus?
Diese Fragen stellte sich Lycia, als sie am Rand von Leffert einen letzten Blick auf das Meer warf, bevor sie heiraten wollte. Dann endlich holte Helena sie ab.

Danksagung

Geschichten zu schreiben und neue Welten zu entdecken war schon immer ein besonderes Erlebnis für mich. Trotzdem darf man sich nicht zu sehr in den Strudel der Fantasie hineinbegeben und die reale Welt um sich herum vergessen!

Bücher sind ohne Buchstaben, die hineingeschrieben wurden und diese behüten, genauso nutzlos wie Wörter, die niemand einfängt und sie zu einem Werk verarbeitet. Doch auch ein Autor ist ohne seine Weggefährten nur ein Mensch mit besonderen Begabungen. Deshalb ist es wichtig, sich als Autor immer ins Gedächtnis zu rufen, weshalb man ist, wer man ist.

Ohne meine Familie wäre ich nicht der geworden, der ich bin. Daher geht mein Dank natürlich an meine Mama Silvia, meinen Papa Werner und meinen großen Bruder Marc! Auch dem Rest meiner großen Familie möchte ich danken!

Ebenfalls danken möchte ich meiner ehemaligen Deutschlehrerin Frau Holtbecker, welche mich immer wieder ermutigt hat weiterzuschreiben und mich auch beim Überarbeiten dieses Buches tatkräftig unterstützt hat. Nie werde ich den Tag vergessen, als ich dank der Hilfe von Frau Holtbecker mein Manuskript einem Verlag anbieten konnte. Danke!

Selbstverständlich möchte ich auch die großartige Arbeit meines Verlages erwähnen. Innerhalb so kurzer Zeit mein erstes Buch zu veröffentlichen, hätte ich nie für möglich gehalten. Danke an alle fleißigen Mitarbeiter und Mitarbeiterinnen des Papierfresserchens MTM-Verlags.

Euch allen ein riesengroßes DANKE!

Euer Nico Salfeld

Der Autor

Nico Salfeld wurde 1996 in Gladbeck geboren und besucht das Heisenberg Gymnasium.
Bereits seit seinem zehnten Lebensjahr verfasst er Gedichte und Kurzgeschichten. Sein Interesse am Schreiben wuchs, nachdem er 2006 während einer Hirntumoroperation einen Schlaganfall erlitt und seitdem an einer spastischen Halbseitenlähmung leidet.
Dadurch blieb ihm vieles verwehrt, doch er ließ sich nicht unterkriegen, denn seine Fantasie hat ihn nicht im Stich gelassen.
Trotz allem macht er regelmäßig Sport, geht joggen und leitet als Schiedsrichter des DFB Fußballspiele.

Papierfresserchens MTM-Verlag
Ihr Buchverlag

Sophia Suckel
Sonnenherz
ISBN: 978-3-86196-272-4, 10,90 Euro

Nuria lebt in dem Land Onur, das von dem grausamen Herrscher Kieran regiert wird. Sie ist mit ihrem bescheidenen Leben zufrieden, bis ein Ausflug in ein nahegelegenes Dorf alles verändert.
Gemeinsam mit ihren neuen Freunden Finley und Aimata sucht das Mädchen Antworten und sie stoßen dabei auf Geheimnisse, die ihre Schicksale miteinander verbinden.

Irina Siefert
Zoran – Kind des Feuers
ISBN: 978-3-86196-165-9, 9,90 Euro

Als der 13-jährige Zoran eine Kreuzfahrt gewinnt, weiß er noch nicht, dass ihn diese Reise in eine völlig andere Welt führen wird. Auch kann er noch nicht ahnen, dass er lernen wird, das Feuer zu beherrschen. Die Macht über das Element macht ihm zum letzten fehlenden Mitglied der TAAF, einer Gruppe Jugendlicher, deren Aufgabe es ist, das Land vor der Vernichtung zu bewahren.
Doch wem können sie vertrauen? Wer wird sie verraten? Die schwerste Aufgabe wird es sein, ihre Menschlichkeit – und damit Liebe und Mitgefühl – in einem Kampf auf Leben und Tod zu wahren.

Papierfresserchens MTM-Verlag
Ihr Corporated Publishing-Partner

Bücher sind auch heute noch **qualitativ hochwertige Geschenke**, die **emotional binden** und oft auch nach Jahren mit **positiven Erlebnissen** in Verbindung gebracht werden. Nutzen Sie unsere Bücher, um ganz individuell mit Ihrer Werbung auf Ihre Firma aufmerksam zu machen. Buchwerbung ist langlebig, oft über Jahre aktuell ... und verschwindet nicht morgen wieder von irgendeiner Rankingliste im Internet oder landet im Papierkorb wie bei Zeitungswerbung.

Oder lassen Sie sich gleich für Ihr Unternehmen ein Buch „maßschneidern". Wie das geht? Sie haben **ein Thema, ein Jubiläum, einen Arbeitsschwerpunkt** – und wir die passenden Autoren, die das Thema umsetzen können – **für Ihr Fachpublikum, für Ihre Kunden** ... Wir arbeiten bundesweit sowie in Österreich und der Schweiz mit erfahrenen Journalisten + Autoren zusammen, die Ihnen bei jedem Projekt zur Seite stehen.

Taschenbücher, Hardcover, Broschüren, Schmuckausgaben oder eBooks schon in Kleinstauflagen ab 30 Exemplaren!
Rufen Sie uns an 0049/83827159086 oder senden Sie eine Mail an info@papierfresserchen.de. Wir freuen uns auf Ihre Anfrage.

Papierfresserchens MTM-Verlag
Schreibprojekte, Workshops & Wettbewerbe

Gemeinsam in der Klasse, im Verein, in der Gruppe, in der Familie ... ein Buch schreiben!

Das ist möglich mit unserem Angebot „Mein Buch – Dein Buch", das sich an Schulen, Schreibgruppen, Jugendgruppen, Bibliotheken und alle anderen Interessierte richtet, die gerne in einer kleinen oder auch größeren Auflage ein Buch privat veröffentlichen möchten – ohne ISBN. Bei uns ist dies als privates Projekt schon ab 30 Exemplaren möglich!

Buchpreis pro Taschenbuch (Mindestbestellmenge 30 Bücher!) ab 9,90 Euro (bis 100 Seiten Taschenbuch, einfarbiger Druck). Nachbestellungen sind ab zehn Büchern (Hardcover ab 20 Ex.) jederzeit möglich. Umfangreichere Bücher, farbige Bücher oder Hardcover werden stets nach der tatsächlich bestellten Anzahl der Bücher individuell für jedes Projekt berechnet. Wir sind auch dann Ihr Ansprechpartner, wenn Sie selbst einen **Schreibwettbewerb** ausrichten möchten oder in einem **90-minütigen Vortrag** erfahren möchten, wie ein Buch entsteht.

Sie haben Fragen? Rufen Sie uns an 0049/83827159086 oder senden Sie eine Mail an info@papierfresserchen.de.